四十八歳の抵抗

taTsUZo
IsHiKawa

石川達三

P+D
BOOKS
小学館

目次

秋の溜息 ―――――― 5
誘惑者 ―――――― 23
魔女の厨 ―――――― 44
歴史と生活 ―――――― 75
ワルプルギスの夜 ―――――― 109
二重人格 ―――――― 146
若い年代 ―――――― 185
立場が違う時 ―――――― 229
老の坂 ―――――― 251
苦境に立つ ―――――― 283
淡雪 ―――――― 309
刀は鞘に ―――――― 346

秋の溜息《ためいき》

高窓のガラスに反射した朝日が、部屋の天井まで明るくしている。雨戸の外で百舌鳥《もず》がないている。鳥がないても天気がよくても、別に何という感激もない。九時二十三分。牀《とこ》に腹ばいになって煙草をすう。外で竹竿の音がする。さと子が洗濯ものを乾しているらしい。今日は熱《あた》海《み》へ行くまえに床屋へ寄って、散髪をしようと彼は思った。

熱海へ遊びに行くことは、別に嬉しくも何ともない。三十遍もそれ以上も行ったことがある。街のどこに何があるか、大抵の事は知っている。知っているから嫌だという訳でもない。宴会はきらいではないが、それよりは温泉にはいって按摩《あんま》でも取りたい。この四五日、腰がいたい。朝起きる時が一番いたい。日中は忘れている。軽い神経痛だろうと思う。

竹竿の音がきこえる。高いところに竿をかけようとして、さと子は顔を仰向《あおむ》けているに違いない。まぶしい顔をして、むき出しになった二の腕まで真白に日に照らされて、ぬれたエプロンをかけて、足の指を桃色にぬらしているのだ。その姿が眼に見えるようだ。中年になって肥ったからだは、若くなったように見えて、どこかがたるんでいる。良人《おっと》はそれを知っていた。煙草のけむりを吐きながら、皮膚の記憶を手さぐりしている。また百舌鳥がなく。

竿の音がやんだと思ったら、唐紙《からかみ》があいてさと子が顔を出した。

「眼がさめたんなら起きなさいよ」と言う。「何時だと思ってるの。九時半ですよ」

答える代りに、西村は欠伸《あくび》をした。

「何時から出かけるんです?」

「何時でもいい」と彼は無責任な返事をする。

「だって汽車に乗るんでしょう」とはね返すように言って、彼女は台所へ行ってしまった。

寝間着の上に袷《あわせ》をかさねて部屋を出る。まぶしい程の秋の日が縁にさし込んでいる。顔も洗わずに、下駄をはいて彼は庭に降りた。わずか二十坪の庭だ。山茶花《さざんか》のうす赤いはなびらがこぼれている。臙脂色《えんじいろ》の小菊が咲いている。三年越し手入れもしてやらないので、年々に花が小さくなる。その花に、洗濯ものの青い滴《しずく》がたれていた。

(菊の香や……)という言葉がふと胸にうかんだ。芭蕉《ばしょう》の句ぐらいは知っているが、自分で俳句をやったことはない。(菊の香や……)しかしそれから先は何も出てこない。詩心がないのだ。

毎朝の出勤が習慣になっているので、その時間に出勤しない日は、物わすれしたような空虚な気がする。空虚ではあるが、辛うじて自分の時間があたえられたような楽しい気もする。勤めの時間は他人の時間であって、自分の手で自由にならない。今日の熱海には何も期待してはいないが、つとめをはなれた慰安旅行であるというだけでも、気持はのびやかだった。

顔を洗って食卓に坐る。塩昆布、らっきょう、みそ汁。彼の分だけ生卵がついていた。

「汽車は何時ですの？」とさと子が言う。

何だか腹を立てているような言い方だった。別におどろきはしない。自分を置き去りにして良人だけが旅行することに、何となく腹を立てているのだ。それだけのことだ。

「汽車はひる過ぎだが、その前に散髪にゆく」と彼は言った。

さと子は黙っている。彼は小鉢に卵を割った。ぬれた指先がべたべたする。ふと、卵が牝鶏《めんどり》の腹のなかに在るときの姿を考えてみた。生卵というものは、牝《めす》の腹の中の秘密をさらけ出したようなものだ。見ているといやな気持になった。さと子はもう卵を産まなくなった牝鶏だ。腹のなかは冷たくて、からっぽだ。からっぽのくせに、まだ女だと思っている。女の姿をして、女の感情をもっている。本当は女の脱け殻にすぎない。

「おひるはどうするんです」と彼女は言った。

言いながら、大根の浅漬をぱりぱりと嚙む。食慾は旺盛だ。歯も丈夫らしい。髪にすこしばかり白髪はあるが、肥ってから一層色が白くなった、鼻のまわりにわずかばかりそばかすがあって、眉毛がうすい。眉毛ばかりでなく、全体にうすいたちである。ホルモンの足りない体質かも知れない。しかし目鼻立ちは悪くない。どこかに影があるのは、卵を産まない牝鶏の憂いである。これはもう治らない。

「そうだな。おひるは……どこかで蕎麦でも食べよう。食べなくてもいいんだ。果物だの菓子だの、幹事が買って来てるだろう。若い連中は食い通しだからね」

「汽車の中から飲むんでしょう」

「飲むやつもいる」

「いい気になって飲んでると、また血圧があがりますよ」

「大丈夫だ」

「帰りは何時ですか」

「あしたの午後だね」

「夕方？……晩になるの？」

「さあ。そいつはみんなの都合で解らんね。とにかくこっちは行きたくもないのに、連中のおつきあいだからな」

「そうね。でも、いい加減につきあって置きなさいよ」

「うむ、わかってる」

「薬を、忘れずに持って行きなさい」

「うむ」

「あなたは調子がつくといくらでも飲むから、それでいつも失敗するんですよ。このまえ半月も寝たときだって、原因はお酒よ」

「うむ」

「もう若い時と違うんですからね。みんなと一緒になって騒いでると……」

「わかってるよ。うるさいな」

「解ってやしませんよ。私がうるさく言わなくても、自分で考えなけりゃ駄目よ。やがて五十になるんですからね。昔の人なら隠居する歳《とし》ですよ。いままでいくら丈夫だったからって、もうそんな訳に行かないわ。自分でそのつもりにならなかったら、きっとまたそのうちに大失敗しますよ」

女房に言われるまでもなく、実は彼も解っているのだ。今朝も起きる時に腰が痛かった。寝牀に両手をついて、要心しながら立ちあがった。精神が老いを感ずるまえに、肉体のふしぶしがこわ張って来たらしい。さと子は偉そうに忠告がましい事を言っているが、年齢の辛さを身にしみて知っているのは、彼自身だった。だからこそ年齢のことを忘れていたい。それを事毎《ごと》にさと子は思い出させようとする。一体女房というものは、敵であるのか味方であるのか。

妻がもしも味方であるのならば、良人の肉体的な衰えに対して、もうすこし同情的であっていい筈だ。妻の方にも責任がなくはない。ところがさと子は却って腹を立てているのではないかと思われる節がある。血圧があがったと言えば叱言《こごと》を言い、神経痛がいたむと言えば悪口を言う。

「自分が悪いんですよ。ちっとも自分で気をつけないんだから、私の知った事じゃありませんわ。さっさと死んだらいいでしょう」

彼女が腹を立てる理由も、なくはない。彼女は未亡人になりたくないのだ。そういう不安を感じさせる良人に対して、抗議する権利はあるかも知れない。要するに西村耕太郎は、妻さと子を未亡人にしないように、努力する義務を負わされているのだ。義務を負うこと二十数年、再来年あたりは銀婚式だ。めでたいと言えばめでたい。しかし腹の底の方に、何かしら拭いきれない後悔がある。

食事を終って、番茶をすすりながら彼は新聞をひろげた。さと子は食卓をかたづけてから、良人の洋服をもち出して、日向《ひなた》の縁でブラシをかけている。忠実な妻だ。彼女自身、わたしは忠実な妻だと信じているらしい。だから良人の不忠実に一々腹を立てる。西村にしてみればそれが少からずうるさい。しかし妻にむかって不忠実であることを要求する訳にも行かない。そういうジレンマに陥ったままで、二十幾年をすごして来たのだ。

不意にさと子が、

「三千春《みちはる》って何なの。芸者でしょう？」と言った。

おどろいてふりかえると、彼女は小さな白い名刺を畳の上に投げ出した。洋服のポケットにはいっていたのだ。

「さあ。覚えてないね」

さと子はさっ、さっ、さっとブラシをかけながら、しばらく黙っていた。西村は新聞の続きを読む。芸者の名刺などは珍しいことではない。今までに何十遍もあったことだ。妻の眼に触れないように破って棄てることは何でもない。しかし、先廻りして妻を警戒する自分自身の心が、却ってあさましい気がする。

「会社の宴会だのお客のつきあいだの言ったって、何してるんだか解らないわね」とさと子は言った。

男の悲しさというものが、案外女にはわからないものらしい。芸者と西村とのあいだに何が有り得るか。過去においても何もなかったし、現在に於ても何もありはしない。ないというよりは、有り得ないのだ。二十何年も保険会社につとめて、ようやく次長にまでなったが、毎月の収入手取り四万二千円。そのうち彼の自由になるものは一カ月一万円前後しかない。一日の小遣い三百円乃至《ないし》四百円。煙草代、珈琲《コーヒー》代、散髪代、それで終りだ。

やがて停年がやってくる。その時期は、もう眼のまえに見えている。恐らくは退職の日まで、現在の生活がこのまま続いて行くに違いない。なにか新しい、別の人生はないものだろうか。もっと強烈な、もっと危険な、もっと生き甲斐のある人生はないものだろうか。有るに違いない。きっとどこかに有ると彼は思う。しかしそういう新しい人生に踏み込んで行くためには、まず足に結ばれた重い鎖を断ち切らなくてはならない。それが出来ないのだ。

さて、ともかくも家を出た。秋晴れの真青な空から日光がきらめきながら降りそそぐ。家の門を一歩外に出れば、もうさと子の勢力範囲ではない。妻の愛情も妻の嫉妬も、ここまでは追いかけては来ない。わずか一昼夜あまりの慰安旅行に何も期待するものはないが、家庭から解放され仕事から解放されただけでも、充分に祝福すべき一日だ。うちの中では朝から晩までさと子に文句を聞かされているが、一歩外に出ればもう彼は堂々たるサラリーマンだ。会社の中では幹部社員として、押しも押されもしない重要な立場にある。重役になれる望みはほとんどないが、社会的地位から言えば決して低い方ではない。自信をもっていいのだ。

彼は広小路《ひろこうじ》の角の床屋にはいった。朝のうちだから店は空《す》いている。青い大きな鏡にむかって、久しぶりに自分の顔を見た。

鬚《ひげ》を剃《そ》るときと、髪を梳《す》くときと、ネクタイを結ぶときと、少くとも日に三度は鏡を見る。

しかしネクタイを結ぶときはネクタイを見ているし、髪をすく時は髪だけしか見ない。自分の顔をまともに眺めるのは床屋へはいった時だけだ。その顔を、あまり見たくなかった。

眼を閉じて鋏《はさみ》の音をきく。単調な音だ。次第にねむたくなる。首に巻いた白い布やタオルが頸動脈《けいどうみゃく》を締めているので、脳の血行がにぶくなってくる。そのために眠たくなるらしい。鈍くなった頭で、さと子の事を考えていた。自分としては文句を言う筋はないのかも知れない。自分が現在の生活に飽きているからと言って、それは彼女の罪ではない。彼女は誠実な家庭の妻であり、彼に対する愛情も充分にあるのだ。不妊症になってからすこしばかり着物や装身具に贅沢をするようになったけれども、次長の夫人としては当然だとも言える。しかし母が贅沢をするので娘までも贅沢になってきた。娘は結婚期にあるのだから、それも当然かも知れない。

そう考えてくると、文句の持って行き場がなかった。彼自身は収入の大部分を彼女等にあたえて、十年一日の如く単調な勤めをつづけている。宴会はたびたびである。御馳走《ごちそう》は飽きるほど食べている。しかし何もかも身につかない。一週間に二度も三度も芸者たちに会うが、その愛すべき芸者たちとはどこかで縁が切れている。彼女等の大部分は大きな会社の重役や政治家たちと、特殊な契約をむすんでいるらしい。西村耕太郎は遠くから彼女等を眺めているだけだ。名刺をくれた事には何の意味もありはしない。妻の嫉妬に価《あたい》しない、むなしいことなのだ。

床屋は鋏の仕事を終って、襟首の毛をはらい、くるりと椅子を廻した。眼のまえに手鏡をもってきて、後頭部の刈り工合を見せる。自分では見ることの出来ない自分の後頭部を、親切にも床屋が見せてくれた。心なきわざだ。楕円形《だえんけい》の手鏡のなかで、自分のつむじのあたりがやや大きく丸く禿《は》げかかっているのを、彼は見なくてはならない。それが自分の頭だとは、どうしても信じられないほど年をとった頭であった。嫌な気持だ。しかしながら肉体のおとろえは、後頭部の禿《はげ》のように、本人の気がつかないうちに、気がつかない所から、ひそかに、そして着実に迫ってくるのだ。どう仕様もない。

床屋は椅子をうしろに倒して、顔剃りにかかった。床屋の顔が西村耕太郎の顔の上にかぶさって来る。已《や》むを得ず眼をつぶる。そして、このまま自分も老い朽ちて死んでしまうのか、と彼は思った。何かしらしきりに口惜しい。もっと何かあっても宜《い》いではないかと思う。五十年ちかい人生を生きて来て、碌《ろく》な恋もしなかった。実らない恋のまねごと位はしたことがあるが、遠い昔のはなしだ。さと子は会社の先輩の妹で、先輩にすすめられて貰ったのだから、恋愛でも何でもなかった。さと子が居なければ、もっと美しい恋もしたかも知れない。

そんな事を思いながら、ついとろとろと眠ったようであった。眠りながら、沢山の音がきこえていた。水を流す音、剃刀《かみそり》をとぐ革砥《かわと》の音、外の人通り、車の音、扉のきしる音、ラジオの歌、それらの物音がにぶい軟かい一つのリズムになって、そのリズムが頭の活動を鈍らせて、ついうとうとと彼を眠らせた。わずか三分か五分の、憂いなき安らかな眠りであった。

熱いタオルで不意に顎《あご》を包まれて、耕太郎は眼をさました。湯気が鼻にはいって、肺のなかまで暖かくなる。白い天井に蛍光燈の青白い管がまたたいている。化粧水の匂《にお》い、パウダーの匂い。椅子が引きおこされる。鏡と向きあう。

そこに自分の顔があった。理髪をされた直後の、なまなましい顔だった。自分の心や性格や、自分のいやな所が剝き出しにされている。太い鼻、短い首。眼がすこし片ちんばで、厚い歪んだ唇。顎の大きなほくろ。鼻の横のほくろ。耳の上の短い白髪。額の真上にも何十本の白髪が光っている。抜いたって間に合わない。頰の皺、眉のあいだの皺。五十にちかい、平凡な日本人の顔だ。どう見ても高貴な顔ではない。貧民がようやく生活の基盤を得て、何とか安心しているという程度の顔だ。好色な顔かも知れない。しかしそれほど悪いことはしなかった。しようにも出来なかったのだ。気の小さい、中途半端な、臆病で小狡《こずる》い顔だ。何かに縛られ、なにかに屈従した、疲れた顔だ。床屋は襟のあたりで鋏を使う。それから髪をなでつけてくれる。ともかくも一応の紳士だ。紳士である自分に、彼は満足していた。満たされないものは心のなかにある。他人には解らない。

床屋を出て、広小路を横切る。バスが通る。救急車が走る。西村は駅のまえの本屋へよって、週刊雑誌を買った。汽車のなかで読むつもりである。

金を払って店を出ようとしたとき、ふと本棚の本が眼についた。ドイツ戯曲全集。彼は戯曲などに何の興味ももってはいない。ときおり招かれて歌舞伎を見たり芸者の踊りを見たりする程度のことだった。ところがここにゲエテの「ファウスト」がある。世界有数の古典文学だ。どんなものだか中身は知らない。それを彼は何となく、買ってみる気になった。文科の生徒ならば大学時代に読む本だ。西村耕太郎は経済科であったから、名前だけは知っていても、縁の遠いものであった。女店員が紙に包んでくれた本をうけ取りながら、こんな物を持って行くと会社の連中に笑われるかも知れないと彼は思った。彼の部下には文科出身の若い社員も居た筈だった。

郊外電車の駅にはいって、ほこりっぽい階段をあがる。腰がいたい。左手をうしろに廻して腰をたたきながら、ゆっくりと一段ずつ上る。家庭医学の本を読んでみたら、腰の痛む原因は脊椎《せきつい》カリエス、ロイマチス、婦人病、消化器または泌尿器《ひにようき》の疾患、その他いろいろあると書いてあった。坐骨《ざこつ》神経痛の原因は湿気からきたもの、冷えこんだために起きたもの、外傷や過労、便秘や腰椎《ようつい》の疾患と書いてある。そのうちのどれだか解らない。階段をあがりきると、空がひろい。青々と晴れて、西に富士山が見える。西村耕太郎は立ちどまって腰をのばし、拳《こぶし》でとんとんと叩いた。熱海へついたら按摩をとりたい。街の家々の屋根やガラスが光って、まぶしいような天気だ。

不意に、フォームの鉄柱のかげから若い娘がひとり、彼の眼のまえに進み出て、

「次長さん、お早うございます」と言ってお辞儀をした。

会社の女事務員だった。背の高い瘦せぎすな肩に短いコートを着て、ビニールレザーの小さな鞄をもっている。戦後の東京でいくらも見かける、あの悧巧《りこう》そうな、きつい顔。いかなる場合にも決して男たちに一歩も引けを取るまいと覚悟しているような、敵意のある表情。そのくせまだ若くて、むしろういういしい。いわば青梅の実のように、おさないくせに危険な印象をあたえる娘だった。

「やあ。君は、この辺かね」と西村次長はおちついて言った。

「ちょっと歩くんです。十二分かかります」と能代《のしろ》雪江ははっきりした言い方をする。

「熱海、行くんだろう」

「ええ、参ります」

「うむ。……楽しいかね」

「そりゃ……やっぱり楽しいです。だけど、慰安旅行は一人あたり、三千円ぐらいはかかるんでしょう」

「そりゃかかるね」

「同じことならその分をキャッシュで貰う方がいいっていう人もあるんです。そうすれば洋服が一枚できるんです」

「それもそうだね」

「男の人たちはお酒を飲んで変なところへ遊びに行くのが目的なんですから、慰安旅行って言うものも再検討してみる必要がありますね」

「なるほど。しかし君は、やっぱり楽しいって言ったじゃないか」

「ええ、楽しいです。つまり、すこし矛盾していますね。でも本当なんです」

「君たちは何か余興をやるのかい」

「コーラスをやります」

「何を歌うんだね」

「サンタルチヤと、谷間の灯《ひ》ともし頃と、もう一つ、流浪《るろう》の民なんです」

「なんだ。古いものばかりだね」

「そうなんです。その事で少し問題になったんです。世界平和運動の歌をひとつ入れるかどうかという議論もあったんです。でも、お酒を飲んで宴会をしながら歌うんですから、平和運動の歌ではおかしいという結論に達したんです。女の方では、宴会でも何でも、できるだけ多くの機会に歌う方がいいという主張が強かったんですが、男の人たちは、宴会で歌うのは平和運動に対する冒瀆だって言うんです。それで私たち、どっちが本当だか解らなくなったんです」

電車が来て、二人は乗った。通勤の時間をはずれているので、乗客はすくなかった。並んで

腰をおろすと、

「能代君はいくつになったね」と西村はきいてみた。

「二十三です。次長さんのお宅の理枝《りえ》さんと同じです」

「ふん？……理枝を、どうして知ってるんだ」

「だって、中学校まで一緒でしたわ」

「ああそう。それは知らなかったね」

「今でもときどきお会いします。縁談があったんでしょう」

「有るには有ったが、文句ばかり言っていて、駄目だね。生意気で仕様がない」

「そうでしょうか」と能代雪江は首をかしげた。その素振りが、どこか稚《おさ》なくて、可愛かった。

「……でも、理枝さんみたいな恵まれた環境に在る人が、恋愛や結婚ということについて純粋に考えるのは、良いことだと思います。私たちは駄目です」

「どうして？」

「私たちは貧乏人ですから、結婚についても経済的条件ということに縛られます。良い人だと思っても、経済力のない人だったら、結婚なんかできないんです」

「そりゃおかしいね。(手鍋さげても……) ということがあるじゃないか」

「あんなの、愚劣だと思います。結婚生活が貧しいということは、それだけでも既に大きな不幸なんです。そういう不幸を承知の上で結婚するなんて、どうかと思うんです」

「そうか。恋愛は至上ではないのか」

「違います」

「しかし、それじゃ淋しいだろう」

「私は恋愛なんかしたくないんです」

「ああそう。……どうも君たちの考え方はよく解らないねえ。恋愛しないで結婚するとすれば、見合結婚ということになるのかね」

「それでもいいんです」

「しかし、恋愛をしていけないということはないだろう」

「恋愛をすれば、女は損ですから……」と雪江は小さな声で言った。

（損）という一語に、いろいろな意味があるらしかった。おそらくこの若い娘は、（損）という結論を発見するまでに沢山の悩みを味わって来たに違いない。西村はそれを聞いたとき、胸にひびくものがあった。娘の理枝が思うようにならない。親の忠告や指導に耳を貸そうとしない。そのことを、ただ娘の我儘《わがまま》とばかり思って来たが、我儘ばかりではなくて、理枝と耕太郎とのあいだに、又は理枝とさと子とのあいだに、越えることのできない世代のへだたりや、生活態度のずれがあるらしいことを、いまさらのように考えさせられた。

「しかしね能代君……」と彼は雪江の方にからだを傾けて言った。「君たちがそんな事を口にしていいのかね。若い娘さんたちが恋愛をしなかったら、一体誰が恋愛をするんだ。まじめな美しい恋愛は青春を飾る花じゃないか。僕はもう年寄りだけれど、恋愛の価値は否定しないね。恋愛が至上だとは言わないが、人間は若いうちに一度は恋愛をしなくてはいけないものだと思っているよ。恋愛を知らない人間は片輪だ。そうじゃないかね」

雪江はすこし赤くなって含み笑いをしながら、

「次長さんは恋愛の経験がお有りなんですか？」と言った。

「馬鹿にしちゃいけないよ。……吾々の若い頃には恋愛至上主義が大流行だった。今から思うと華やかなものだったね。カチューシャの歌がはやって、松井須磨子《すまこ》という女優が自殺したり、華族の娘さんが運転手と駈け落ちなんかやって、……（ああ春浅き宵なりき、恋に悩めるあでびとの、真白き指にかがやける、ダイヤの指環に憂いあり）……こんな歌、知ってるかい？」

「存じませんわ」

「うむ。時代が違うね。しかし、恋愛というような人間の営みが、時代によって流行《はや》ったりすたれたりするというのは、おかしな事だね。だって君、恋愛というのは、或る意味では自然発生的なものだからね。だから君の言うことは、やはり片輪だよ」

「あら、私だって……」と能代雪江は言った。「次長さんみたいな人とだったら、恋愛するかも知れませんわ」

西村耕太郎はおどろいて雪江を見た。電車がとまって、また発車するまで、彼は黙っていた。生意気な口を利《き》いてはいるが、まだ二十三歳の小娘だ。恋愛の味も本当には知らない、もちろん男というものの味も知らない、観念だけで人生を手さぐりしている程度の、子供なのだ。それが西村をからかうような口を利いている。

「馬鹿なことを言うもんじゃない。君たちはどうも悧巧すぎるようだね。そんなに悧巧にならないで、もっと平凡に物ごとを考えた方がいいんだ。良い人が居たら恋愛をする、好きになったら結婚する、それでいいじゃないか。あまり考え過ぎるから、あげくの果てに吾々のような中老人と恋愛するかも知れないなどという、飛んでもない脇道におちこんでしまうんだ。ちかごろは若い娘が老人と結婚することが流行らしいが、そういう流行はやはり不健康だね」

「でも……」と雪江はためらいながら言った。「健康な生活のなかに幸福がないとすれば、少しぐらい不健康でも、仕方がないんじゃないでしょうか」

「ふむ、そうか。そういう考え方をしているんだね。……ところで、理枝も君と同じような考えを持っているのかね。僕にはよく解らないが、君の見たところではどうだね」

「さあ、どうかしら、理枝さんはもっと積極的じゃないんですか。私なんかよりずっと自信があるんでしょう」と言ってから、ひとりごとのように、「きれいな人は得だわ」と雪江はつぶやいた。

終点に来て、二人は電車を乗りかえた。今度の電車は混みあっている。二人は別々に吊革につかまって、窓の外をながれてゆく明るい秋の街々を眼の下に見ながら、黙っていた。そのとき西村耕太郎は、疲れに似た一種の憂鬱を感じていた。その憂鬱は能代雪江とおしゃべりをしたことから来たのかも知れない。あの娘は恋愛の価値を信じていない。戦後の日本は慾情の露出時代、愛慾の解放時代と言ってもいいほどに、芝居も踊りも映画も歌も、慾情の濃厚な色で塗りつぶされている。しかも恋愛の価値が失われているらしい。これは堕落だ、と西村は思った。堕落の果てに若い娘たちは、老人との恋愛に新しい昂奮《こうふん》をもとめようとしているのではないだろうか……

誘惑者

沼津ゆき湘南《しょうなん》電車の一番うしろの一輛を貸し切り車のように占領してしまって、この車のなかは水入らずだった。(昭和火災海上)と染め抜いた紫の旗を車の天井からぶら下げてある。それが、この車を独占したことの喜びの標識だった。幼稚な独占慾の喜びだ。集団行動をするときには、人間は幼稚になる。おさない感情に戻ることが、彼等にとっては嬉しいのかも知れない。幼稚になれない人間は、集団のなかで独立する。西村耕太郎は車のはずれの方の座席に静かに坐って、苦い煙草をくゆらしていた。煙草は一日に四十本ぐらい。すこし多いかも知れない。高血圧には酒よりも煙草がわるいという話を聞いたことがある。口のなかが乾く。たしかに青年時代にくらべて唾液《だえき》が減ったらしい。唾液が多いということが若さの証明になる。口のなかが乾くのは、それだけ体力が衰えているのだ。

再保険課長の島田君が、彼と向きあった席に坐っている。チュウインガムをねちねちと噛んでいる。真黒な髪、長い顔。すっきりと背丈の高い男だ。アメリカの再保険の実状を書いた英文のパンフレットを読んでいる。勉強家だ。まだ四十五にはなるまい。赤革の良い靴をはいている。

新橋を出て、まだ品川まで来ないうちに、向うの隅で女子職員の一団がコーラスをはじめ、男たちは一升瓶の口をあけている。火災部の職員六十七人。そのうちの三分の一は女だった。若い女がまざると男たちは賑やかになる。自分の存在を眼立たせようとして、ふざけたり、わざと乱暴な行動をしたり、大きな声で猥談《わいだん》をしたり、歩きまわったりする。

西村はすこしはなれた所から、彼等のさわぎを黙って見ていた。若い娘たちに対して自分を眼立たせたいという慾望は、もう彼の心にはない、いや、なくなったのではない。胸の底の方にまだ青春の残り火はあるような気もするが、若い青年共のあいだに立ちまじって彼等と恋を争うことは、いかにも大人気ない。大人気ないという自己反省のために、やりたい事もやれないのだ。大人のくせにと言い、老人のくせにと言う。または次長のくせにと言われるかも知れない。大人であることの体面をまもり、次長であることの体裁をまもるために、謹厳実直にその日その日を過して行かなくてはならない。つまらないことだ。青年たちに許されていることが、四十をすぎ五十ちかい大人には許されていない。自分のからだが年をとる前に、世間が彼を老人として扱い、老人らしくあることを要求するのだ。

島田課長がおもい出したように立ちあがって、網棚から鞄をおろす。そのなかからカメラをとり出して、革紐を首にかけた。

「いつからそんな道楽をはじめたんだね」

「これですか」と彼は微笑しながら、眼を細めて光線の強さをはかり、時間と絞りとを加減した。それから片眼をつぶって西村の顔にレンズを向ける。

「……半年ばかり前からやってるんですがね。面白いですな」と言いながら二度ばかりシャッターを切ったが、もう一度自分の鞄のなかを探って茶色の封筒をとり出し、黙って次長の前に突きだした。

西村も黙って受け取る。なかに十枚ばかり小型の写真がはいっていた。とり出して見ると、全裸の女のしらじらとした肉体が、いろいろなかたちに躰《からだ》をくねらせた写真ばかりだった。

「これはまた、怪《け》しからん道楽だね」と西村耕太郎は言った。

心臓が我にもなくどきどきしている。笑ったつもりだったが、頰の筋肉が不自然なゆがみ方をした。すると、

「どうしてですか」と島田は得意そうに、乗り出してきた。

「どうしてって君、風俗壊乱だよ」

「風俗?……なあに、いまどきそんな古い事を言っちゃいけませんよ。ヌード写真は大流行じゃないですか。こう見えても次長、芸術写真ですからね」

「うそだよ。芸術写真と称して、実は猥褻写真をやってるんじゃないか」

「ええ、本当はそうなんです」と島田課長ははっきりうなずいた。「しかし猥褻と言っては叱られますからね。同じような物でも芸術ということになれば、警視庁も手が出せないんですな。ストリップ・ショーだって同じですよ。次長はストリップ・ショーを見ますか」

「一度見たっきりだ」

「一度きりですか」

「うむ、恥かしくって見ていられないよ」

「面白くないですか」

「面白くないわけではないね。面白いことは面白いよ。しかしあんな風に舞台の上で大っぴらに見せられると、興ざめだ。ああいうものはこっそり見て初めて面白いんじゃないか」

「うん、そこですよ。その、こっそり見たいという慾望を満足させるのが、このヌード写真なんです。どうです、次長も一つやってみませんか。いまは素人の撮影会がたくさんあって、猫も杓子《しやくし》もやっていますからね。どこだってはいれます」

「まさか君、この年で裸の写真でもなかろうじゃないか」と言いながら、西村は窓の外に眼を向けた。

横浜にちかづいて、工場の建ちならんだ街を電車は走っている。秋空はますます青く晴れて、頰にあたる日光が暑いほど強い。

「そんな遠慮することはないですよ」と島田はだんだん熱心にさそいかける。「六十すぎの爺さんだってやっているんです。本当ですよ。とにかく芸術ですからね。だれがやったって構うもんですか。本当は、芸術のわかるやつなんか一人も居ないんです。芸術の名を借りてひそかに慾望を満足させるんですな。しかし、誰にも迷惑のかからない道楽だから、良いでしょう。カメラはお持ちですか」

「有るよ」

「何です」

「古いライカだがね」

「ライカが有れば上等だ。近いうちに一度さそいますからね。行ってみませんか」

こんな誘惑者が、この電車に乗っていようとは思いもかけないことだった。行ってみたい気もする。行ったところで、どうせ永続きするわけでもなかろうし、他人に解れば次長の名誉にもかかわるだろう。やめておいた方が無事だとも思う。もうすこし島田が誘惑してくれたら、責任は彼にあるということにして、一度だけ誘惑されてみようかとも考える。自分から乗り出して行く勇気はないのだ。そして、「十二三年まえには相当写真に凝ったこともあるんだがね。……」と、西村は煮えきらない言い方をした。

「この、ヌード写真の面白さというのは、やった人でないと解らんですな」と島田課長は、窓に頬杖《ほおづえ》をついて言いだした。「……つまりですな、二つの楽しみがあるんです。一つは撮影する楽しさ、これはね、とにかく普通ならば絶対に見られない筈の裸の女を眼の前に置いて、いろいろなポーズを註文してですな、相手がまたその通りにやってくれる訳ですよ。それをファインダーからのぞいてシャッターを切る時には、ちょっと昂奮しますよ。

ところがその写したフィルムを、現像屋にやらせるんじゃ駄目なんです。と言って自分のうちで現像する訳にも行かんでしょう。女房は知らないんですからね。だから商売人の現像場を借りるんです。自分の焼きつけた印画紙を現像液にひたして、暗室の小さな赤ランプの下でね、その印画紙の上にすうっと白い裸体が現われて来る瞬間。……何と言うのかな、つまり、誰も知らない女を、誰も見ていない所で、こっそり自分のものにしたような快感だな。そりゃあんた、病みつきになったらちょっとやめられないです。夜中に夢に見ますよ」

「それだけの事じゃないか。いわば自慰的行為だな」

「うむ……それだけって言えば、それだけですよ。しかしね次長、われわれの年になって、いまさら街の女を漁《あさ》るわけにも行かんでしょうし、放蕩《ほうとう》をしようにもサラリーマンの身の上では、自分の金で芸者あそび一つ出来るわけでもなし、一生働いたって妾の一人も持てるような身分にはなれそうにもないし、結局なにが出来ますか。碁将棋だとか小唄端唄《こうたはうた》だとか、そんなものでは満足しきれないものが有るでしょう。

それを何とかして無理に満足する所まで持って行こうとすれば、結局会社の金をごま化すとか、賄賂をとるとか、詐欺をやるとか、殺人強盗をはたらくとか、要するに非合法的なことをやって大金を手に入れるより仕方がない。ところがそれだけの度胸もない品行方正なサラリーマンとしては、中途半端かも知れないけれどヌード写真ぐらいのところで、自分の本能を慰めてやるより仕方がないじゃないですか。

要するにこれはね、ヌード写真が流行するというのは、日本のサラリーマンが貧乏だということですよ。安上りで、法律にも触れないで、他人に迷惑もかけないで、こっそり自分ひとりで楽しもうと言うんです。敗戦後に急にカメラが流行しヌードが流行して来たというのも、そういう訳じゃないですか」

「哀れな道楽だな」

「哀れな道楽です。しかしこれならば浮気をするのと違って、家庭の平和を破壊することもないし、大して金がかかる訳でもないし、吾々にはちょうど宜いんです。若返りにも効果はありますよ、ホルモン注射なんかよりは良いです。つまり薬品で刺戟《しげき》するんじゃなしに、感情の昂奮によってホルモンの分泌をさかんにするんですから、一番自然な若返り法ですよ。次長はホルモン注射をやっておりますか」

「やったことはあるが、どうもあまり良くないようだね」

「そうでしょう。あれは一時的なもんですよ。却ってあとが悪いような気がしませんか」

「そうなんだ。結局僕は、年齢には抵抗できないもんだと思っているね」

「いや、僕はそうは思いませんね。年齢には抵抗できます。勿論或る程度ですが、合理的な抵抗の方法はあると思うんです。それをみんな、解っていてもやらないんだな」

「どんな方法があるんだ」

「いろいろなやり方は有るでしょうが、要するにその人の体質に合った健康法ですな。禁酒禁煙して長寿を保つ人もあるし、酒も煙草も普通にやって長寿を保つ人もあるんですよ。だから誰にでも通用する方法というものはないんです。つまり、どれが自分に一番いいかということを、先《ま》ず発見することだと思うんです。しかし一般に、生涯独身だったという人は命が短いですな。やはり適当な刺戟が必要なんですよ。次長なんかもヌード写真で刺戟された方が長生きしますよ」

島田はひやかすような言い方をして、笑いながら立ちあがった。そして若い連中が歌ったり飲んだりして騒いでいる姿を撮影するつもりらしく、カメラをいじりながら向うへ歩いて行った。

横浜駅につき、またすぐに発車した。工場の並んだ掘割りの岸を走り、次第に郊外に出てゆく。西村耕太郎は秋の日光を額にうけながら、手もちぶさたに苦い煙草をくゆらしていた。今朝から十本の煙草をすった。少し多すぎると思いながら、なかなか減らすことができなかった。悪いことをしているという心の苛責《かしゃく》がある。自分で命を縮めているのだ。もうあと二十年とは残っていない、惜しい命だった。ホルモン注射よりは裸体写真をやる方が健康に良いと島田が言った。そうかも知れない。しかし、本当に欲しいのは健康ではない。いたずらに健康であっても、それだけでは何でもないのだ。健康がほしいということは、健康な肉体によってもう少し人生を愉しみたいということだ。人生を愉しみたいというのは、何も重役になったり立派な家に住んだり、芝居やレヴューを見たり、温泉へ行ったり、洒落《しゃれ》た服を着たり、うまい飯をたべたり、そういう事をしたいという訳ではない。

それでは愉しみというのは一体何だ。……要するに異性をたのしむということではないのか。放蕩無頼をやりたいわけではない。三千の美女をたくわえて酒池肉林《しゆちにくりん》の悦楽にふけったという中国やトルコの国王の真似がしたい訳でもない。その千分の一でいいのだ。小さな望みだ。二十幾年も連れ添うてきた妻がある。さと子は善良で貞淑な妻だ。それはそれで宜い。女房に文句を言う気はすこしもない。しかしさと子という一人の女が、すべての女性なるものを代表している訳ではない。彼女が持たなかったものもあるであろうし、彼女が既に失ったものもあるに違いない。それよりも何よりも、さと子に義理を立てて、彼女に縛られて、彼女との間の平和を害しないために、彼自身のあらゆる可能性を抛棄《ほうき》し、慾望を抑圧し、自由を拘束されて、いたずらに善良なる良人の仮面をかぶり、事なかれ主義の平々凡々たる生活に甘んじて生きて行くことが、果して良いことであるかどうか。或いはそれこそ彼自身の健康と長寿のために最も大きな害悪であるかも知れない。胸中に鬱積《うつせき》したたくさんのもやもやした物を、遠慮なく解放してやる事こそ最大の健康法ではあるまいか。しかし島田課長の説によると、その為には詐欺や収賄や殺人強盗をしなくてはならないというのだ。

眼をつぶって、彼は眠ろうとした。所詮、自分の老い崩れてゆく年齢に抵抗する方法はあるまい。健康法も近代医学も薬学も、あらゆる人間の手段はわずかに数年の若さを保つだけに過ぎない。ほんの少しばかり悔いを永引かせるだけの話だ。むしろそれ位ならば、健康に害があると解っていても、手のとどく限りの享楽をほしいままにして、せめて今のうちに出来るだけ豊富な生き方をしてみたい気もする。長寿とは何か。そのこと自体にも疑問はあるのだ。……

不意に、「次長、次長！」と呼ばれて、西村は眼をひらいた。顔の前に青い酒をたたえたグラスが突きつけられている。電車の震動で液面に青い小波《さざなみ》が立っている。

「一杯やらんですか。さあ、どうです。そんな憂鬱な顔をして、何を心配しているんですか。エジプトがどこと戦争したって、日本まで爆弾は落ちて来やしませんよ。今日はこんな良いお天気だから、放射能の雨を気にすることもないでしょう。これは天下の美酒です。さあ、乾盃しましょう」

火災部技術課の、曾我《そが》君という眉目《びもく》秀麗な青年だった。まだ三十にはなるまい。知恵にきらめくような茶色の瞳、額で幾つかの渦を巻いた漆黒のふさふさした髪、しなやかで骨格のしっかりした体軀《たいく》。若さの標本みたいな男だ。西村はまるで強制されたようなかたちでグラスを受け取りながら、

「何だね、これは……」と言った。

「これですか。この酒にはまだ名前がついていないんです。世界中のどこの酒場を歩いたって、これと同じカクテルを飲ませてくれる所はありません。つまりこれは僕が造った酒です。魔法

の酒かも知れない。見たところ淡青色で、ほんのかすかな濁りがあるでしょう。この濁りは十分も経つとなくなってしまいます。太陽の光線に透かしてごらんなさい。どうです。淡青色のなかから不思議な紅《あか》い色が流れて、虹のように光っているでしょう。まるでメキシコ・オパールの色ですね」

「何がはいっているんだね」

「そんな事は考えなくて宜いです。さあ、一つやって御覧なさい。一杯飲めば心に青春を生じ、二杯飲めば全身に活気を生じ、三杯飲めばまさに羽化登仙《うかとうせん》の思いですよ。家庭をわすれ仕事をわすれ、自分の年齢を忘れるという魔法の酒です。しかし三杯以上はいけませんよ。……どうです」

「うむ、うまいね」と西村耕太郎は呟いた。

喉が熱くなる。甘美な刺戟が五臓六腑にひろがって、じいんと全身がしびれるような気がした。

「こんな酒は飲んだことがない。不思議な味がする」

「そうでしょう。何だか日頃の鬱陶しい生活から解放されたような気がしませんか。ところで次長は今朝、駅前の床屋で散髪をしましたね」

「ああ、やったよ」

「それから本屋でゲエテのファウストを買って、駅のフォームへあがって行ったら、そこに能代雪江が立っていましたね」

「どうして知ってるんだ」と西村はおどろいて言った。この曾我法介《ほうすけ》という青年社員が何だかうす気味わるくなって来たのだった。

「まあ、そんな事はどうでもいいです」と曾我は言いつづける。「……駅のフォームで雪江はあなたに、熱海なんかへ行くよりはその費用を現金でもらいたいと言いましたね。電車のなかへはいってからは、雪江がお宅のお嬢さんと同級生だった話をしたでしょう。それから縁談のことをしゃべり、恋愛は嫌いだという話をして、そのあとで、次長さんみたいな人とならば恋愛をしてもいいと言った……」

「君はあの電車に乗っていたのか」

「いいえ。乗っておりません」

「それじゃ、能代君から聞いたんだね」

「今朝からまだひとことも口を利きません。しかし僕は次長のことなら全部知っています。つい さっきは島田課長から、ヌード写真をすすめられていましたね。あなたも本当はやってみたいんだ。しかし正直に言うのは体裁がわるいから、うやむやな返事をしていましたね。あなたは謹厳な顔をしていらっしゃるが、心の中は必らずしもそうではない。つまり心と行為とのあいだに矛盾がある。矛盾を胸に抱いて何十年も過して来れば、憂鬱がすこしずつ、水垢《みずあか》のようにたまりたまって、あげくの果てに大きな破壊を試みたくなる。西村さんは目下そういう心境にあるのでしょう」

「君は変な男だね。何のためにそんな勝手な想像をするんだ。そういう言い方は失礼だよ」

「失礼だったら御免ください。しかし西村さん、四十八歳の次は四十九歳です。四十九歳の次は五十歳です。ぐずぐずしてはいられないでしょう。やるならば今です。明日ではもう遅すぎます。あと一二分で大船《おおふな》に着きますね。僕と二人でこの電車から逃げ出しませんか。そしてまる一昼夜、行方不明になってみませんか。人間はときどき行方不明になる必要があります。年がら年じゅう自分の所在が他人にはっきり解っていては、世間の掟《おきて》に縛られます。もしも一日のうち一時間ずつでも行方不明になることが出来たら、ずいぶん楽しいことが有る筈です。島田課長はヌード写真を撮っているときだけ、彼の人生から行方不明になっているんです。裸の女を撮影するのが楽しいとあの人は言っていますが、実はそうではなくて、行方不明になっていることがあの人にとって楽しいのです。

行方不明というのは、自由ということです。現在の文明社会に暮している人間は、あらゆる自由を奪われています。政治の拘束、経済の束縛、法律と道徳と習慣と義務と、さらに妻子に対する愛情に縛られ、身動きもならない有様です。島田課長が言うような非合法の手段によって大金を握ってみても、今度は法律に追いまわされる羽目《はめ》になります。

そういう窮屈な人生のなかで、たった一つだけ、法律にも触れず、大して金もかからず、しかもやろうと思えば直ちに得られるところの自由は、自分が行方不明になることです。自分が自分から脱出してどこかへ行ってしまうこと。それだけしか有りません」

妖しい酒のせいであろうか、妖しい曾我君の雄弁のためであろうか、西村耕太郎はなにか不思議な感覚におちいっていた。坐っている自分が座席から浮びあがっているような、ふわふわとした頼りない感覚であった。曾我法介の顔が自信のある微笑をたたえて彼を見つめている。その顔がすこし怕《こわ》かった。

電車は大船駅にはいった。彼はグラスに残った青い酒を一息に飲み乾《ほ》す。心臓がしびれるような気がした。フォームのベルが鳴っている。曾我は微笑をたたえた顔でまっすぐに彼を見つめている。電車が動きだした。西村次長はほっと溜息をついて、

「この酒はひどく強いようだね」と言った。

「いいえ強くはありません。底の方に母親のような甘味があります。つまり寛容な味があるのです。妻の愛情のように、許してくれない、強烈な刺戟とは違います。あなたは初めての味だから強烈に感ずるのです。もう一杯さしあげましょう」

曾我法介はグラスを持って立ちあがった。向うの方では若い社員たちの笑い声がどっとあがり、女事務員たちのきれいなコーラスがきこえている。島田課長は戻って来ない。窓の外に丘

陵がつらなり、その向うには海がある。一体曾我というのはどういう男であろうかと、彼は酔った頭で考えた。大船で電車から逃げ出して、まる一昼夜のあいだ行方不明になろうと言った、あれは本気だったろうか。それとも五十ちかい中老人をからかって、出来もしない事をやらせようとしたり、不安定な心境にある人間をますます不安定にしたりして、そういうわる賢さを自分ひとりで楽しんでいたのだろうか。

青い酒のグラスを持って曾我が向うから歩いて来た。立ったままでそれを次長に手渡しながら、

「あなたは僕を疑っているんでしょう」と、まるで心の中を見透《みとお》したようなことを言った。「……疑うことは御勝手ですが、疑ってみても何の得もありませんよ。あなたは僕に誘惑されるのが怕いのではなくて、誘惑された結果、あなたに取って新しい人生がひらけてくるかも知れない、その変化を怕がっているんです。そのくせ現在の生活には飽き飽きしているんです。尤《もっと》も、あなただけではありません。誰だってそうなんです。そうして愚図々々しているうちに、あらゆるチャンスは逃げて行って、夢も希望も空想も、みんなはかなく消えてしまうんです。なにも僕は強制するわけではありません。あなたの御勝手、あなたの御自由です。ただ僕はこういう余計な忠告やおせっかいな世話焼きが、どうも性分に合っているらしいですね。ところでひとこと申して置きますが、能代雪江はお止《よ》しなさいよ。悪いことは言いません。どうも

失礼を申しました」

彼は軽快な素振りで挨拶をすると、一枚の紙切れを西村に手渡して、若い社員たちが飲んで騒いでいる方へ、大きな歩幅で歩いて行った。

手渡された紙片をひらいて見ると、熱海の街のさかり場の簡単な地図の上に、一カ所だけ赤い丸印がついていて、(今夜九時……)と書いてあった。

一体おれをどうするつもりなのか、と耕太郎は思った。曾我という青年の真意が解らない。しかし彼のさっきの言葉が胸に引っかかっていた。(疑うことは御勝手ですが、疑ってみても何の得もありませんよ)……疑う心と誘惑されたい気持とが、半々だった。窓に置いた酒のグラスに日光が当って、虹の色に輝いている。妖しい男に妖しい酒を飲まされたような、不思議な酔い心地《ごこち》だった。

辻堂《つじどう》、茅《ち》ガ崎《さき》、平塚は、居ねむりをしているうちに過ぎてしまった。眼がさめた時は大磯《おおいそ》だった。悪夢のような酒の酔いはまだ血液のなかに残っているし、島田課長と曾我君との意外な誘惑の言葉も記憶に残ってはいたが、心は現実にもどっていた。慰安旅行の六十何人の社員たちをのせて、電車は湘南平野を走っている。雪をのせた富士も見える、明るく枯れた箱根の山々も見える。幻想もなければ飛躍もない。元のままの自分がここに坐っている。家を出た時と少しも変らない自分だった。

島田課長は酒を飲んできたらしく、カメラの革ひもを首にかけたまま、向いの座席に横になって眠っていた。四十四五歳の、おとなしい男だ。この男が裸の写真に凝っているという、その事だけでも信じられない気がする。

酒を飲んだあとの怠惰な気持で、西村耕太郎は一本の煙草をくわえ、さて、今から熱海までの一時間のひまつぶしに、網棚の上から鞄をおろし、今朝街で買った本をとり出して見た。ファウストという名は何十年まえから知っているが、手に取って見るのは今日が初めてだった。開いてみると、韻文のかたちになっている。詩劇と言った風なものらしい。ところが読んでみると、第一行からして何の事だか解らない。

昔我が濁れる目に夙《はや》く浮びしことある
よろめける姿どもよ。再び我が前に近づき来たるよ。

いでや、こたびはしも汝達《なんたち》を捉《とら》へんことを試みんか。

我心なほそのかみの夢を懐《なつ》かしみすと覚ゆや。……

ああ、しまった、と彼は思った。三百何十円を投じてこんな訳のわからない本を買うくらいなら、それこそストリップ・ショーでも見た方がよかったのだ。第一頁《ページ》につまずいて、読みつづける気持を失った彼は、二三十頁もぱらぱらとめくって、眼についた所を拾い読みしてみた。

……そこであらゆる絆を絶つて、自由に
人生がどんなものだといふことを御経験なさるのですね。
ファウスト　いや。この狭い下界の生活の苦はどの着物を着ても逃れられまい。
一体俺はあてのない遊びをするには、もう年を取り過ぎた。あらゆる慾を断たうには、まだ年が若過ぎる。……　〔「ファウスト」の訳文は森鷗外による〕

その通りだ、と彼は思った。そしてもう一度読みかえした。曾我法介は今夜の九時に、熱海のどこかの街角で待ち合わせようと言っているが、あてのない遊びに耽《ふけ》るには、もう彼は年を取りすぎていた。そのくせなお、慾は断てない。まだ若過ぎる、この矛盾をどうすればいいのか。それが当面の問題だった。

電車は大きな河をわたっている。河の向うに海が見えた。西村はもう一度はじめから、この本を読んでみる気になった。そして永いあいだ読みふけった。

読んでみるとこの本は、まことに奇々怪々な物語だった。天の神様が現われる。悪魔が出てくる。二人が問答をする。賭けをする。悪魔は善良な学者ファウスト博士を誘惑してみせると言う。そこで神様は、（お前にそれが出来るなら、お前の道へ連れ降りてみい）すると悪魔はよろこんで、（ようがす。たゞ少しの間の事です。この賭けに負ける心配はない積りだ！）

下界では、ファウスト博士が退屈している。

（はてさて俺は、哲学も法学も、医学も、

あらずもがなの神学も、

熱心に勉強して、底の底まで研究した。

さうしてこゝにかうしてゐる。

気の毒な、馬鹿な俺だな。

そのくせ何もしなかつた昔より、ちつとも偉くはなつてゐない。……）

（あゝ、この大気の中に、天と地との間に、そこを支配しつゝ漂つてゐる霊どもがあるなら、どうぞ黄金色の霞のなかから降りて来て、おれを新しい、色彩に富んだ生活へ連れ出してくれい。……）

そこへ悪魔が現われた。黒いむく犬の姿をして、博士の足もとに戯《たわむ》れて、彼の書斎にまではいり込んで、やがて悪魔メフィストフェレスの正体をあらわす。……

うらやましい事には、ファウスト博士は独身らしい。女房も子供もない老人だ。だから気ままに自分の家を抛《ほう》り出して、悪魔と一緒にどこへでも遊びに行くことが出来たのだ。西村耕太郎には家がある。妻子がある。たとい悪魔が（新しい、色彩に富んだ生活へ連れ出して）くれると言っても、身軽にどこへでも行く訳にゆかない。

しかし島田課長がすすめてくれたヌード写真ぐらいならば、出来なくはない。妻子のある生活と妥協しながら、やる気になればこっそりやれるだろう。曾我法介君は、一日のうち一時間だけでも行方不明になることによって、本当の自由が得られると言った。あいつは誘惑の悪魔であるかも知れない。最初のうちは当りさわりのない、小さな誘惑から始めて行って、そのうちにどこまで曳《ひ》きずり込まれるか解りはしない。危ない事はやめた方がいい。家庭も大事だし、会社に於ける自分の地位も大事だ。

しかし、いまもしも曾我君の誘惑を追いしりぞけたとして、この次には何時《いつ》になったら、そういう誘惑をしてくれる人物が現われるだろうか。やるならば今だ。ファウストが旨《うま》いことを言っている。

（悪魔などといふものが、手にはいつては手放せないね。

またすぐに摑まへようと言ふわけには行かんから。……）

誘惑はいつでも有るわけではない。悪魔は一生に一二度しか現われては来ない。つかまえるなら今だ。明日では遅すぎる。ぐずぐずしていると間もなく五十になる。五十五になる。……

電車はしきりにトンネルを潜《くぐ》る。彼の読書はさまたげられ、幻想は中断された。トンネルを出ると晴れた海が見え、伊豆《いず》の岬が見える。島田課長が眼をさまして、

「いま、どこですか」と濁った声で言った。

西村はいま、海と山との境。闇と光との堺。悪魔の誘惑と戦いながら、危ない崖鼻《がけはな》を走っているところだった。

魔女の厨《くりや》

松東ホテルは熱海の、街の海岸道路からすこし盛りあがった坂の中腹に建っていて、眺望は悪くないが、三階の廊下の籐椅子《とういす》に坐ってみると、海が見えるというよりは、屋根が見える。熱海という街は高みから見おろすと屋根ばかりだ。屋根の尽きたところに僅かに海が見える。十年まえ、五年まえ、三年まえと比べてみると、海がだんだん遠くなったようだ。屋根の大群が海を遠くへ押しやってしまったのだ。

このホテルには二十何年まえに一度来たことがある。忘れ得ぬ思い出の宿だ。西村耕太郎が原田さと子と結婚して、新婚旅行にやって来たのがこのホテルだった。さと子は二十二。すんなりと痩せた、ういういしい娘だった。あの時のさと子の姿を、彼は未だに覚えている。話しかけても碌々返事も出来ないほど、どぎまぎしていた。それがいかにも可愛かった。今のさと子とは比べものにならない。二人きりの夜になって、

「ビールを少し飲まない?」と誘うと、黙って小さく首を振る。

「散歩に行ってみようか」と誘っても、黙って首を振る。

花嫁というものがこんなに手に負えないものであることを、耕太郎は初めて知ったのだった。拒むのではないが、彼女は身を固くして、手足をこわ張らせ、唇を慄《ふる》わせていた。それほど純潔な娘だった。歳月ながるること二十幾星霜《せいそう》。いまでは打って変って良人を叱りつける。良人の言うことをきかない。良人に嫉妬する。……西村は眼を細めて暮れてゆく海の夕焼けをながめながら、二十何本目の煙草をくゆらせている。あの頃は、生涯を保険会社の社員で過そうなどとは思っていなかった。もっと大きな青雲の志を抱いていた筈だった。さと子を妻にむかえた時にも、絶大にして至高なる幸福を夢みていた筈だった。あの夢もこの夢も、消えて虚しい。過ぎにし昔ばかりがそぞろに懐しい気がする。

大学を出て保険会社へはいった当時は、いささか社会主義にかぶれていた。保険事業というものに社会保障制度の理想を描いて、保険の発達がすなわち社会生活の安定と幸福とをもたらすものだと信じていた。原則的な保険の意義はいまも昔も変ってはいないが、保険会社は一つの資本企業にすぎないものであって、決して慈善事業ではないことも解ってきた。その会社のサラリーマンであるところの彼自身も、いつの間にか資本家の利潤追及の奴隷となり終《お》せたのだった。

この宿に新婚旅行にやって来てからもはや二十幾年。結局なにをしてこの生涯を過して来たであろうか。小さな家庭を支え、妻を愛し、ひとりの生意気な娘を育てたこと。保険会社という大企業のなかの小さな一つの細胞となって、重役と株主とのために青春を使い果たしてしまったこと。それだけだった。平凡な生涯だ。

不意に部屋のなかに電燈がともって、女中が浴衣をもってはいって来た。

「お召し換えをどうぞ」と言う。

浴衣に着かえ、丹前《たんぜん》をかさねながら、

「女中さん、按摩を呼んでくれないか」と西村は言った。

「はい、でも、間もなく宴会でございましょう?」

「うむ、そのあとで宜いんだ」

「何時ごろになさいますか」

「そうだな。八時ならいいだろう」

「はい、あの……女按摩がよろしいんですか。男でもいいんですか」と、年の行った女中は妙に含みのある言い方をした。

「どっちでもいい」と言いすてて、彼は風呂場へ降りて行った。

島田課長がひとりきりで、家族風呂と称する小さい湯槽にはいっていた。

「やあ、お先に……」と言う。

裸になるとひょろひょろした、不細工な躰をしている。顔も長いが首も長い。手足も胴体も全部が長い。力仕事などはしたことがないらしい。彼に出来ることと言えば保険会社の仕事だけだろう。これもまた資本家の企業の犠牲となって青春を使い果たしつつある（生ける屍《しかばね》）の一種であるに違いない。

並んで湯槽にひたると、島田はうんうんと唸っている。唸るのが風呂にはいった快感の表現であるらしい。苦しそうな、息のつまったような声だ。唸りながら、

「今日は日が良いんだそうですな」と言う。

「日が良いって、何だね」

「つまり、友引じゃない、何でしたっけ。……大安だ。大安というのが一番いい日なんですよ」

「ああ、結婚式か」

「ええ。新婚がぞろぞろ居ますね」

「居るって、この宿にか」

「この宿にも、女中の話では、今晩だけで十一組の約束があるそうです。これで熱海の旅館が何軒ありますかね。仮に新婚が来て泊る旅館が、熱海と湯河原と箱根とで二百軒あるとして、

十組ずつの新婚が来ると二千組。つまり四千人だ。それが大安以外の日も結婚式はあるんですから、一カ月でどのくらいになりますかね。三万人以上でしょう。年に三十六万人。ずいぶん結婚するもんですね。人口が殖える筈ですな」と言って、島田は笑った。さすがに彼は保険会社だけあって、すぐに統計的な数字を考えるらしい。癖になっているのだ。

かつては西村耕太郎も、その新婚旅行者のなかの一組であった。むかしむかしの話だ。この家族風呂もその当時とあまり変ってはいないようだ。部屋も廊下もすっかり古びてはいるが、あの頃のままである。そしてあの日の花婿《はなむこ》は、今では血圧の心配をしたり神経痛に悩まされたりするような年になってしまった。

島田は話題を変えて、

「熱海の代理店の白井という男が来たでしょう。会いましたか」と言った。

「いや。まだ会わない」

「そうですか。白竜館という旅館の主人ですがね。街ではいくらか顔が利くらしいです。酒を三本ぐらい持って来て、幹事に渡しておったようです。あとで吾々をどこかへ招待したいような事を言っていましたが、行きますか」

「いや、僕は失敬する。飲みすぎるとどうもいけないんだ」と西村は言った。

「そうですか。……その白井の話では、この松東ホテルも去年までは大同火災が取っていたのを、今年からうちの会社と契約させたんだそうです。威張っていましたよ」

「ほう。どの位はいっているんだね」

「二千万とか言っていましたね。建物が千五百万に、営業用什器《じゆうき》が五百万だったでしょう」

「ずいぶん高いね。超過になっていないだろうか」

「超過でもないでしょう。建物がこれで、ざっと三百坪もありますか。少し古いから坪五万と見て千五百万。一杯ですな」

「一杯だねえ。什器の五百万も多過ぎないかな。部屋数が幾つある?」

「さあ。……二十五室として、机鏡台その他の備品を、一室について四万円と見れば百万。一室三人として寝具がどうなります?……一組三万で九万。二十五を掛けて二百二十五か。予備を入れて二百五十万。それから食器その他。……まあぎりぎりでしょうな」

「ぎりぎりだね。そこまでやらない方がいいね」

「そうですね、代理店が成績を挙げたがるからですよ」

「白井というのは、もう古いんだろう」

「ええ、十二三年も代理店をやっているんだそうです」

そういう話をしている時は、西村も島田も平素と変っていなかった。サラリーマンの制服をぬいで、裸になって温泉にひたっていても、保険の契約高を計算したり建物や什器の見積りをしたり、要するに会社の重役と株主との利益を守るために、本気になって心配していた。そういう心配をすることが、彼等の本職だった。そればかりを何十年もやって来たのだ。永年の仕事が習慣になって、物事の考え方が歪んでいる。拳闘家の鼻がつぶれているように、競馬の騎手ががに股になっているように、彼等の頭のはたらきも歪んでいた。

颱風《たいふう》が九州にちかづいて来れば、海上保険部が損をしはしまいかと思い、気象台が強風警報を出せば、大火事になって保険金をごっそり取られはしまいかと心配する。渇水期《かっすい》に家庭の停電があれば、また火事がふえるかとはらはらするし、今年の冬は寒さがきびしいと言えば、それも火災の原因になりそうだと思いわずらう。

要するに保険会社というものは、人間社会に起り得るあらゆる事故を予定して、その災難を肩替りするのが商売だから、心配のなくなる時がない。殊に新種保険をはじめてからというものは、交通事故には自動車保険、洪水が起れば風水害保険、飛行機が落ちれば航空保険、山火事が起れば森林火災保険、泥棒が街の貴金属屋をねらってショウウィンドウを叩き割り、それで番頭が怪我をすれば、盗難保険と傷害保険とガラス保険とが同時にはたらく。

したがって西村も島田も、新聞の三面記事を読むたびに、この火事は何百万円、この衝突は何十万円と、事件を金高に翻訳して考える。慰安旅行で温泉にひたっていても、この松東ホテルの二千万円は超過保険であるかないかを心配しているのだった。頭の芯までが保険で歪められている。島田課長はそれでもヌード写真という抜け道をもっているが、西村耕太郎には息抜きする場所がない。その事に彼は疲れていた。

風呂からもどってみると、熱海の街はおおかた黄昏《たそが》れて、赤や青のネオンがあらゆる屋根の上で、勝手気ままにぴかぴか光っていた。何ともあわただしい風景だ。

ここから見ると、光るネオンの大部分は温泉旅館であり、その向うの一郭は赤線区域の娼楼《しょうろう》である。温泉旅館には新婚旅行の人たちが何百組となく泊っている。あたらしく結婚生活をはじめようという、その貴重な第一夜を、なぜこのような頽廃した風景のなかで過さなければならないのか。……しかし、考えようによっては何の不思議でもないかも知れない。人間の行為は、新婚旅行であろうと娼楼の遊蕩《ゆうとう》であろうと、その本質においては何も違ってはいないのだ。人間という一種のけだものは、骨の髄まで性的にできているらしい。ただその行為を粉飾するのに、儀式を用いるか金銭を用いるか、それだけの違いだ。……

そんな客観的な理窟を考えていられるというのは、西村耕太郎が歳をとった証拠であった。もうすこし彼が若ければ、客観したり批判したりする前に、羨しくなるに違いない。羨しい気持もことごとく失ってしまった訳ではないが、(あてもない遊びをするには、もう年を取り過ぎ)ていた。

六時から宴会がひらかれた。火災部長が名古屋の出張先から熱海へくる予定であったが、急用で大阪へ行くという電報が来た。西村次長は部長に代って挨拶をした。宴会は平凡で、乱雑で、終りの方は猥雑であった。終りが猥雑にならないと、何かしら物足りないらしかった。猥雑な歌や踊りがひと通り終るころには、麻雀《マージャン》の好きな連中は別室へしりぞき、女事務員は娯楽室へダンスをしに行き、飲み足りない連中は片隅に車座になって議論の花を咲かせ、元気な数人は徒党を組んで赤線区域へ押し出して行くのだった。

西村次長は丹前を着て床柱のまえに胡坐をかき、出される盃を次々と受けながら、曾我法介の存在を忘れてはいなかった。彼はひとりでビールを飲みながら、始めから終りまで退屈そうにしていた。六十何人の一座のなかで、少しも光らない、少しも存在をはっきりさせない、影のように静かな立場をとっていた。そのことが何となくうす気味わるかった。そして宴席が次第に猥雑に乱れはじめた頃、曾我法介は音もなく宴席から消えていた。

能代雪江はコーラスを歌った。(流浪の民)のなかでは高いきれいな声で彼女が独唱するところがあった。美人というのではない。しかし男の心に一種の抵抗を感じさせる娘だった。男の征服慾を刺戟するような、ちょうど手頃な抵抗感があった。曾我法介は次長にむかって、(能代雪江はおよしなさい、悪いことは言いません)と、忠告めいた言葉を吐いたが、西村はいま雪江を何とかしようというような気持はなかった。しかし、あんな事を言われると気にかかる。……

宴席がみだれてから、彼はひとりで自分の部屋に引きとった。女按摩が来て、彼を待っていた。牀が敷いてあった。腕時計は九時に七分まえであった。彼は白い浴衣一枚になって牀にはいり、肩先から揉んでもらった。眼を閉じて女の指の力にからだをまかせながら、街へ出てみたって仕方があるまい、と思っていた。

女按摩は盲目ではなかった。西村の娘とおなじくらいの、可哀相なほど若い娘だった。小柄だがしっかりした体格をしている。顎の張った四角なあから顔で、腕も首も短い。胴も足も、みな短いらしい。島田課長とは正反対のからだつきだ。要するに、男の心にいささかの夢をも抱かせない、からだのどこにも可愛いという部分をもたない、ひどく現実的で実用的な女だった。そういう女であるからこそ、中年の男ひとりの宿の部屋へ、恐れる気色もなくはいり込んで、男の腰を揉んだり足をもんだりすることも出来るのかも知れない。してみれば彼女の魅力に乏しい体格が、職業の安全を守る要素になっている訳だ。指の力はすこぶる強い。脊骨《せぼね》のわきを親指で押されると、息がつまるような気がした。女は遠慮なくぐいぐいと押えながら、

「お客さん、お年をあてましょうか」と、大人のように冷静な声で言った。

「うむ、わかるかい」

「四十八」

「どうして四十八だ」

「だって解ります」と事務的に答えてから、更に「血圧が高いですね」と言った。

西村耕太郎は何だか嫌な気持になった。今日は家を出て以来、一つも碌なことがない。電車に乗ると能代雪江から、次長さんみたいな人なら恋愛してもいいと言われたし、その次には曾我法介が、奇妙なカクテルを飲ませて妖しげな誘惑をもちかけた。あげくの果てに女按摩までが、うす気味わるいことを言いだした。いささか腹を立てて、

「血圧なんか高くないよ」と言うと、女はそれには答えようともせずに、

「お客さんはロマンス・グレーで、良いですね」と言った。

「ロマンス・グレーって、何だ」と問うと、

「すこし白髪がまざって、とても魅力的よ」と言う。

言いながら彼女は、脊椎に添うて一つ一つのつぼを指で押して行く。押されるたびに息がつまる。とぎれとぎれに、

「白髪がどうして、魅力的なんだ」と、からかうつもりで言ってみると、女按摩もとぎれとぎれに、

「男のひとの、一番良い年頃じゃないんですか」と、ませた事を言った。「……お金も出来て、何だって解ってらっしゃるし、働きざかりで、楽しいことだらけでしょう」

「楽しい事なんかないよ、年をとったら、もう駄目だ」

なからず心が乱れた。

「行くもんか。按摩をされて、寝ている方が楽でいいよ」と強いて言ったが、西村次長はすく

「いまから街へ遊びに行くんでしょう」と、按摩は又しても予言者のようなことを言った。

「何が嘘つきだ」と西村が咎めると、

「あら、嘘つきね」

「御遠慮なさらなくても宜いですよ」

「君に遠慮なんかするもんか」

「もうお迎えが来る頃でしょう」と女が言った。そのとたんに、枕もとで電話のベルが鳴った。

女按摩は突然、烏《からす》のような声でけらけらと笑った。

横になったまま手をのばして受話器をとると、電話は帳場からだった。

「あの、お迎えが参りました」と番頭が言う。まるで女按摩と示しあわせていたみたいだ。

「お迎えって、何だね」と訊くと、

「車が参っております」と言う。

「車なんか頼まないよ」と強いて強気に言ってみたが、狐にだまされているような、不安な気持だった。

「いいえ、あの、お連れの方がどこかでお待ちになっていらっしゃるんだそうですが……」と、

番頭の声が妙にせき込んでいる。

「いま何時だね？」

「はい、九時十二分でございます」

「僕はもう酔ったから、行かないと言ってくれたまえ」と西村は思いきって言った。

すると、又しても女按摩が、軽蔑したような調子でけらけらと笑った。番頭の声が電話器のなかで、

「さようですか。では帰して宜しいですか」と言う。

それを聞いたとたんに、西村は起きあがった。

「よし、行くから待たせてくれ」

そう言って電話を切り、按摩の方をふり返ると、女は冷然たる背なかを向けて、白い仕事着を脱いでいるところだった。

「治療代、いくらだね」と問うと、女は裁判所の守衛のようなひややかな口調で、

「二百三十円」と言った。

金をわたして、浴衣の上に丹前をかさね、その上にレインコートと兼用のスプリングコートを羽織る。財布をふところに入れて、階段を降りる。六十何人の社員たちをこのホテルに置き去りにして、今からはどこへ行くか解らない。三時間でも五時間でも、行方不明になってみよ

うではないか。

運転手が玄関に待っていて、彼を車にのせるとすぐに坂道を降って行った。この車はシンデレラの馬車であるかも知れない。浦島太郎の亀であるかも知れない。それとも曾我法介の誘惑に陥ちて身をほろぼすことになるだろうか。……ところが西村耕太郎は四十八年の経験によって、人生に於て起り得る事件の限界を知っていた。熱海の街でどの程度のことが起り得るか、それも知っていた。芸者と娼婦と酒と温泉と、それ以外のものは何もないのだ。曾我法介がどれほどの知恵をもっていたにしても、そのほかのものは熱海には有る筈もない。日本中どこにも有る筈がない。結局、二三時間も街をうろついて、くたびれて帰ってくるだけのはなしだ。もはや自分の人生に、ロマンティックなものは何ひとつなくなってしまった。わかりきった話だ。

車は坂道をすべり降って海岸通りに出た。小さい橋をわたり、細い露路にはいる。左へまがりまた右に曲る。訳のわからないところで車がとまった。運転手が外から扉をひらく。西村は不可知の運命に身をまかせる覚悟で、車を降りた。

とたんに一匹の巨大な狸が、赤い眼を光らせて彼の前に立っていた。赤銅色《しやくどういろ》の肌をして、尖《とが》った耳、尖った口。大きな腹をつき出して、背の高さ六尺ばかりもある。左手に通帳、右手に酒の徳利《とつくり》をもっている。西村は頭がくらくらとした。瀬戸ものの狸の眼のなかに赤い電燈がついていて、その頭の上に「潮《うしお》」というおでん屋の角行燈《かくあんどん》が出ていた。

縄のれんが風で動いている。その中に硝子格子《ガラスごうし》がしまっていて、内側に水色の灯がともっている。いやな色だ。溺死して水の底へ沈んで行けば、きっとこんな色の世界があるに違いない。のれんをくぐってはいろうとすると、巨大な狸が眼を剝いて屹《きつ》とにらんだ。これがこの秘密の部屋の番人であるらしい。西村次長は襟首にぞっと寒けを感じて立ちすくんだ。

そのとき内側から格子が開いた。自動車の音を聞きつけて、開けてくれたに違いない。

「おや、いらっしゃいまし」と言う。

しわがれた女の声だ。白い割烹着をきた痩せた女が入口に立っている。四十すぎか、五十すぎか、よくわからないような年恰好で、洗い髪がばっさりと、肩に降りかかり額にみだれている。そして、

「曾我さんがお待ち兼ねよ」と馴れ馴れしい口を利いた。

狸の眼のなかの赤い電燈が、女の顔を照らしている。ふと見ると、女の左の眼が大きく彼を睨《にら》んだまま、無表情にまばたきもしない。顔と右の眼とはにやにや笑っているが、左の眼だけは他人のように沈黙を守っている。その動かない眼がおそろしく不気味だった。義眼であるらしい。

一歩店の土間にはいると、ガスの燃える臭気が一ぱいに立ちこめて、おでんの銅鍋《どうなべ》がくらく

らと煮えている。白い湯気がもうもうと立ちのぼり、物のかたちがことごとく濡れて歪んで見える。その湯気のむこうに、曾我法介の端正な顔が青白くうるんで見えた。妙な色の蛍光燈のために、室内のものすべてが青ざめた死人の色になっている。さながらにファウストの劇の中の（魔女の厨《くりや》）である。

「何だって君は、僕をこんな所まで連れ出すんだ」と西村は立ったままで言った。

するとと曾我君は赤い大きな口をあけて、楽しそうに笑った。

「あなたは今はそんな事をおっしゃるけれど、明日になったら僕に感謝なさるでしょう。まあ、ここまで来たからには、僕にまかせてお置きなさい。僕はいつだって西村さんの忠実な部下ですよ。会社に居るときも、秘密な遊びをするときも、決して裏切ることのない、誠実な部下なんです。次長がこうしたいと仰言《おつしや》れば、すぐ飛んで行って、何でもやりますよ。しかしですね、……さあ、一杯いかがですか。外は寒かったでしょう。ぐっとおやりなさい。しかしですね、さっきも言いましたが、能代雪江はおよしなさいよ。ほしいと言うんでしたら、もっと可愛いのを探してあげます」

煮えたぎる銅鍋の向うで、例の女がけたけたと妖しい声で笑った。

「うるさいな、婆《ばばあ》め！　黙ってろ」と曾我法介は軽く叱ってから、洋服のポケットから赤い小さな瓶をとり出した。一方のポケットからナイフを出し、瓶の口金を切りひらくと、白いまんまるな丸薬を一粒、そっと西村次長の手のひらに置いた。

「何だね」

「酒で飲むんです。あなたはまだ逡巡《しゅんじゅん》しています。ここまで来ておりながら、楽しく一夜を過そうという決心がついていません。そういう余計な反省を、さっぱりと忘れるのには、この薬が一番ですよ。思いきって飲んでごらんなさい」

するとこの店の洗い髪の婆々《ばば》が、お歯黒のように汚ない歯をむき出して、白い湯気の向うからこう言った。

「心配することはないですよ、旦那さん。思いきってお薬をお飲みなさい。旦那が今夜ホテルへ帰って、ひとりでおとなしくおやすみになったからって、明日から急に偉くなるわけじゃなし、今晩一晩存分にあそびなさったからって、なんぼ命が縮むわけじゃなし。どうせ大した違いもないことなら、女房子供のことも、御自分の年のことも、みんな忘れて遊ぶがいいですよ。えへへへ……」

西村耕太郎は酒を口に含んで、白い丸薬を飲んだ。まさかこの文明の世のなかに、魔法の薬がある訳でもなかろうし、どうせビタミンかホルモンか、せいぜい肝臓薬ぐらいのものだろう。飲んでみたが何ともない。肉体的には何も変りはなかったが、心が変っていた。決心がついたから薬をのんだのか、薬を飲んだから決心がついたのか、前後の関係はよく解らないが、とにかくこの一夜を心おきなく楽しんでみたいという気になった。少々わるい事をしたところで、知っているのは曾我法介ひとりだ。彼が無用のおしゃべりでもしない限り、会社に知れる訳でもなし、さと子に解るわけでもない。法介は会社で誰かにしゃべるかも知れないが、知られても構わない程度のことなら、やってみても損はないと思った。そういう煮えきらない決心だった。臆病な、小心な、けち臭い覚悟をきめたのだった。

「能代雪江のことですがね……」と曾我君はまた言いだした。

「君はなぜ能代君のことばかり言うんだね。僕は別に何とも思ってはいないよ」

「知っています。今は何でもない。しかし何かの都合で、あなたがふっと変な気になる時が来ますよ。その時のために御忠告するんです」

「君は予言者か」

「予言者になりそこねて保険屋になりましたよ。まあ黙ってお聞きなさい。能代雪江は父親がない。弟がひとり。これはいま大学生で、なかなかしっかりした青年ですが、雪江の収入だけでは大学へは行かれません。アルバイトをやっています。京橋のある小さなキャバレーでクラリネットを吹いているんです。余計なことを言うようですが、この青年がもしかしたら、西村さんの今後の人生と、切っても切れない関係を持って来るかも知れませんよ。だから覚えておいて下さい」

「そんな無責任な予言は聞きたくないね。君は勝手気ままに予言をするが、それを一々本気にしたら、僕の人生は君の手の内に握られてしまうからな」

「それは大間違いです。さっきも言ったように、僕は西村さんの部下であって、常に忠実にあなたの意志にしたがうだけです。ところでもう一つ付け加えて置きますが、……能代雪江の父は或るお医者さんでした。もう死にましたがね。母はそのお医者さんの二号夫人、つまりお妾さんで、六年ばかり囲われていた女でした。要するに雪江は父を知らない淋しい娘です。今朝の電車のなかで、次長さんのような人となら恋愛してみたいと言いましたね。あれは父親を求める彼女の本能的な感情なんです。お解りになりますか」

何のためにこの曾我君が、能代雪江のことをこうもしつこく言い立てるのか、西村次長には合点がゆかなかった。合点がゆかないままに、何となく気にかかる。考えてみれば雪江も悪い女ではない。それが淋しい孤独な境涯で、父のような中年の男に一種のあこがれをもっていると聞かされると、機会が与えられたような気もする。雪江は言葉つきのはっきりした、気の強いところもありそうな娘だから、うっかり手を出すと打ち返されるかも知れない。しかしそれが魅力でないこともない。

（あんなに行儀がよくておとなしくて、

そのくせ少しはつんけんもしてゐる。……

それからあの手短かに撥《は》ねつけたところが、
たまらなく嬉しいのだ）……

「しかし君、ちょっと訊くがね」と西村耕太郎は言った。……「君はどういう訳で、能代雪江のことを何から何まで知っているんだ」

「それはつまらない質問ですな。僕のことなどは気にしないで、あなたは御自分の望みにむかって直進なさるのが一番いいです。直進する力が一番強いということは、物理学の常識ですよ。力を曲げたら弱くなります。青年時代の恋が強いのは、余計なことを考えないひた向きな要求であるからです。あなたぐらいの年になると、社会のことや家庭のことや、世間体だの噂だの、いろいろなことに気を配るから、恋の情熱が冷えてしまう。それでは女の魂を燃やすことは出来ませんよ」

そう言ったとたんに、この店の奥の部屋から、地ひびきするような大きないびきがきこえてきた。少くとも中年以上の男のいびきだった。曾我法介は盃をおいて皮肉に笑った。

「飛んでもないジャズが聞えて来るわい。婆さんも相変らず、悪い病気が治らないようだね。どれ、次長、行きましょうか。もっと良い穴倉へ案内しましょう。こんな化けものの住居ではなく、もっと小ざっぱりした美人をお目にかけますよ」

二人は立ちあがって硝子格子をあけた。とたんに例の巨大な狸が、赤い眼をむいて二人の前に立っていた。酔いのまわった西村の眼に、その狸の顔が笑ったように見えた。

「今からどこへ行くんだ」

「行く先なんか気にしないがいいです」

「俺は今夜はすこしおかしいぞ」

「ちっともおかしくはありません。ただ少しばかり若い気持になっただけです」

「若くなるのも楽ではないな。明日の朝は二日酔で苦しむだろう」

「その時は僕が薬をあげます」

「さっきの薬は、あれは何だ」

「一種の覚醒剤ですね。ヒロポンよりは安全で、副作用はちっともありません」

「さて、いよいよ俺も行方不明だな」

「どうです、良い気持じゃありませんか」

「俺がこんな所をうろついていようとは、女房も娘も知らないだろう」

「部長も社員も、誰も知りません」

「女房が見たら歎くかも知れない。少しばかり恥かしいね」

「人間が本心から望むことは、大てい恥かしい事ばかりです。恥かしい事が人生では、一番大切なことなんです。恥かしい行為を我慢するのは、腸の排泄が止まったようなもので、一番衛生にわるいことです」

「ところで、どこまで行くんだね」

細い露路をいくつか曲った。西村はすこし千鳥足で、法介の肩にもたれていた。

「また血圧があがりそうだ」

「それはなにも心配ないです」

「他人のことだと思って、そんな事を言う」

「上ったり下ったりするものなら、上った次にはきっと下ります」

「もう帰って寝ようじゃないか」

「いえ、もう来ました。ほら、そこです」

そこですと言われた場所は、海の夜風が吹き込んでくる、寒い川っぷちの暗い道で、道ばたに屋台店が六七軒、あわれな赤い提灯をともしていた。焼鳥、おでん、中華そば、などと染めぬいた油障子。人影が黒く写っていて、その人影が女だった。

「こんな所は珍しくない。君がわざわざ案内してくれるにしては、あまり平凡で気が利かないね」

「あなたが外見にこだわるのだったら、女を漁る資格はないです。女という存在は平凡だが、中身は千差万別です。屋台店もそれと同様、中を見てから何とでも言いなさい。まあ文句はあとにして、……」と言いながら、曾我法介はがたがたする障子を引きあけ、次長を中に押し込んだ。

もんぺをはいた見すぼらしい姿の女が居た。ひっつめ髪に結って、上半身は洋装である。洋装の上に破れたはんてんを着ているが、ふり向いた顔は古風な美人だった。徳川時代から明治時代まで続いた、伝統的な日本の女の顔だった。細い眼の眼尻がきりりとあがって、長いもみあげ、黒い豊かな髪。パーマネントはかけず、化粧もせず、わずかな口紅だけの、いわゆる瓜《うり》ざね顔である。その美しい顔の前に、白い葱と鶏肉と豚の心臓とが、なまなましく竹串に突きさされて、血をたらしたまま並んでいた。

「はて、どこかで見たような人だな」と西村は、もつれる舌でつぶやいた。

「どこで見たか、思い出しませんか」

三人も坐れば一杯になりそうな狭い座席に、並んでそっと腰をおろすと、眼の前の鉢に茹で卵がうずたかく積んである。曾我法介は豚の心臓を焼かせ、それをコップに入れて、上から熱い酒を注いだ。

「何をしているんだ」と次長が問うと、

「これはあなたに捧げる僕の秘薬です」と言う。

「そんないやらしい物が飲めるかい」

「またあなたは外見だけで文句を言いますね。高血圧は即座に治り、皮膚はつややかになり、疲れを知らぬ体力が得られます」

「君の言うことは信用できない」

「飲んでみてから何とでも言いなさい。……どうです」

「うむ。……脂臭《あぶら》いね」

「その脂が薬なんです」と、店の女が口を出した。笑った顔に生活の疲れが見える。西村が名を聞くと、かね代と答えた。

「こんなさむざむとした屋台店に、どうしてこんな美人が居るのか、俺には理解できないね。足もとからは冷たい海風。野良犬が戸板のすき間からのぞいて行く。ところがこの人は白魚のような細い指で、血なまぐさい豚の心臓を、串にさしたり火にあぶったり、何という勿体ないはなしだろう。おい君、曾我法介。君はただ俺をここまで連れて来ただけなのか。それとも何か巧い方法で、二人のあいだの橋わたしをしてくれるというのか。一体どっちだ」

「お望みならばどんな仲だちでもしてあげますよ。しかしそれで、お宅の方は大丈夫ですか」

と、法介は意地のわるい質問をした。

「お宅というのは、何のことだ」

「呆けたって解っています。あなたは奥さんが怕いでしょう。怕いから浮気もできないでしょう」

「馬鹿にするな」

「いえいえ、本心に訊いてみなさい。女房持ちの律義なつとめ人ほど可哀相なものはありません。元はと言えば行きずりの、赤の他人に過ぎなかった女を、一旦女房ときめてしまうと、それっきり手足を縛られて、飼い犬のように鎖につながれ、吠えることさえ自由にはできない。どこでどんな美人に会っても、ただ見るだけ、わくわくするだけ。せいぜい少し口説いてみるだけ。あげくの果てに深酒をして、心の不満をごま化してしまう。西村さんもそうした方が、八方無事という訳でしょう」

「今度は俺に忠告するのか。忠告するくらいなら何のために、俺をここまで連れ出したのだ。変な薬や変な酒をさんざん飲ませておいて、それからこんな美人を見せびらかして、このままホテルへ帰れと言うのか」

するとこの店のかね代という女が笑いだした。葱の焼ける臭いと豚のけむりとのなかで、華やかな声をたてて笑った。

「わたくし、お客さんを存じておりますわ」と言う。

耕太郎はおどろいて、酔った眼を見据えた。

「僕を、どこで知っているんだ」

「会社の宴会のときでしたわ」

「去年の慰安会には欠席したし、おとどしはたしか箱根だった」

「もっと前です。四年もまえに……」

「そのとき君は、何をしていた？」

「熱海で芸者をしていました」

「名前は？」

「かね千代《ちよ》です」

「四年も前のことか。……その頃は僕も今より若かったな」と西村はひとりごとを言った。

「……もっと若くて、酒も強かったよ。血圧も高くはなかったし、夜通し麻雀をやっても疲れなかった。会社の仕事を一番たくさんやったのもその頃だった。あの頃ならば、やろうと思えば恋もできたろうし、浮気もできたに違いない。ところが恋の出来る頃には、仕事の方がもっと面白かった。偉い実業家になろうなどと、柄にもない望みをもっていたんだ。そういう望みがなくなった今は、恋をする気力もなくなったらしい。……一つだけ聞かせてくれ。かね千代さんは独身かい」

「独身だったらどうなさいます」と、女はそのかすような返答をした。

「ただ聞いてみただけさ。独身であってもどうにもならん。まだ可能性があるかも知れんと、はかない夢をえがいてみるだけさ。曾我君、帰ろう」と彼は言った。「……君は惨酷な青年だ。わざわざ俺を連れ出して、俺がどのくらい駄目になったかを、わざわざ悟らせてくれただけだよ」

「そう歎くもんじゃありません」と、法介は次長を助け起しながら言った。「若い時の享楽はできなくても、まだこの程度の遊びはできます。慾を少くしさえすれば、もっと良いことだって有りますよ」

屋台店から外に出ると、熱海の街は夜が更けて、海岸の大通りを風が走っていた。次長は酔い疲れて曾我君の肩にもたれたまま、重い足どりで橋をわたった。

「どうしてあんな美人が居たのか。しかもあんな露路うらの、汚ない屋台にひそんでいたのか、俺にはどうも解らんね。それとも君が妙な薬をくれた、あの薬のいたずらだろうか。何かの本のなかに書いてあったね。(あの薬がはいっているから、……どの女でもヘレナに見える)」

「そんなにかね千代が気に入りましたか」

「あれに会いたい。もう一度会いたい。(愛の神にたのむが、お前の翼の一番早いのを貸して、おれをあの女の居る境へ遣ってくれい)……俺はまるでファウスト博士みたいになって来たね」

「それでは僕はメフィストフェレスですね。ようがす。しかし、急いではいけません。今夜はこのくらいで引き揚げましょう。マルガレエテを口説きおとすには、少々時間が要りますからね」

通りがかりの車を止めて、曾我君は次長を押し込み、自分も乗った。

次長は眼を閉じて、三時間足らずの行方不明から、現実世界に連れもどされる侘しさを、酔った頭のなかで味わっていた。要するに何をして来たのか。はかない彷徨《ほうこう》にすぎないのだ。しかしそんな事はホテルを出る時から解っていた。あの屋台店の女にしたところが、三四年まえまで熱海の街で芸者をしていたのだ。この淫蕩《いんとう》な無節操な、道徳もたしなみも忘れ去ったような街で芸者をしていたと言えば、どんな客とどんな夜を過していたか、凡そのことは察しられる。どうせそれだけの女にすぎまい。いまさら妻子を忘れ勤めをわすれて、あの女との恋に酔い痴《し》れるようなそんな、相手であろう筈もない。

曾我法介が彼の耳に口をよせて、

「先に行った（潮）の婆々を、覚えていますか」と言った。

「あの狸の居た家か。覚えているさ。洗い髪の、義眼を入れた、おそろしく神秘的な、肺病やみの魔法使いみたいな女だろう。それがどうしたんだ」

「能代雪江の母親です」と法介はささやいた。

「うそをつけ！」

「嘘じゃないです。あなたには信じられないでしょう。あの母とあの娘とでは、どう見たって何のつながりも有りそうには思われません。しかし本当の母親なんです。神様はときどき、あんな悪戯《いたずら》もやるらしいですね」

「そんならなぜその親娘《おやこ》は、今夜二人で会おうとしないのだ」

「それには訳がありましてね。あの母親は後家になってから、どういう訳か浮気三昧《ざんまい》……」

「あの年で？……あの義眼で？……」

「さっきも奥で大鼾《おおいびき》をかいた男が居たでしょう。何代目の狸だかわかりはしない。それを嫌って雪江と弟とは、二人で家を出て自活しているのです。いわば母親を勘当したわけです」

「何だか君の言うことは、嘘と本当がごちゃまぜで、うっかり信ずるわけには行かない。一体どうして君は他人の生活の、裏の方ばかり知っているのだ」

「保険会社にはいる前は、探偵事務所につとめていました」

法介はそう言ってくすくすと笑った。車は夜更けのホテルに着いた。

廊下の角で曾我君にわかれ、ひとりきりの部屋にもどって牀の上にあぐらをかき、さて、寝るまえに西村は一本の煙草をつけた。これで煙草の箱が朝から四つからになり、五つ目に手をつけたことになる。舌の根が苦い。唾液に粘りがないような感じだ。むかしの中国の学者は、唾を飲むこと日に三斗、即ち身心共に健康なるを得る、というような事を言っているらしい。

唾液が多いのは健康な証拠だ。ところが煙草と酒のせいで、唾が涸《か》れたような気がする。

枕もとの水さしの水をコップに注いでから、鞄のなかを探って彼は薬の瓶をとり出した。けさ家を出るときに、(あなたは調子がつくといくらでも飲むから、それでいつも失敗するんですよ)と言って、さと子が薬を出してくれたのだった。予言は的中した。またしても調子に乗って飲みすぎたらしい。耳の上のあたりで血管がどくどくと大きな音をたてている。既に血圧はあがったようだ。なぜ女房というものは、良人のすることが先の先まで解るのだろうか。冷静なためか、嫉妬ぶかいためか、それとも深い愛情のはたらきであろうか。

ルチン剤を三錠。黄色い大きな粒。ルチンはそばの花から採れるという話を聞いたことがある。蕎麦を食べると血圧がさがるという説もあるが、ルチンは花にあるだけで実には含まれていない。だからそばで血圧は下らないという。

ところがまた一説によると、ルチンは血管を強化するだけの薬であって、直接に血圧を下げるものではない。だから血圧が高いといってルチンを服《の》んでも、すぐに効くというわけのものではないと言う。しかし何《いず》れにしても、服まないより良いことは確かだろう。

廊下をへだてて向いの部屋で、社の若い連中がまだ麻雀をやっている。夜通しやるつもりかも知れない。ときおり牌《パイ》をがらがらとかきまわし、時々大きな声で笑う。

西村はまた別の薬瓶をとり出す。たった三十錠入りで二百五十円もする薬だ。グルクロン酸製剤、肝臓にグリコーゲンを蓄え、脂肪変性を防止して肝臓機能を健全にする。且つまた抱合解毒という特別な作用によって疲労素の毒性を解消させ、酒のあとでこれを飲めば、血液中のアルコールと直接に結びついてその濃度を下げ、宿酔《ふつかよい》を防止するという、能書きによれば一挙三得みたいな薬である。

これだけ飲んで、飲んだことによって多少の安心を得て、ようやく牀にはいる。眼をつぶれば今日一日のことが、彷彿として胸にうかんで来る。ずいぶんいろいろな事があったような気がする。駅前の本屋でファウストを買った時から、何だかおかしくなって来たのだった。青い酒、ヌード写真、曾我法介の誘惑、夜の彷徨。あげくの果てに自分が得たものは何であったか。……何もない。ただ血圧があがっただけだ。三十前後の若い頃には、単純な遊蕩にさえもちゃんとそれだけの得るものがあった。彼の人生に何ものかを加えることが出来た。成長する時期には何を食べても滋養になる。ところが今や老衰一歩まえの西村耕太郎にとっては、如何なる経験も滋養にはならなくなった。彼の人生に何ものをも加えはしない。食べたものが徒《いたず》らに胃腸を疲れさせるばかりだ。溜息が出る。溜息とともに四十八年の過去をふりかえってみる。ふりかえってみてもどうしようもないのだ。……

歴史と生活

土曜日。勤務は正午で終る。

隣のビルの地下室に中華料理の食堂がある。西村次長はひとりで階段を降りた。まっすぐに家に帰れば、家庭の昼食がたべられる。さと子は何かこしらえて待っているに違いない。それが解っておりながら、帰る気にならなかった。きまりきった日常生活から、たった一歩でもいいから外へ踏み出してみたい。いわば曾我法介が言うところの、行方不明になってみたかったのだ。

行方不明になったところで、何程《いかほど》のこともないことは解っている。ポケットには千三百三十円しかない。彼に許された可能性の限界は、たったこれだけである。その範囲内において、ほんのちょっとだけ行方不明になりたい。行方不明と言っても、ただ さと子の知らない行動をとりたいだけだ。会社へ出て、事務をとって、定まった時間に帰宅する、それだけでは良人の生活を女房に全部知られたことになる。全部を知られているということが、いささか口惜しい。女房の知らない行為をやって、さと子の鼻をあかしてやりたい。良人というものは、全部を妻の手に握られているものではないということを、悟らせてやりたい。悟らせることは無理だとしても、良人の自由な行動を、少しばかり妻に承認させたい。要するに相手はさと子だ。さと子との間には二十数年の生活の歴史がある。彼女はその歴史の上にあぐらを掻いて、歴史の永さに安心して、良人との日常生活に何等の疑問をも感じてはいないらしい。ところが、そうは行かない。良人の心のなかには種々雑多な矛盾があり叛逆がある。それを平素は外へ出さないだけのことだ。外へ出さないで我慢していると、さと子は単純に、良人は生活に満足しているものだと思っている。良人を満足させているのは妻の手柄だと思っている。そういう思いあがりを、少しばかりたしなめてやりたい。思い知らせてやりたい。それも、大きな喧嘩などにはならないように、小さな事件で済んでしまうようなかたちで、やってしまいたい。

その一つに成功すれば、それが実績になる。実績が重なれば、既成事実になる。つまり、さと子は何度もそれを認めたということになる。それだけ良人の自由な世界がひろがったことになる。

まことにみじめな心境だ。男一匹、女房の手からほんの少しの自由を盗み取るために、それだけの憐れな心理的たたかいを経験しなくてはならなかった。気まぐれに中華料理の昼弁当をたべるだけのことにも、十五キロもはなれた所に居る女房を念頭において、心の中でひとり角力《ずもう》をとらなくてはならないのだった。

赤い豚肉を上にのせた中華蕎麦一杯。それだけではあまりに可哀相だ。労働者だってその位のものは食べる。西村耕太郎は火災保険部の次長である。せめて次長の体面を保つために、野菜スープを別に註文した。これもまたさと子の知らない散財である。女房の知らない所で金を消費することに、多少の腹いせを感じ、多少の自由を感ずる。まるでさと子は敵みたいだった。敵でありながら味方である。その矛盾した心境のなかに、さと子という一人の女性が存在している。歴史的実存である。

昼飯代、百六十円。贅沢な料理は宴会で飽きるほど食べている。毎週二回から三回は宴会がある。そんな贅沢な食事は何とも思ってはいないが、自分のふところから金を出して食事をするのは、惜しいような気がする。

煙草を買ってから、バスに乗る。バスを降りてから映画を見る。これで三時間ばかり行方不明になれる。たったそれだけのことだ。歌と踊りと、軽率な恋愛が交錯する、アメリカ映画だった。

映画が終ると、今度はまっすぐに自宅へ帰った。さと子は怒っているかも知れない。昼食の支度が無駄になったことに腹を立てているに違いない。病気をして、女性的生理の健康をうしなって以来、彼女は感情の平衡がみだれることが多くなった。良人が自由を盗み取った後には、当然の処罰がある。妻は処罰の権限をもっているらしい。裁判官とおなじだ。彼女は自分が絶対に正しい裁判官であると信じている。そして良人は犯人だと思っている。平素なにごとも起っていない時でも、犯人となる可能性をもった、要視察人だと思っているらしい。

晩秋初冬の短い日が暮れて、家に帰ったときには夕焼け空もすっかり暗くなっていた。玄関の硝子扉をひらくと、廊下に足音がして小走りにさと子が出て来た。白い割烹着をきて、両手を赤くぬらしている。

「お帰んなさい。遅かったのね。土曜日でもいそがしかったの?」と言う。

声がはずんでいて、ひどく嬉しそうだ。そんな明るい声で出迎えられたことは、この二三カ月間の記憶にはない。まるで新妻《にいづま》の待っている家に帰ったような気がした。こんな筈ではなかった。耕太郎はそれに釣られて、つい本当のことを言ってしまった。

「うむ、昼から珍しく映画館をのぞいて来たんだ」

「そう、面白かった」

「ああ、まあまあだね」

本当のことを言ってしまえば、折角の行方不明が何でもないことになる。茶の間にはいると、さと子がきびきびと着換えの手伝いをしてくれた。脱いだものを手際よく取りかたづけながら、

「今日ね、良いものを買ったのよ」と言う。

西村ははてなと思った。さと子が嬉しがっているのはその買物のせいであるらしい。何か楽

しい買物をすれば、良人の帰りが少々遅くなっても、そんな事はどうでもよくなってしまうらしい。してみると良人の帰りが遅れるという事は、妻にとっての絶対的な悪ではなくて、相対的または感情的な悪にすぎないということになる。

「そうかい。何を買ったんだ」

「良いもの。当ててごらんなさい」

「解らんね、何だい」

するとさと子は笑って、良人の袖を引っぱった。袖だけでは物足りないとみえて、彼の手を握って引っぱった。廊下を通って、どこへ行くのかと思うと、風呂場の硝子戸をあけた。スイッチの紐をひくと、電燈がともる。すると、古ぼけた汚ない湯槽のそばに、真白にぴかぴか光る電気洗濯機が、どっしりと坐っていた。

「ほら！　素敵でしょう。去年からわたし、ほしくてほしくてたまらなかったの」

さと子は流しの簀《す》ノ子《こ》の上へ降りて行って、電気のスイッチを入れた。すると洗濯機のなかの濁った水が渦をまいて沸きあがって来た。渦のなかをハンカチやシャツや枕カヴァーが浮いたり沈んだりする。

「ほら、ね！　十五分か二十分でみんな洗えてしまうのよ。とても工合が良いわ」

西村は返事をしないで、黙って突っ立っていた。さと子はひとりでおしゃべりをする。絞るときはこうするとか、ゆすぐ時はこうするとか、使用法の説明を聞かせたがる。

「粉石鹸がどっさり要るだろうと思ったら、そうでもないのよ」

耕太郎は背を向けて、ひとりで茶の間にもどった。火鉢の横に夕刊がある。黙って夕刊をとり上げる。馬鹿にされたような気持で、どうも面白くない。

さと子がやって来た。火鉢の前に中腰になって、炭をつぎ足しながら、

「どうかしたんですか」と言う。

「どうもしやしない」と良人は低く答えた。

「洗濯機械を買ったのがいけないんですか」

その言い方に、良人への抵抗がある。私は悪くないという自信が含まれている。

「あれがあればどれ位能率があがるか知れませんわ」と彼女は言葉をついだ。「……わたしみたいな疲れ易い女には、洗濯が一番わるいのよ。毎日々々、洗濯のためにどれくらい疲れるか知れないわ。時間が節約になって、疲れずに済むし、それに電気代なんか知れたものなのよ。家庭生活の合理化とか何とか、そんな理窟を言うわけじゃありませんけれど、女の仕事だって、徳川時代鎌倉時代とちっとも変らないようなやり方を、いつまでもやっているなんて馬鹿じゃないの。少しぐらい機械を使って能率的にしたっていいと思いますわ」

「そんな事を言ってやしない」

「じゃ、何ですの？」

「あれ、いくらしたんだ」

「二万六千五百円と言うのを、二万五千円に負けさせたのよ」

「二万五千円と言えば、俺の月給の半分以上だ」

「ええそうよ。でも、高くないと思うわ。デパートやほかの店や、みんな調べてみたんですよ。ちっとも高くないわ」

「二万五千円もの買物をする時には、俺にひとことぐらい相談したっていいだろう」

「相談しなかったのがいけないって言うの？……わたし前から欲しいって言っていたでしょう。あなただって知っている筈よ」

そういう話を聞いたことがなかった訳ではない。しかし正式な相談ではなかった。それよりも何よりも、今日の午後、耕太郎は多少の謀叛気をおこして、百六十円の昼食をたべ、百四十円で映画を見てきた。さと子の知らない所で、さと子の知らない散財をして、少しばかり良い気持になったのだった。たったそれだけの自由のためにも、どのくらい複雑な心理的戦いを経験したか知れない。その散財、わずか三百円である。然るに留守宅ではさと子が、良人に無断で二万五千円の散財をやってのけたのだった。耕太郎には残念ながら、さと子に無断で二万五千円を消費するだけの度胸もないし、自信もない。さと子はそれを堂々とやってのけて、自分は良いことをしたのだと信じている。そのことに彼は釈然としないものがあった。

「大きな買物をする時には、俺に相談して、ちゃんと話をきめてから買ったらどうだ。お前ひとりの家計じゃないんだからね」

西村は喧嘩はしたくない。だから出来るだけおだやかに言ったつもりだった。しかしその言い方が、さと子で見れば腹に据えかねるものが有ったらしい。

「それじゃ私が、無駄なものを買ったと仰言るの？」

「無駄だなんて言ってやしない。相談して話をきめてからにしろと言ってるんだ」

「私はそれほど贅沢な買物をしたとは思いませんわ。うちあたりの家計としては当り前じゃないでしょうか。贅沢どころか、大変な実用品なんですよ」

「贅沢だなんて言ってやしないよ」

「じゃ、何ですの？」

「買う前に相談しろと言ってるんだ」

「私には家計を任せておけないと仰言るのね」

「誰がそんなことを言った？」

「だって、そうじゃありませんか」

「それじゃ訊くがね、俺のうちの家計のことに、俺は口を出す権利はないのか」

「御冗談でしょう。あなたのうちじゃありませんか。何だってあなたの勝手になさったら宜いのよ」

「そんなら二万五千円もする物を買うときには、買う前に俺に相談したっていいだろう」

「私はこれでも、主婦のつもりよ」

「だから何だと言うんだ」

「私はこれまで、二十何年、自分のためには一銭の無駄づかいもしやしませんよ。それでもあなたは私のやり方に不満なんですか。それこそ十銭五銭のことまで気を配って、先の先の事まで考えて、私はやって来たつもりなのよ。いま貯金が四十六万円も出来たのも、そりゃ勿論あなたが働いて下さったのですけれど、それだけ貯金をこしらえた事も、少しは褒めてもらってもいいと思いますわ。あなたに不自由な暮しをさせた訳じゃなし、理枝だってあれだけ豊かにしてやってるんでしょう。私のからだを少し楽にして下さる為の洗濯機械ぐらい、私が黙っていたって、あなたの方から買って下さったって宜い筈よ。それでもいけないと仰言るんでしたら、……もういいわ。あした、買った店に返します」

「誰も返せなんて言ってやしないよ」

「いいえ、もうあきらめます。それから、家計のこともこれからは、あなたが全部やって下さいね。米味噌からガス代水道代、みんなあなたがやって下さいね。その方が私も気楽だわ。そんなに私のすることに信用がないんだったら、何のために二十何年……」

「誰もそんな事を言ってやしないじゃないか」

西村は何とかして話を一番はじめの所へ引きもどそうとするのだが、さと子の議論は次から次へと止め度もなく発展して、問題をぎりぎりの窮局まで持って行き、収拾もつかなくしてしまうのだ。そのくせ、明日から良人に家計全部を引きわたす気などは毛頭ない。つまり女性的論理を飛躍させて男性的論理を圧倒しているのだ。こういう夫婦喧嘩において、男が勝った歴史は極めて稀《まれ》である。強いて勝とうとすれば暴力を振って女房の言論を弾圧するより仕方がない。ところが二十世紀の後半、日本が民主主義社会になって以来、暴力は私生活のなかでも許されなくなってしまった。西村耕太郎は沈黙によって敗北を認めざるを得ない。つまり、余計なことを言わない方がよかったのだ。

台所で何かが煮えこぼれ、それを機会にさと子が立って行き、論争は一時中止した。西村は火鉢の前で苦い煙草をくわえ、夕刊を見る。しかし読むどころではなかった。

家計に関しては、前にも一度、今夜とおなじ争いをしたことがあった。二十年もそれ以上も前のことだった。昭和のはじめ、彼がまだ月給六十円か七十円の時代だった。或る日勤めから帰ってみると、茶簞笥の上にラジオがのっていた。彼に相談もなしにさと子が買ったのだった。その頃の値段で二十五円か三十円だったろうか。こういう物を買う時には俺に相談してからにしろと良人は言い、ラジオのない家なんか東京じゅうどこにも有りませんよと妻は言った。そして今日と同じ争いをやったものだった。その時もさと子は負けはしなかった。まだ二十三四の若い女房でありながら、今夜と同じように強硬で執拗だった。あげくの果てにラジオは買った店に返しますと言い、結局は返しはしなかった。

その古い歴史が、今も生きている。同じ事件が、同じ争いの原因となり、同じ結論しか出て来ない。そういう関係のままで、夫婦の歴史は二十幾年を積みかさねて来たのだった。恐らくはあの洗濯機械も、あのまま風呂場に居据ってしまうに違いない。要するに良人の発言権などというものは、有って無きにひとしい。

それでもいいのだ、と西村は考えていた。家庭のなかの主権者は主婦であって、主婦の好きなようにやらせて置くことが、家庭の平和のためには一番いい事であるのだ。少々気に食わないことがあっても、良人は笑って妻の意見に従ってやる方がいいのだ。しかしその事にもおのずから限度がある。

この一二年、西村の胸のなかにくすぶっている一つの望みがある。望みというよりは、一つの空想である。(いまもしも自分が独身だったとすれば、どんなにのびのびと楽しい生活が出来るだろうか)……

さと子と別れる気は少しもない。離婚しなくてはならないような客観的な理由はなにもない。

本当に独身になったと仮定すれば、不自由と不便と孤独とに悩まされて、また直ぐに誰かと結婚したくなるに違いない。独身になりたいなどということは、筋道の通らない、理窟にならない、実現の可能性のない、全くの空想にすぎないことは解っていたが、しかもなお、（もしも独身であり得たならば……）という感情が消えてしまわないのだった。

いまもしも俺が独身ならば、月収の全部が自分の自由になる。洒落た高級アパートに住み、通い女中を毎日二時間ずつ、掃除や炊事のために通って来させる。扉に鍵をかけさえすれば、旅行も外泊も自由自在だ。夜中の二時三時に帰っても文句を言われることもなく、嘘をついたり弁解したりする必要もない。どこかの美人と意気投合したときは、彼女をアパートに連れ帰って、誰に気がねすることもなく、自由な愛情をたのしむことも出来る。経済的に自由であり、精神的に自由であり、行動もまた自由である。やろうと思えば出来なくはない。今ならばまだ出来るが、あと五六年も経てば自分は老境にはいって、もはや自由をたのしむだけの能力を失う。やるならば今のうちだ。……

夕飯の席は面白くなかった。西村が帰ったときはあれほど嬉しそうにしていたさと子は、意気悄沈《しょうちん》して一言も口を利かなかった。それが影響したのか、理枝も黙っている。これが家庭というものだ、と耕太郎は思った。良人の心と妻の心とが、永い生活の歴史を経てくると、がんじがらめにからみ合って、揚句のはてにこういう事になるのだ。里芋の煮つけ、豆腐の吸物、

て り焼きの魚。この妻と顔をあわせて飯を食ったことも、これで何千回になるだろうか。何万回にもなるかも知れない。それでいて、どこまで信じあい、愛しあっているのだろうか。

人間には誰しも、一種抜きがたい保守性というものがあるようだ。保守性がすなわち道徳であるのかも知れない。みだりに家庭を破壊する良人は不道徳だと言われるに違いない。普通の良人は容易なことでは家庭をこわそうとは思わない。しかし本当を言えば、壊してならない理由などはないのだ。それはむしろ感情的なこだわりにすぎない。感情が保守的であるのだ。家庭というところは保守性の大本山みたいなところだ。一人の男と一人の女とが、一万回も二万回も鼻をつきあわせて食事をするなどということは、常識では考えられない。まるで気狂いだ。そういう気狂い的行為を平然としてくり返している場所が、すなわち家庭というものであるのだ。

そぞろに溜息が出る。あの本のなかにたしかこんな文句が書いてあった。……

（あゝせつない。俺はまだこの牢屋に蟄《ちつ》してゐるのか。
こゝは呪はれた、鬱陶しい石壁の穴だ。……
……貴様はこんな所にゐて、貴様の胸のなかで心《しん》の臓が、
窮屈げになやんでゐるのを、まだ不審がる気か。
あらゆる生の発動を、なぜかわからぬ苦しみが、

障碍《しょうがい》するのを、まだ不審がる気か。

神は人間を生きた自然のなかへ造り込んでおいてくれたのに、

お前は煙と腐敗した物との中で……)

さと子は御飯を一杯しか食べなかった。わざとあてつけに、一杯でやめたのかも知れない。理枝は肥るのが嫌だと言って、いつも一膳半でやめる。そしてさっさと二階へ行ってしまった。西村は孤独な気持で番茶をすする。家庭を解散して、独身にもどってみたい。そうすれば家庭によって束縛されている時間が、すべて自分の自由な時間になる。ところがそれが、言うべくして行われないのだ。だからこそ、その折衷案として、妥協策として、曾我法介は彼に、一日のうちたとい一時間でも行方不明になれとすすめてくれたのだ。(行方不明)……あわれな妥協策だ。

玄関に人の声がした。さと子は台所仕事をしているので、耕太郎は自分で行ってみた。電報配達だった。

アス、ヤクソクノトコロデ　マツ」ケイ

宛名は理枝になっていた。父はゆっくりと階段をあがり、黙って娘にわたしてやった。ケイとは何者であるか、父は知らない。父の知らない人と、理枝はこっそり約束している。彼女は彼女で、巧みに行方不明になるつもりでいるのだ。彼女もまた父と同じように、この家庭を窮屈がっているに違いない。そういう年齢であった。

あくる日。日曜日。快晴。

朝食のあと、西村は日向の廊下にすわって新聞を読む。新聞を隅から隅までゆっくりと読むのが、日曜の朝のたのしみである。怠惰な楽しみだ。さと子は台所仕事が終ると風呂場へはいった。モーターの軽い唸りがきこえる。電気洗濯機が動いているのだった。

女というものは偉いものだ、と耕太郎は新聞を読みながら考えた。昨夜のあれほどの論争が、彼女の心にはいささかの傷にもなってはいないのだ。論争は論争であり、生活は生活であるらしい。生活というものが、それほど強く彼女を支配している。生活に即しているというところに、彼女の自信もある。洗濯機械はすでに既成事実となっており、彼女の生活のなかにはまり込んでしまったのだ。良人が反対しようとどうしようと、生活は生活だ。そういう女性的確信の前に、西村の反対などは空論として片づけられてしまう。彼女は洗濯機械を動かしながら、内心うれしがってほくほくしているかも知れない。そして、そういう瞬間が、彼女にとっては良人から行方不明になっている時間であるのだ。ひとりきりでたのしみ、嬉しがっているのだ。その喜びは奪うわけに行かない。彼女はそういう場所で、生活のよろこびを味わっているのだ。良人の存在はどこかに見失われている。良人も一緒に喜んでくれる必要はない。彼女は自分ひとりの喜びに陶酔しているのだ。西村耕太郎は妻から置き去りにされて、新聞を読んでいる。玩具《おもちゃ》をあてがわれた子供のように、彼女の邪魔をしないで、おとなしくしていなくてはならないのだ。

どこからか煙が流れてきた。白い煙がせまい庭一杯に這《は》いまわっている。近くで紙の焼けるにおいがする。西村は下駄をはいて、家の横手にまわってみた。板塀のかげで理枝が火をもやしていた。片手に一ぱいになるほど、ノートや手紙をかかえこんで、それを一つずつ破っては火のなかに投げ入れていた。

足音をきいてふりかえったが、彼女は何も言わない。けむりは彼女の背と腰とを包んで、濃くうすく流れる。まだ成熟しない娘のうしろ姿は、何か不安定な、一種の憂いを含んでいる。黄色いスエータと格子縞《こうしじま》のスカアト。短くカールした髪の下に白い襟足が見える。寒そうな肌の色だ。

焼きすてなくてはならないような手紙を、彼女は書いたり受け取ったりしているのだ。親にも見せられない秘密な心の動きを、こっそり焼きすててしまうつもりなのだ。心に秘密ができたということは、彼女が大人になったことの証拠である。親から独立したことの証拠である。独立したところから、理枝の歴史がはじまる。秘密のないあいだは、彼女の生活の（有史以前）である。いまから新しい歴史がはじまるのだ。そしてこの子はやがて、歴史というものの辛さと悲しさとに突き当るであろう。昨夜、父ははからずも理枝に宛てた或る人からの電報を見た。電報で連絡をとらなくてはならないような、緊迫した関係が彼女の身辺に起っているらしい。父はそれについてひとことも知らされないし、相談も受けてはいない。彼はこの娘からも置き去りにされていた。そのことに気がつくと、西村は何とも言えない一種の孤独を感じた。独身にもどることは技術的に不可能であるが、そのくせ、この家のなかですっかり孤独にされているらしい。これはどういう訳なのか。……

昼食のとき、西村はわざと自分の方から、

「洗濯機械はどうだ」と言ってみた。

多少は皮肉のつもりでもあった。ところがそれが逆効果になった。

「とても良い工合よ」とさと子は、昨夜の事などは忘れたような言い方をした。「三分の一の時間で済みますわ。ちっとも疲れないし、絞るのに力は要らないし、もっと早く買えばよかったわ。日本の家庭もこれからは、能率のわるい女中なんか使わないで、だんだんに機械化することね。その方がよっぽど悧巧ですわ。女中ひとり雇えばどうしたって毎月五千円かかるでしょう。それを思えば機械なんか、比べものにならないほど安いもんですからね」

勝負はついた。西村の言葉は皮肉にはならないで、彼の方からさと子に妥協を求めたような結果になってしまった。いまさら良人に無断で買ったという事を持ち出して、論争を続けてみてもどうにもならない。妻は既成事実を味方につけて、一歩もゆずる気はない。しかも、自分一個の利益のためではなくて家庭全体のためであるという大義名分を握っている。良人の方の言い分は単なる面目《めんぼく》問題にすぎない。その面目を踏みにじられて、彼は皿の上の鰯《いわし》の頭をむしり取った。鰯に八つ当りをしているようであった。

「それはそうと、あなた……」とさと子は箸をやすめて言った。「元橋さんの方は、どうすればいいんですか。もういい加減にお返事しなくちゃいけませんよ」

「それはしかし、俺に言ったって解らんね。理枝がどう考えているのか、それが先決問題だよ」

「理枝ちゃん、どうなの?」と母は娘の方に話の向きをかえた。

理枝は口紅をぬった小さな綺麗な口で、自分を意識した、いくらか気取った様子で食事をつづけながら、

「私は問題にしておりません」と、素気ない言い方をした。

元橋さんという知人から理枝の縁談がきていた。先方は紡績会社の宣伝部につとめている野島という青年で、三四年まえまでは西村の裏どなりに住んでいた人である。

「それじゃ、お断りしても宜いんだね?」と母が惜しそうに念を押すと、

「いいわよ」と娘は一言にして答えた。

「だけど、どういう所が気に入らないの？」

「そりゃ、いろいろ有るわ」

「そう。……たとえば？」

「あの人、ただのサラリーマンでしょう。……あんまり平凡だわ」

「それ、どういう意味？」

「だって、もう解ってるじゃないの。何だか先の先まで解ってるような感じだわ。……だから、ちっとも新鮮な興味がおこらないと思うの」

「それじゃお前は……」と父が口をはさんだ。「サラリーマンは全部いやだという訳かい」

彼自身もサラリーマンである。理枝の言い分は父を侮辱しているようにも聞える。彼としては黙っているわけには行かない。すると娘は、

「そうね。でも、サラリーマンにもいろいろ有るでしょうけど……」と、ぬけぬけとした言い方をした。まるで先廻りして父の出鼻を叩いたような工合であった。

「そういう考え方は、どうかな？」と西村はつとめて穏やかに言った。「……つまり理枝は、職業によって相手を選ぼうとしているように見えるが、職業というものは変り得るものだ。たとえば先生から区会議員になって、それから代議士になったり、商人から勤め人になって、また商人にもどったり……」

「そんなこと、解ってるわ。だけど、職業によって生活のかたちがきまるでしょう。自分が希望するような生活をするためには、相手の人の職業を考えるのは当りまえよ」

「相手の人格のことだって考えなくてはなるまい」

「勿論だわ。でも、野島さんの人格なんて、何でもないじゃないの」

理枝はきっちりと緊《しま》った形の良い目鼻立ちの、むしろ西洋人形のような可愛い顔をしているのに、言うことは辛辣だった。人生に対して、または異性に対して、何の経験ももってはいない筈だったが、考えていることは合理主義で、なさけ容赦もない。

「そうかしら……」とさと子が首をかしげて呟いた。「私はあの人ならそう悪くはないと思うのよ。平凡かも知れないけど、間違いのない人よ。まじめだし、なかなか努力家らしいじゃないの」

「そうじゃないと思うわ。まじめで努力家であることは知ってるけど、それでようやくあの程度じゃないの？　才能というもののまるでない人よ。平凡そのものだわ。間違いはないかも知れないけど、三十年も四十年もつづく結婚生活のあいだに、一つも間違いがないなんて言う人、わたし嫌よ」

二人の考え方には、はっきりした断層があった。年齢から来る相違であるかも知れない。母は結婚生活二十何年の歴史をもっており、娘の方はこれから歴史の扉を開こうとしているのだった。理枝には夢もあり理想もあるが、さと子には現実だけがある。彼女はその現実を何よりも恐れているが、娘の方はまだ現実のこわさが解っていないのだ。

「まあ、お前がそうまで言うんだったら、野島さんのお話はことわりますよ。だけど、では一体どういう人なら良いと思うの？……佐伯《さえき》さんも前に話があってそのままにしているんだけど、あの人なんかどう思ってるの？……東大出の秀才だと言うし、近いうちにきっと助教授になるだろうという噂もあるし、理学博士にだってなるかも知れないわよ」

「そうね。あのくらい情のない、理窟だけしか解らない、そして自分の勉強以外のことは、義理も道徳も考えたことのないような人なら、理学博士ぐらいにはなるでしょう。映画がきらいで芝居がきらいで、音楽を聞いたら頭が痛くなって、食べものはライスカレーが何よりも好きだって言うんでしょう。まるで豆糟《まめかす》みたいな人だわ。油っ気も瑞々《みずみず》しさも何もないじゃないの。あんな人と結婚するくらいだったら、スピッツでも飼う方が悧巧だわね」

「そう言ってしまっちゃ、身も蓋もないわね」

「そうよ。身も蓋もないような人なんだもの」

さと子は黙ってしまった。西村は食後の番茶をのみながら、心のなかでにやにやと笑っていた。母親の負けだ。しかし理枝の強さは、彼女がまだ男性から自由な立場にいることの強さだった。結婚してしまえばこの強さは壁に突きあたる。突きあたった所で強さが変質する。変質してさと子のような強さになるのだ、と彼は思った。

午後、西村次長は和服のままで散歩に出た。日曜日には必らず一時間の散歩をすることにきめている。勤め人は一日の大部分を机に坐っているので、どうしても足が弱くなるらしい。彼はまださ程に感じてはいないが、火災保険部の矢崎部長がしきりにそれを言っていた。

「年齢の衰えは君、先ず最初に足から来るね。もちろん歯が悪くなり眼が悪くなって、それからだが、歯は入れ歯ですむ。眼は眼鏡をかければそれで宜い。足の衰えはそう簡単には行かないね。

人間の本当の年齢は、髪の白さとか性的能力とか、そういう事ではなしに、自分で自分のからだを動かす能力、即ち足の力で計るべきもんだよ。足の丈夫な人はたとい七十八十でも、まだ容易には死なない。つまり本当に老衰してはいないんだ。ところが足が弱ったやつは、たとい六十前でも、本当は老衰しているんだ。だから先は短いよ。僕は小鳥をいろいろ飼ったことがあるが、商売人が小鳥を見る第一の急所は、その鳥の足の強さだよ。止り木から逆様《さかさま》にぶらさがるような小鳥が優秀なんだ。

そういう論法から行けば、本当の健康法は足をきたえることだね。僕は毎朝六時半から七時半まで、約一里の散歩をやってるよ。だから君、僕は六十一になるが、どこも何ともないね。四十歳の頃とくらべて性慾も衰えないし、酒量も全然へらない」……

毎朝六時半から散歩に出るほど西村耕太郎は実直ではないが、せめて日曜日の午後だけは部長の説にしたがって、運動不足の足を訓練することにきめていた。商店街をぬけて次の駅まで歩き、荒地と畑の間を通ってその次の駅まで行く、それから廻り道をして寺の境内を突っ切り、小川の橋をわたって帰る。

帰ってから独りで茶をたてたり、読みかけの「ファウスト」を読んだりして、午後をすごした。日が暮れてくると、折角の日曜日も終りになる。明日はまた月曜だ。そして六日間のつとめが始まる。……

夕食のとき、理枝が居なかった。さと子も理枝がどこへ行ったのか知らなかった。しかし外出して夕食に遅れて帰ることは珍しくなかったので、その時は二人とも気にしなかった。また誰か友達と映画にでも行ったのだろうと思っていた。

しかし彼女は八時をすぎ九時を過ぎても帰って来なかった。十時になって初めて、父は昨夜のことを思い出した。

「ゆうべ、理枝に電報が来たのを知ってるかい？」

「知りませんよ。それがどうしたんですの？」

あれかも知れない、と西村は思った。その電報のことを、彼はさと子に言うのを忘れていた。忘れていたというよりは、洗濯機のことで腹を立てていたから、言わなかったのだった。

「ケイと言うのは誰だ。男か女か」

彼女はしばらく考えてから、

「ああ、あの人ですわ」と言った。「……フランス語の先生だとか言っていましたよ。杉野かしら。杉野敬《けい》という人ですよ。その人から電報が来たんですか」

「たしか、明日、約束のところで待っているというような意味の電報だったね」

「見たんですか」

「ああ、見た」

「どうしてもっと早く言って下さらなかったの?」

さと子は少し青くなっていた。

「別に心配する程のことも有るまいがね」と西村は言った。「……だが、今朝火をもやしていたね。手紙やノートみたいなものを理枝は沢山焼いていたよ。知ってるかい」

それを聞くとさと子はあわただしく、

「あなた、あの子の部屋を、ちょっと見て来て下さらない? 心配だわ」と言った。

西村が階段をあがって行くと、彼女もついて来た。廊下から障子をあけると、女の部屋に特有な匂いが、ねばりつくような温かさで鼻を撫でた。部屋のなかはきちんとしていた。机の上に二三冊の本。編みかけの手袋が籠のなかに投げこんである。置時計が動いている。少ししおれた白い菊が花瓶に生けてある。机の抽出《ひきだ》しは大かた空《から》になっていた。貯金通帳が見つからない。

さと子は慄《ふる》えていた。西村は呆然と立って見ている。何となく、もう駄目だという気がした。理枝は親たちから離れて、自分ひとりの計画をたて、自分ひとりの生活をはじめたらしい。いわば彼女の新しい歴史のなかに踏み込んで行ったのだ。親たちは置き去りにされて、もうどうするわけにも行かない。そういう時機が来たのだと思った。

急に、理枝の幼い時のことが思い出された。さと子に抱かれて乳をのんでいた姿を、彼はまるで昨日のことのように鮮やかに覚えていた。しかし、彼女が家出しなくてはならないような、それほどの理由が思い当らなかった。

箪笥の小抽出しに置き手紙がはいっていた。それを見つけると、まだ読みもしないうちから、さと子は鼻を押えて泣いた。ところが置き手紙の文句は馬鹿々々しいものだった。

(四五日旅行します。十日ぐらいになるかも知れません。御心配をかけて済みませんが、私の自由にさせて置いて下さい。それから、縁談は全部ことわってしまって下さい。お金は持っています。……理枝)

これで見ると、家出をした訳でもないらしい。しかし結果は同じことだ。電報で約束して二人で出て行ったからには、一種の駆け落ちであるが、娘はそれほど重大なことをやっているという意識もないのかも知れない。四五日乃至十日も経てば帰って来そうな文面である。平気で帰って来るつもりだとすれば、いかにも図々しい。しかし理枝は自分の図々しさにも気がついていないのではあるまいか。これが昔のはなしならば、帰ろうにも帰れないという自分の不義理を感じなくてはならない筈だ。(叩くに叩かれぬ不孝のこの身、この垣《かき》一重がくろがねの……)と思うのが当りまえだ。それをぬけぬけと帰るつもりでいるところが、流石に戦後派の娘であると、父は腕組みして突っ立ったままで考えた。

さと子は娘の机にもたれて泣いている。泣いてみても、もう遅い。到底生娘《きむすめ》のままで戻って来るとは思われない。ここから、理枝の人生の歴史がはじまる。女としての生活がはじまる。手のとどかない所へ行ってしまったからには、親としてどうしてやる事も出来ない。

さと子は鼻の詰った声で、

「私が何か悪かったのかしら?」と言った。「おひるに縁談のことなんか持ち出したのがいけなかったんでしょうか」

「そうじゃない、何日もまえから計画していた事だ。理枝は何かに迷っているんだ。迷うような年なんだよ。お前のせいじゃない」

そうは言ったが西村自身にも、本当のことは何も解ってはいなかった。

その夜は二人とも淋しさに寝つかれなかった。さと子は時おり夜具のなかですすり上げて泣いた。深夜の二時すぎに、突然牀から跳ね起きて玄関へ走って行ったりした。玄関のあたりで理枝が呼んでいるような、幻聴を感じたのだった。玄関の外には人影もなくて、寒い風の吹きすぎる青黒い夜空に、眉のような細い月が光っていた。

二人のあいだから子供が居なくなってみると、彼等の二十幾年の結婚生活が、不思議にむなしいものに思われた。誰かにペテンにかけられていたような気がした。昔のままの二人がここに相対《あいたい》していた。年月が経過したというだけのことで、何ひとつ二人の間で稔《みの》ったものがないようなむなしさだった。子供があるという事によって、二人の生活は今日まで、ともかくも充実していたのだった。理枝が居なくなってみると、彼はさと子を遠くの方に感じた。さと子が自分からはなれていた。それは昨夜のように、言い争いをしている時の比ではなかった。言い争いをしている時は、さと子はやはり妻であった。今は妻という存在すらもむなしいもののように思われた。理枝は残された親たちの、こうした大きな失望を予想してはいなかったに違いない。彼女はただ自分ひとりの衝動によって、自分ひとりの自由を欲しがっただけなのだ。そして彼女の自由が、親たちにこれほどにも大きな犠牲を払わせるものであることを、知ってはいないのだ。

眠られぬ夜更けの牀のなかで耕太郎は、自分が親であるということを痛いほど強く感じていた。年頃の娘の親であり、責任ある親であり、娘の幸福を保証してやるところの親でなくてはならない。それはみずから求めて得た自分の立場であって、まじめに、誠実に、その義務を果たさなくてはならないのだ、と思った。何としてでも理枝をとり戻さなくてはならない。それが差し当っての仕事だった。理枝の自由や幸福は、もっと別のかたちで、もっと安全な、危険のすくないかたちで与えてやらなくてはならない。

あくる朝、西村は早目に家を出た。出がけにさと子に向って、

「もし何か消息がわかったら、すぐに会社へ公衆電話をかけてくれ」と言っておいた。

とにかく、何よりも先にケイというやつの所在を突きとめなくてはならない。理枝が卒業した高等学校でフランス語の先生をしているという事だけしか解っていない。その学校では特に卒業生のなかの希望者に、一週二回の個人教授をやっていた。理枝はそこへ習いに行っていたのだ。個人教授と称して、ケイというやつは大変なことを教えていたに違いない。

学校までは電車で三十分もかかった。大勢の若い生徒にまじって西村は校門をくぐる。広い校庭に枯れた銀杏《いちよう》の葉が黄色く散っていた。生徒たちは男女入りまじって、毬《まり》を投げたり走ったりしゃべったり、まるで動物園の猿のように意味もなく動きまわっている。三十年も前には自分もこんな小僧であったのだと、彼は思った。胸に痛いような後悔の思いがあふれてくる。何を後悔するのかわからない。永い人生を生きて来たという、そのこと自体が後悔のようなものであった。

事務所の受付には、十八九の少年が金ボタンの服を着て坐っていた。杉野敬という先生は来ていらっしゃるかと、西村がたずねると、少年は小窓から頭をななめにしてのぞきながら、

「杉野先生はもうとっくにおやめになったんです」と言った。

これは意外であった。いつおやめになったのかと訊くと、九月だと答えた。やめてどこの学校へ行かれたのかと重ねて問うと、行った先は解りませんという返事だった。それでは先生の住所を教えてくれと頼むと、少年は奥へ行って帳面をさがしてから、紙片に住所を書いて渡してくれた。

「今もここに居られるかどうか解らんですが、前にはここだったんです」と言う。

礼を言って学校を出ると、今度はタクシーをひろって乗った。西村次長はだんだん不安になっていた。杉野敬が学校をやめた事にも何か経緯《いきさつ》があるかも知れない。理枝は大変わるい奴に引っかかったという事も考えられる、彼は気がせいていた。そのくせ一方では、娘の恋の道行きのあとを、追いまわしているような自分自身の姿が、なにかしら哀れにも思われた。人生五十にちかく、頭も禿げかかっているのに、ひとりきりの娘に置き去りにされて、あわてふためいている彼自身が、かなしく見すぼらしい人間であった。

三十分もかかってようやく尋ねあてた家は、場末の商店街の裏の、同じ形の小住宅が三十軒も立ちならんでいる、その中の一つだった。玄関の硝子格子をあけると三尺の土間があって、

汚ない乳母車が置いてある。障子をあけて応待に出てきた人は、もう四十にもなるような地味な女で、生後数ヵ月くらいの子供を抱いていた。ぎりぎり一杯の生活をしているような様子だった。杉野先生はと問うと、

「出かけておりますが、どちら様でしょうか」と言った。

「先生に習っております生徒の親でございます。失礼ですが、奥様でいらっしゃいますか」と西村は慎重に言った。

「はい。家内でございます。あの、どういう御用で?」

西村は顔から血が引いて行くような気がした。杉野敬には妻子がある。この女房の年から推察すれば、ケイというやつは四十三から四十四五と考えられる。彼自身とあまり違わない年だろう。あの理枝が、そんな年の男とどうして駆け落ちをする気になったのか、見当がつかない。先生はどちらへお出かけでしょうかと問うと、旅行に出ていると言う。旅行はどちらへと更に問うと、

「何でも教科書を編纂するはなしがあるとか申しまして、大阪だか京都だかへ参るように申しておりましたが……」と言う。

これではまるで手がかりにならない。この女房は迂闊《うかつ》にも、良人が若い娘と二人で恋の道行きをしていることに、まるで気がついてはいないのだ。知らぬが仏とはこの事だ。本当のこと

を教えてやったら、忽《たちま》ち夜叉《やしゃ》と変ずることであろう。それにしてもケイというやつは、生後間もないような子供もありながら、理枝をそそのかして旅に出るとは飛んでもない男だと西村は思った。いつ頃お帰りになるのかと訊くと、女房は子供をあやしながら、三四日のつもりですと答えた。色の黒い、だらしのない感じの、いやな女だった。

その日の勤めをすませてから急いで帰ってみると、さと子は古いアルバムを開いて、幼い頃の理枝の写真を見ながら泣いていた。それから二人きりで淋しい夕飯をたべた。さと子は食事も喉に通らない風であった。彼女は涙をながしながら、「どこに居るんでしょうねえ」と言った。「あの子の事を考えていると、お腹《なか》が痛いのよ」

母親というものは、何十年経っても、子供を産んだ時の陣痛を躰で覚えているものらしかった。今ではもう子供を産む能力も失っているのに、昔々の記憶だけは忘れていないのだった。

理枝が居なくなってから二十四時間経っていた。西村は警察へ捜索をたのもうかとも考えた。しかし、遠からず帰ってくると解っているものなら、それを待っている方が悧巧なような気もした。表沙汰にすれば理枝の経歴には傷がつく。内密に済ませる事ができればその方が理枝の将来の為だとも考えた。しかし内密に事をすませるとすれば、理枝を誘惑したケイというやつは、誘惑の仕得《しどく》で、何の処罰もされないということになる。その事を思うと西村は腹が立った。そんなやつは絶対に許して置けないと思った。その憤りの何分の一かは、嫉妬であったかも知れない。そんな巧い事ができるものならば、自分もやってみたい気がなくはなかった。若い娘を誘惑して、五六日温泉場などを遊びあるいていたら、さぞ楽しかろうと羨む気持もあった。

翌々日の夜、かなり更けてから、理枝は不意に帰ってきた。ひとりきりだった。玄関に出たさと子が呼ぶので、あわてて行ってみると、理枝は白く血の気の引いたような顔をして、

「ただいま」と言った。

母親は泣きながら、まるで怕いものを見るように理枝を見ていた。叱ることもできないし、肩を抱いてやることも出来ないのだった。理枝はもう母親から独立した一人の女になっているのだった。妙に無表情になって、急に大人になったような図々しい顔をしていた。

茶の間へ連れてきて、火鉢をかこんで三人が対坐《たいざ》すると、さと子は先ず、

「どこへ行っていたの？」と小さな声で言った。

理枝はうつ向いたまま、何も答えなかった。親たちを拒否する一種の強さが感じられた。西村は父親の包容力を見せて、黙って見ていた。叱ってみても始まらない。この娘を不潔だと言ってしまうのは簡単だが、おそらく理枝自身にとっては初めての、純真な恋であったに違いないとも思った。

「お父さまはとても心配なさって、わざわざ学校へ聞きに行って下さったり、杉野先生のお宅までも行って下さったのよ」とさと子は曇った声で言った。

すると理枝ははじめて眼をあげて母の顔をまともに見た。

「先生には奥さんもお子さんも有るって言うじゃないの。それをお前、どうするつもりなの?」

「違うわよ」と理枝は不服そうに答えた。

「違うって、何が違うの? お父さまは先生の奥さまにもお会いして来たのよ」

理枝は頰にうす笑いをうかべた。それが、まるで親たちを軽蔑しているように見えた。

「まあ、お前もちょっと待て。話は明日でもいい」と西村は妻の言葉をさえぎった。「……理枝も疲れているだろうから、今夜は寝なさい。ゆっくり寝て、よく考えてみるんだ。お前が今までどこへ行っていたか、誰と行っていたか、お父さんは知らないが、どうも少し軽率ではなかったかと思う。これから先のお前の永い人生に、傷をつけるようなことをしてはいけないんだ。その事をお母さんは一番心配するんだ。普通に言って、女が結婚に失敗することは、人生に失敗したことになり易い。だから、お前にとっては恋愛は自由だろうけれども、親の立場からは一番大きな心配でもあるんだ。

相手の人に妻子があっても、恋愛は自由だという理窟もなくはない。しかし、自分さえ幸福なら他人はどうなっても構わないというような利己的な考え方は、必らずどこかで躓《つまず》く時が来る。恋愛という感情は、抵抗があれば却って強くなるものだ。相手に妻子があるような時には一層強烈になる。そして、自分では純粋な貴重な恋愛であるような気がするものだが、しかしそれは本質的に不健康な恋愛なんだ。風邪をひくと熱が出るようなもので、不健康な恋愛が却って熱度を増すということもある。第三者の眼から見ると大変に危険なものに思われる。

「……」

「わたし、そんな悪いことなんか、しないわ」と理枝は平然として言った。

「うむ。……まあ、良いか悪いかはゆっくり考えてから判断することにしよう。それから、何をするにも、前以《もつ》てお母さんやお父さんに相談しなくてはいかんよ。お前が悪いことをしていないという自信があるなら、親たちに秘密にしなくてはならないという理由はない筈だ。解ったね」

耕太郎はそれだけ言っておいて、理枝を寝せてやった。親として、あれだけの事は言って置かなくてはならない事だった。そういう説諭をしている時、彼は完全なる親であり、一家のあるじであった。話のわかる、筋道の通った、立派な社会人であった。

しかし彼は、理枝に説諭をあたえながら、内心の矛盾を感じていない訳ではなかった。妻子のある男とは、彼自身のことであった。もしも彼が能代雪江を誘惑することに成功したとすれば、杉野敬と理枝との関係がここに再現する。ひとごとではないのだ。今のところ能代雪江を誘惑するだけの決心も覚悟もない。それは忽ち会社の地位にも影響してくることだ。けれども、熱海のうらぶれた裏街で酒を飲んで、かね千代と称する元芸者の美貌にうつつを抜かし、もう一度あれに会わせろと言って曾我法介になだめられたのは、他ならぬ西村耕太郎自身であった。あのときはさと子の事も理枝のことも忘れていた。杉野敬が家庭をわすれて理枝との道行きを楽しんだからと言って、責める権利はない。しかし今夜は親の立場で、あれだけのことは言わなくてはならなかった。つまりは二重人格であった。親である彼と、四十八歳の迷いの中にある彼とは、矛盾した二つの人格であった。

その矛盾に、さと子も気がついたらしかった。彼女は何かを探るような調子で、

「恋愛のことになると、あなたはずいぶん、物わかりがいいのね」と言った。「わたし、もっとわからず屋かと思っていたわ」

危なく、彼は足許《あしもと》をさらわれるところだった。

ワルプルギスの夜

〔ワルプルギス――ドイツ山地の岩山の名。年に一度、悪魔が集まって大宴会を催すという〕

煖房《だんぼう》がしてあるので、事務室のなかは少し暑いくらいだ。煙草のけむりで空気は白く濁って

いる。午後の太陽が、何十万とも数知れぬほど建ちならんだ東京の屋根々々の上に、ななめに淡く照っている。やがて日暮れがくる。七八つのアドバルーンが半透明のような頼りない色になって、遠い空にふわりと丸く浮んでいる。タイプライタを叩く音、紙をとじる音、電話のベル、声高《こわだか》な話し声、人の出入り。……矢崎部長は重役会議に行っている。

西村次長は廻って来た書類をめくって簡単に眼を通し、水晶の印を捺《お》す。水晶の角が丸くなるほど、今日までに何万となく印を捺して来たのだった。

再保険課長の島田君が、くわえ煙草でぶらりとはいって来た。勉強する時は脇眼《わきめ》もふらずに勉強をしているが、それをすませた後は急に失業者のようにのびやかな顔をしている男だった。細長いからだで、細長いズボンの両ポケットに手を突っこみ、大勢の社員が居並んだ机のあいだを、まるで他人を無視した様子でぶらぶらと歩いて来る。そして西村次長のところへ来ると、脇の椅子の上に腰をおろして長い足を組んだ。

「お忙しいですか」と言う。

「うむ、まあ、別に何ということもない」

「ちょっとお頼みなんですがね」

「何だい」

「カメラを貸して貰えませんか」

「写真機?」と、西村は翻訳して問い返した。

「ええ。ライカの古いのがあるって、言っておられたでしょう」

「ああ、有るよ」

「二三日拝借したいんですがね」

「どうするんだい」

「どうするって、撮影するんですよ」

「質に入れるんじゃないか」

「まさか! ボーナスが出たばかりじゃないですか」

「ああ、なるほど」

「貸してもらえますか」

「貸してもいいよ」

「明日」

「ああ、いいよ」

「会社まで持って来てもらえませんか」

「うむ。持って来てもいいよ。貸し賃を取るかな?」

「いやですよ。払いませんよ」

「また君は、例の変な写真をとるんだろう」

「そんな事はどうでもいいじゃないですか」

「カメラがけがれる」

「あれだ！　次長は話せないですなあ。芸術をもう少し理解して下さいよ」

「芸術なら少しはわかるが、君の写真は芸術だとは思えないね」

「冗談でしょう。近いうちに素人写真コンクールに出すんです。尤も僕の名前では出しませんよ。変名で出そうと思うんですが、何か良い名前はないですか」

「そうさね。女の名前で出したらどうだい」

電話のベルが鳴った。島田君は立ちあがって、

「じゃ、お願いしますよ」と言った。

西村は受話器をとる。

「次長ですか、西村さんですか」と言う。聞いたような声だった。続けて電話の声は、

「僕です。解りますか。メフィストフェレスです」と言った。

曾我法介が、どこからかかけているのだった。

「何か用かね」

「ええ、ちょっとお会いしたいんですがね」

「どこに居るんだ」

「いまですか。どこに居たっていいでしょう」

「会いたかったら、僕のところへ来給え」

「今日はもう社へは帰りません。引けてからちょっと、御足労願いたいんですよ」

「どこまで?」

「京橋の近処です」

「そこへ行くと何が有るんだね」

「来て下されば解りますよ」

「何だか解らない所なんか行きたくないね」

「それは怠惰というものですよ。若い時にはどこへだって出かけて行ったでしょう」

「うむ。しかし僕はね」と西村は言った。「……あてのない遊びをするには、もう年を取り過ぎたよ」

するど法介は笑って、

「(あらゆる慾を断とうには、まだ年が若過ぎる)でしょう」と言った。

「その通りだ」

「五時四十分に、京橋の交叉点の、メトロの入口でお待ちしています」

「それからどこへ行こうって言うんだ」

「マルガレエテの待っている四阿《あずまや》です」

「うそをつけ」

「嘘じゃないです」

「僕は知らない女なんかに会いたくないよ」

「かね千代の方が良いですか」

「もちろんだよ」

「ところが先方は知ってるんです」

「誰を？」

「先方はちゃんと次長を知っているんです。会いたがっているんですよ」

そのひとことで、西村の気持が崩れた。本当を言えば曾我法介とのつきあいは、いい加減なところでやめて置こうと思っていた。しかし彼自身の胸の底に、何かに誘惑されたい慾があった。未練があった。このままで平穏無事に老い朽ちて行くことに、何かしら耐え難い未練があった。誘惑したのは法介であるよりも、西村自身の心であった。

「もう君とのおつきあいは、御免だよ」と彼は心にもない事を言った。

すると受話器のなかから、法介の軽快な笑い声がきこえてきた。人を馬鹿にしたような笑い方だった。

「あなたはそんな体裁の良いことを言っていますが、本心では案外、僕を頼りにしていられるんじゃないですか。僕が誘惑してあげなかったら、誰もあなたを誘惑してくれる人は居ませんよ。感謝されてもいい位ですね。まあ、余計なおしゃべりはやめましょう。では五時四十分に……」

ぷつんと電話が切れた。西村は行く気になっていた。そして、ひそかに何かを期待していた。会社がひけてから京橋の近処まで行って、時間を消すために西村は喫茶店にはいった。香りの抜けた珈琲をすすりながら、自分が法介に曳きずりまわされるような気がした。次長である彼が、一介の部下である曾我法介に曳きずり廻されるべき理由はない。理由はないにかかわらず曳きずり廻されているのは、彼自身の心に弱点があるからだった。つまりは誘惑されてみたい気持があるからこそ、法介から離れきれないのだ。味気ない気がする。さりとてまた、彼を突っ放してしまう訳にも行かない。ファウストの真似をする訳ではないが、(悪魔などというものが手に入っては手放せないね。また早速つかまえようと言う訳には行かんからね)……法介が今夜はどこへ連れて行ってくれるのか、それがやはり楽しみだった。

しかし頭のなかの一隅には、そういう期待を打ち消す気持もあった。結局彼くらいの身分で、彼くらいの経済力で、何をしようとしたって出来る筈もないし、またこの東京の街のなかに、人の知らない何程の快楽があろう筈もないのだ。もしそんな物があったとすれば、彼よりも先に何千人の男たちが押しかけて、折角の快楽の場所を無二無三に踏みにじってしまうに違いない。要するに余計な期待は持たない方が、間違いがない。彼はそれを、永年の経験で知っていた。

熱海の一夜にしたところで、散々うろつき廻った果てに、彼の手に残ったものが何か有ったかといえば、何もなかった。むなしい一夜の幻想にすぎなかった。

（心は無用の事物に惹《ひ》かれ、
　宝を掘らうとむさぼる手で、
　みゝずを掘りあてて喜んでゐるとは！）

今夜もこれから曾我法介と二人で、東京の街々をうろついてみたところで、蚯蚓《みみず》を掘りあてる位がせきの山であろう。西村耕太郎はそう思っていた。なるべくそう思うことによって、来《きた》るべき失望の量を小さくしようとつとめていた。期待は持つまいとしているくせに、やはり行ってみたかった。

法介は地下鉄道の入口で、夕刊を読みながら彼を待っていた。法介に会うことが、次長は面《おも》映《は》ゆい気がした。街はもう暗くなって、右往左往する自動車の灯がまぶしかった。このさかり場では、夜が生き生きとしていた。夜が人を支配しているようであった。街に夜がくると、心の安定が崩れてくるようであった。

法介は黙って新聞をたたみ、外套のポケットにねじ込み、腕時計を見て、ちょっと考えてから歩きだした。西村も並んでゆっくりと歩きながら、

「僕を知っている女というのは、何者だい」と言った。

「期待する程のものじゃありません」と法介は冷淡に答えた。「……すべて女性には、期待をもたない方がいいです。女性というものは主観的な存在ですからね。カメレオンのように、相手によって色が変ります」

「そんならなぜ俺を呼び出したんだ」

「僕を怨むのは筋が違います。あなたがその女をどんな美しい色に変えるか、それが問題でしょう。要するにあなたの腕次第ですね。僕は単なる見物人です」と言って法介は、表情のない顔で笑った。

大きなビルディングの横の露路を、くねくねと曲って行ってから、狭い三尺の扉口をはいって、急な階段を二階にあがる。そこからは暗い廊下で、二人並んでは通れない。法介が先に立った。遠くから音楽がきこえてくる。お神楽《かぐら》の囃《はや》しのような、神経にひびく嫌な音だ。進んで行くにつれて音楽はちかづいてくる。

「どこへ連れて行くんだ」と西村耕太郎はうしろから言った。多少は不安な気もしていた。

法介はふり向きもせずに、

「東京中で一番愚劣なところです」と言った。

「すると俺も、愚劣な仲間に入れられる訳か」

「あなたが望んでおられることが、大変賢明だとは思われませんね」

「しかし君、賢明なことでもっと面白いことはないものか」

「それは僕に訊いたって解りません」

「誰に訊いたら解るんだ」

「カソリックの坊主にでもきいて御覧なさい」

廊下が尽きて階段になった。今度は降りだった。下からお神楽めいた歌と音楽とが吹き上げてくる。音楽の流れをさかのぼるように、細い階段を地下室まで降りた。すると、まだ宵の口だというのに、ここだけは深夜の饗宴《きようえん》だった。

ほの暗い部屋の中に星がきらめき、煙が立ちこめ、太鼓がひびき、笛が鳴り、裸の女たちが踊り狂っていた。

(押しあつたり、へしあつたり、すべつたり、がたついたり、……光つたり、火を吹いたり、燃えたり、臭いものを出したり、これが本当の魔女の世界だ)

西村は部屋の入口に突っ立って、呆然と眺めていた。しばらくは暗くて何も見えない。すこし眼が馴れてくると、人の世から地獄へおちて来たのではないかという気がした。

（物みなめぐる如く見ゆ。
怪《け》しき顔する木も石も
見る見る殖え、みるみるふくらむ、
あまたの鬼火も。……）

白い服を着たボーイが赤黒い絨毯を音もなく踏んで近づき、二人を片隅のテーブルに案内した。すると無表情な若い女が二人、半裸にちかい姿で、ほの暗いなかから白い影のように歩み寄って、彼等のそばにぴたりと坐った。バンドの歌い手が甘い声で歌う。

（……一本林檎の木があつた。
むつちり光つた実が二つ。
欲しさに登つて行つてみた。……）
（……そりや天国の昔から
こなさん方の好きなもの。
女子に生れて来た甲斐に
わたしの庭にもなつてゐる。……）

その歌と音楽につれて、全裸にちかい三人の女が、手足をくねらせて踊った。青い光線のスポットの中で、腹が青白くうねり、腿《もも》が銀色に光る。そこへ半裸の青年がとび出してきて、三人の女を追いまわす。

ボーイが酒を持ってきた。西村は舞台から眼をはなさずに、我を忘れて眺めている。曾我法介が彼の肩を指でつついて、そっと耳もとにささやいた。

「どうです、次長。すこしは官能が若返るような気がしませんか?」

西村は横眼で踊る女たちの動きを見ながら、

「この中に、俺を知っているという女が居るのか」

「いいえ、居ません」と法介は首を振る。

「じゃあ、どこに居るんだ」

「それはあとから紹介します」

「あの左の端で踊っている、小肥りの娘は悪くないね。腰の肉つき、腿の太さ。胸の厚味も肩の丸味も、憂いを帯びた眉のかげりも、なかなか捨て難い味がある」

「ふむ! あれがお気に入りましたか。魔女にしては整っていますからね。しかし御注意申して置きますが、籤《くじ》と娘は前以て、中身を見てはいけないのです。裸をながめてしまったら、後の興味は半減します」

「何だ、今夜は見るだけか。それならなにも、君に案内されるまでもない。馬鹿なはなしだ」
「いいえ次長、悪いことは言いません。あの連中はあきらめなさい。
（あの綺麗な髪と、自慢さうにつけてゐる、
あのたつた一つの飾りとに御要心なさいよ。
あれを餌《えさ》にして男を捕まへようものなら、
滅多に放しつこありませんからね）
一番眼を引くような相手は、とかく危険が多いものです。本当に実意のある女は、あまり眼立たないのが通例ですよ。（あれに手を出すと災難です。あれはまやかしです。影です。生きてやしません）……さあ、一杯やって眼をさましなさい」
西村はようやく盃を取って、冷たいカクテルを一息に飲み、眼をつぶって溜息をついた。
「こういう場所に来て、こういう酒を飲み、こういう踊りを見ていると、官能は刺戟をうけるけれども、刺戟は単なる刺戟で終って、それ以上の何ものでもない。却《かえ》って自分の衰頽《すいたい》を、自覚させられるような淋しい気持だ。しかもはげしく慾望がたぎる。眼で見るだけでは満足できない。手を触れるだけでも満足できない。もっと強烈なもの、もっと有害なもの、自分が燃え尽きるような刺戟がほしい。そういう刺戟を無数に受けて、その中で自分の若さを知りたい。もしも若さがなくなったというなら、自分の老衰の程度を知りたい。

俺はいたわって貰いたくない。もっと乱暴に扱われたい。まだその位の若さは有るのだ。酒も飲める、踊りも踊れる。もっと激しい享楽もできる。明日心臓が破れて死んでも、それでどれだけ損をするものか。(今日飛ばないなら、飛ぶ日はないぞよ。……)いじけた遊びはしたくない。七十過ぎまで生きる気もない。裸踊りも中途半端だ。怪しげな音楽も中途半端だ。俺が家庭を忘れるような、俺が人生を忘れるような、忘却の世界はどこにもないのか」

曾我法介は端正な顔に冷たい笑いをうかべて、

「そんな旨い所はどこにもないです」と突っ放した。「強いて忘却を求めるなら、大酒を飲んで寝てしまうんですな。しかし御趣旨はよく解りました。お気に入るかどうかは知りませんが、あなたを待っている優しい魔女の洞窟へ、そろそろ御案内することにしましょう」

「いや、もう沢山だ。俺はうちへ帰りたい」

「何を言うんです、意気地のない人だ。まじめにこつこつ働いて、無事に妻子を養って、それだけの人生で御満足なら、とっととお帰りなさるがいい。それでは嫌だとおっしゃるなら、思いきって首まですっぽり、享楽の世界にひたることです。さあ、行きましょう」と法介は彼の腕を取って立ちあがった。

もと来た細い階段とは反対に、彼等は正面玄関の方へ出て行った。蛍光燈のともった帳場がある。気障《きざ》な青年が伝票を整理している。法介はカウンターの台に肱《ひじ》をついて、

「勘定はいくらだ」と言った。

「はい、全部で二千八百円いただきます」

「五千円足して、七千八百円にしておいてくれ」

「承知しました」

変な会話だ。西村が見ていると、曾我法介はさし出された伝票にサインをしている。会計係は折目のない千円紙幣を五枚、盆にのせて法介にわたした。法介は伝票を耕太郎の前につき出して、

「解っていますね。この伝票があなたの所へ廻って行ったら、黙って判を捺《お》して下さい」

「どうするんだ」

「どうするって、御覧の通りですよ」

「その五千円はどういう訳だ」

「これは今から僕たちが、夜の世界を研究する資金ですよ。あなたも火災保険部の次長ですから、会社からこの位の研究費を出させて、火災予防の見地に立って、街の実状を視察することに、何の不思議もない訳です」

「つまり君は、今夜の経費をすべて、会社に払わせようというのだね」

「それはサラリーマンの常識です。どこの会社の会計係も、そういう点では物解りがいいです

ね」

「それでは会社がつぶれてしまうな」

「ところが不思議なことには、社員が書いた伝票で潰れた会社はありませんね」

「不思議なはなしだ」

「不思議というのは規則にないということです。規則さえ造れば平凡になってしまう。だから規則は面白くないんですよ。あなたは僕の二倍も月給を取っていますが、そのくせ街で酒を飲むお金はない。僕は飲みしろにちっとも困らない。あなたのめくら判のおかげです。さあ、参りましょう」

法介は先に立って街に出た。西村耕太郎は彼のあとにつづきながら、意外な計理のからくりに愕《おどろ》いていた。社員が街の飲食店と結託して、交際費と称し接待費と称し、勝手に伝票を切って遊興し、あげくの果てに小遣銭を持って帰ったりしては、何のために会社が月給の金額をきめているのか、意味をなさなくなってしまう。

「参考までにちょっと訊くが……」と彼はうしろから法介に呼びかけた。「うちの社員はみんな、そういう伝票を出しているのか」

「やらない連中もいくらか居ますね。一番凡くらな社員ですな。最も優秀な社員たちと、最も悪質な社員とは、さかんに利用しているようです」

露路から露路を幾まがりし、橋をわたり四ツ角を越えて、二人は黒い影のように歩いて行った。曾我法介は足音を立てなかった。忍術使いのようにひっそりと歩いた。月が笠をかぶっていた。笠のまわりが虹になっていた。二人が並んだとき法介は、

「このあいだは御心配でしたね」と言った。

「何のことだね」

「お嬢さんのことです」

「どうして君は知っているんだ」

「僕は何だって知っています。お嬢さんの愛人の事だって知っています」

「君は全く変なやつだね。うちの娘の恋愛が、どうして君と関係があるんだ」

「相手の男と知りあいですから、自然に僕の耳にはいります」

「杉野敬をどうして知っているんだ」

「杉野敬って、誰ですか」

「君は相手の男と知りあいだと言ったじゃないか」

「ええ、知りあいです」

「それじゃ、杉野敬を知っているんだろう」

「そんな男は知りませんね。そりゃ一体何者ですか」

「娘のフランス語の先生だよ」

「それがお嬢さんの愛人ですか」

「君の言うことはどうもおかしい。一体君は誰を知っているんだ」

「お嬢さんの愛人ですよ」

「だから杉野敬だろう」

「違いますよ。ケイはケイですが、杉野ケイではありませんよ」

「はてな。それでは人違いか。理枝が飛びだして行った日の前の晩、ケイという男から電報が来たが……」

「それは杉野敬ではありません」

西村耕太郎はおどろいて、ぽかりと大きな口をあいた。

「これは大変なことになった。俺はてっきり杉野敬だと思って、学校へ行ったり彼の自宅をたずねたり、子供を抱いた女房に杉野の行方を聞いたりしたが、飛んでもない方角ちがいだ。その男は多分四十三四、俺とあまり違わない年だ。そんな男に俺の娘が、どうして恋愛を感じたのか、不思議に思っていたが、なるほど解った。妻子のある男との不純な恋を、俺が娘に意見してやったら、私は悪いことなんかしていないと答えたが、さては、恋人はほかに有ったのか。その男の名は何と言うんだ。……名はケイと解っているが、苗字は何だ。どこの男だ」

「それはちょっと、僕の口からは言い兼ねます。密告みたいな事はしたくないし、僕がかかりあいになるのも嫌ですからね」

「ふむ。……それじゃ娘にきいてみよう」

「そうですね。しかしお嬢さんはなかなか言いませんよ」

「どうして君に解るんだ」

「言いにくい理由があるんです」

西村は黙って歩きつづけた。曾我法介は理枝の親でもないくせに、親より沢山のことを知っている。それが彼は不愉快だった。親を馬鹿にしているのだ。

どこの男だか解らないが、とにかくケイというやつが居て、姿は見せずに、どこからか怪しげな手を伸ばして、理枝を操っているらしい。憎い男だ。姿を見つけたら何とでも処置はできるが、姿を見せない限りは腹を立ててみてもどうにもならない。狡いやつだ。その狡さから考えて、三十は越した男だろうと思った。三十五六か。相当の経験者だろう。もしかしたらこのケイも、妻子のある男かも知れない。彼は自分の独身時代に、そういう事をした経験はなかった。妻帯してからは勿論のこと、正々堂々と、乃至は小心翼々として、何も悪いことはせずに生きて来た。いまさらながら、少しばかり損をしたような気がする。自分もまたケイという男のように、誰にも姿を見せずに、こっそりと他所《よそ》の良い娘をたぶらかしてみたかった。彼はケイという男に多少の羨望を感じていた。

ほの暗い横町に小さな青白い角行燈がかかげられていて、青白く光るガラスに（マルテの家）（「マルテの家」――ファウストの中に出てくる。その家の園でファウストはマルガレエテに会う）と書いてある。

「あ、あれだな」と西村は言った。

「どうして解ります？」

「だって君は俺を、マルガレエテの所へ案内すると言ったじゃないか」

「ええ」

「マルガレエテはマルテの家に居た筈だ」

「仰言る通りです。さあ、どうぞ」

法介は鉄鋲《てつびょう》の飾りを打った重い板扉を肩で押しあけた。板扉はぎりりりと軋《きし》みながら、内にむかって開き、暖かい空気が内側から流れて来た。

古風な造りの酒場だった。狭いスタンドバーがあり、狭い部屋が奥につづき、その横にも小部屋がある。ざくろの実のように、幾つもの部屋に仕切られていて、どの部屋にも、ざくろの実のように、赤いみずみずしい娘たちが、並んできちんと坐っていた。

こまかい彫刻をした太い木格子《きごうし》の向うから、すらりと背の高い、美しい姿の和服の女が静か

に歩み寄ってきた。細い眉、すこし尖ったきれいな鼻、やさしい顎のふくらみに微笑をたたえて、

「曾我さん、こんばんは……」と低い声で挨拶してから、「西村さん、しばらくで御座いました」と言った。

耕太郎はまともに女を眺めたが、記憶にない顔だった。

「はてな?……僕はあなたを知りませんね」

女は声を立てないで、肩だけで笑った。

「私はたくさん存じていますわ。このあいだ熱海へいらした事も、かね千代さんとかいう美人にお会いになった事も……」

「曾我君がしゃべったね」

「八年も前のことだって、存じております。私をお忘れになるなんて、薄情ですわ」と言う。

西村は変な気持になった。彼自身のことも彼の家庭のことも、他人が何でも知っていて、自分は知らない。何だか身辺を探られているような、不安な、落ちつかない気持だった。

奥の小部屋に坐って、ともかくも酒をもらい、改めてこの酒場のマダムをつくづくと見たが、どうしても思い出せない。

「おわかりになりません?」と女は首をかしげて笑った。

「わかりませんな」

「その方が宜しいわ。昔のつまらない記憶だとか、先入観念だとかいうものは抜きにして、現在のわたくしだけを知っておいて頂きたいわ」

「曾我君、変に勿体ぶらないで教えてくれ。この人は誰だ」

「本人が過去のことは言いたくないというのに、僕が暴露することは出来ませんよ」

「ふん、そうか。君たちは二人で共謀して、俺を馬鹿にするつもりだな。君たちは何でも知っていて、俺だけは何も知っていない。まるで俺はなぶり者だ。なまじ以前につきあいが有った人よりも、まるで知らない人の方が却って気が楽だ。そこの娘さん、こっちへ来てくれ。君と二人で酒を飲もう」

まだ十八九か、二十《はたち》にはなるまいと思われる、青梅のように瑞々しい色の白い娘が、ほほえみながら西村の傍へ寄って来た。長いまつ毛が恥かしげに伏せられて、笑った歯並みがまっ白だった。歯の白さがおさなくて、笑窪《えくぼ》の可愛い娘だった。

西村はそっと娘の手を取る。まだ人生に荒らされていない、絹のような柔らかい手だった。

「君の名前は?」

するとかすかに頬を染めて、

「名前なんかないの」

「これは驚いた。人口八千何百万の日本中で、名前を持たない女と言えば、生れたての赤ん坊だけだと思ったが……」

「ええ、生れたてなんです」

「いつ生れた？」

「きのう……」

「きのう生れたばかりで、今日はもう恋人に口説かれるのか」

「早過ぎますか」

「早すぎるね」

「だって人生は短いんですもの」

「だから恋を急ぐのか」

「あした死ぬかも知れませんもの、かげろうのように……」

「かげろうに憧《あこが》れているのか」

「大好き！　ロマンティックだわ」

「命が短いのがロマンティックなのか」

「そうよ。八十まで生きたりしたら、悲しいでしょう」

「俺は八十まで生きたいんだ」

「あら、嫌だ。わたしは二十三までに死にたいわ」

「いま、いくつ」

「十九……」

「何遍恋をした？」

「これから」

「恋って、どんなもんだと思う？」

「わたし恋をしたら、きっと死んでしまうだろうと思うの」

「そりゃ困るね」

「死んでもいいの。嬉しいわ」

そういう馬鹿気た会話を交わしながら、西村は思いがけなく、胸のなかが熱くなるのを感じていた。さっきのキャバレーで裸の女の踊りを見せられたときは、欲望をそそられるものはあったが、心の燃え立つものはなかった。いまこの名もなき小娘と愚劣な会話をとり交わしているると、その言葉のおさなさと、その感情のういういしさが、不思議な刺戟になって彼の心をあたため、何か新鮮な感動が彼を昔に引きもどしてくれるようであった。

蜉蝣《かげろう》のはかない命にあこがれたり、恋をして死ぬことが理想に思われたり、まるでとり止めもない少女的感傷にすぎないが、その感傷が可愛かった。そういう小娘が酒場につとめて、夜《よ》毎夜毎《ごと》に酔いどれの男たちとつきあっている、そのことも不思議であるし、そうした勤めによって現実の生活をまざまざと見せられながら、少女的感傷がすこしも失われていないのも不思議だった。

「俺も昔はかげろうをロマンティックだと思ったことがあったよ。ねえ曾我君、君のような怪人物には解るまい。一枝の野菊のうす紫の花に涙をながした時もあったんだ。夕焼けの雲の色が胸に沁みたり、秋風の音に人生の無常を感じたりしたものだった。この娘さんのおさない感情を笑うことは出来ないね。笑うどころか、俺は羨しい。俺が夙《と》っくに失ってしまったものを、この人は全部持っているんだ。嬉しいじゃないか。俺は酔ったのかな、涙が出そうだ」

マダムと法介とが声を立てて笑った。しかし西村は本当に眼《ま》ぶたを赤くしていた。

「今夜はすこしおかしいですね、西村さん」と法介がハイボールを傾けながら言った。「あなたぐらい安定した性格の人が、未熟の西瓜《すいか》みたいに水っぽくて、赤味も足りなければ味もとものわない、こういう娘に心を動かされるというのは一体何の加減ですか」

「俺の心は君には理解できないのだ。君だって未熟な時代があっただろう。その頃の自分と今の自分とをくらべてみたまえ。夢をうしない希望をうしない、あらゆる可能性を失って、あとはただ俺は老衰を待つばかりだ。せめて一刻の郷愁におぼれ、実らざりし青春を歎いてみてもいいではないか。名も知らぬこの一人の少女が、初老の俺の恋の対象になろうなどとは思わないが、この少女のおさない美しさを手がかりにして、自分の青春をふりかえることは出来るだろうよ。そう考えてみれば、この少女は俺にとって貴重な存在だ。縄文土器によって古代の人の心が察せられるように、俺はこの娘さんのみずみずしい若さに触れて、あの頃の俺の感情を思い出すのだ」

「何たる馬鹿くさい話でしょう。次長はお宅に理枝さんという、似たような年の娘さんを持っているじゃありませんか。見も知らぬ他人の娘をノスタルジアの手がかりに頼まなくても、御自分の娘さんで間にあいそうなもんですね」

「いや、そうは行かない。理枝に対しては俺は親だ。親という立場は義務にしばられている。愛情はあるが愛情の本質はまるで違う。自分の娘は観賞するものではないし、もちろん破壊するわけには行かない。恋愛は相手を破壊しようとする衝動だが、親という立場は娘を破壊から守ってやらなくてはならない。まるで逆だよ」

「そんなに巧く、自分の心の使い分けができるもんですかね」

法介は笑いながら立ってスタンドの方へ行き、そこからマダムを呼んだ。マダムがそっちへ去ると、西村は娘と二人きりだった。彼は眼を据えて娘の横顔を見つめていた。何かしら痛々しくて、このままでは捨て置けないような気がした。それが恋愛の最初の兆候であった。自分に義務があるような、この娘をもっと幸福にしてやらなくてはならないような、心苦しい気持だった。十九の若さで酒場につとめていると言えば、仕合せでないにきまっている。それを見捨てておくことが、自分の不道徳になるような気がした。

娘は見られていることを意識して、恥かしそうに顔を伏せ、長いまつ毛を動かして幾度もまたたいていたが、不意に表情を崩して悲しげな眸《ひとみ》を向けると、肩をゆすって、

「そんなに御覧になったら、いや」と言った。おさない言い方だった。

西村は頭がくらくらした。そしてほっと溜息をついた。自分の年齢がかなしかった。せめてもう十年若ければ世間が許してくれるだろうが、自分の娘よりも若い少女と恋におちたと言えば、世間はやはり許してはくれないだろう。いくら自由な時代ではあっても、おのずから自由の限界があって、西村耕太郎の可能性の範囲も、いつの間にか上の方にずれているのだった。十九歳の処女は彼の対象にはならない。そういう世間の常識に反撥《はんぱつ》したい気持もあるが、反撥しても何の役にも立たないことも解っていた。

マダムが席にもどって来た。

「曾我君はどうしたね」

「いまお帰りになりました」と彼女は言った。「西村さんを宜しく頼むって。……わたし、頼まれましたのよ。御ゆっくりなすってね」

「いや、それなら僕も帰るよ」と彼は言った。変に気を利かしたような扱いをされるのが心外

だった。

「まだ宜しいわ。だって、折角来て頂いたんですもの。それに、私が誰だか、まだ思い出して下さらないんでしょう」

「ああ、解らないね」

マダムはきれいな唇を曲げて少しばかり笑った。孤独な、さびしげな笑い方だった。それを見ると西村は、ふと何かを直感して、

「君は目下、ひとり者かい?」と言ってみた。

「ひとり者ですわ」

「ずっと?」

「いいえ。三年前から……」

「その前は主婦かね」

するとマダムは急に表情を崩して、

「ちょっと、お眼にかけたいものがありますの。ね、見て下さいません?」と言った。

「何だね」

「こちらへいらして……」

「どこへ?」

マダムは立って、

「ちょっと、お二階まで」と言った。

若い方の娘が青い眼を向けて西村を見た。この娘とマダムとの間に、微妙な嫉妬の感情が動いていたようだった。マダムは店の裏手の扉をひらいた。そこに狭い階段がある。靴をぬいで急な階段をのぼると、二つの小さい日本間があった。そこが彼女の住居になっていた。衣裳簞笥があり火鉢があり、ラジオがあり鏡台があった。男の子の服が壁にかかっていた。

「子供さんが居るの？」

「ええ三階で寝ています」

彼女は火鉢の前に座ぶとんを置いて、簞笥の抽出しから桐箱を取り出した。それを膝に置いて西村の前に坐ると、にっこり笑って箱の蓋をあける。中に革表紙のアルバムがはいっていた。

ぱらぱらと彼女は何枚かをめくって、

「これ……」と、彼の前にさし出した。

葉書大の写真に五十人ばかりも写っていた。背景は渓谷である。まぎれもなく会社の慰安旅行の記念写真であった。島田課長もいる。曾我法介もいる。彼自身も第二列目の中央に立っていた。写真のそばにペンの字で（昭和二十二年秋、箱根にて）と書いてある。マダムは西村の肩にちかぢかと顔をよせてのぞき込みながら、

「わたし、解ります?」と言った。

「え?……君がこの中に居るのか」

「忘れっぽいのね。私のことなんか、眼中になかったんでしょう。……三列目の、左のはじっこ」

「左のはじっこ。……これはたしか、山岸君だ」

「ええ、そうよ」

「君は山岸君か」

「変りましたでしょう」

マダムは落ちついた表情で笑った。その顔を見ながら西村は感歎して首を振った。昔の俤《おもかげ》はなかった。

「そうか。君、いくつになった?」

「もうお婆さんですわ。三十四よ」

三十四という年齢は、古い常識から言えば女が恋愛事件から無関係になる年だった。誰も彼女を誘惑しなくなる年だった。いまではそんな常識は通用しないけれども、年齢の歎きだけは残っている。

山岸知世子《ちせこ》という女事務員ならば、西村次長もはっきり覚えていた。しかし記憶にある知世子と、眼の前にいるマダムと、二人が同一人とはどうしても思えなかった。山岸知世子はその頃から人妻だった。肥っていて、色が黒くて、戦争中はもんぺをはいたりして、何の魅力もない女だった。物言いも鈍く、仕事も遅くて、頭の悪そうな女だった。それが今はすっきりと痩せて、色も白くなっている。言葉にも表情にも女らしい魅力ができて、なにかしら冴え冴《さざ》えとしている。

「ずいぶん変ったじゃないか。まるで昔の山岸君とは思えないね。どうしたんだ」と次長は、心から驚いて問うた。

「苦労しましたからね」と知世子はつぶやいて笑ったが、笑いながら瞼《まぶた》がうるんだ。

手をたたいて下からボーイを呼び、酒を持って来させ、煙草をすすめて、彼女はしみじみと身の上ばなしを聞かせてくれた。おそらくは誰かに聞いてもらいたかったに違いない。聞いてくれるような親身の人を身辺にもたなかったのであろう。そういう孤独が、彼女のからだつきから察せられた。昔を知っているとは言っても、今はいわば行きずりの客とマダムの関係にすぎない。それを西村にわざわざ酒をすすめて話を聞かせるというのは、よくよくの事であったかも知れない。

耕太郎は長火鉢に肱をついて、酒を飲みながら静かに女の話を聞いた。聞きながら、よほど古い馴染みの女に会っているような錯覚に陥っていた。世帯《しょたい》めいた小座敷に、二人きりの差し向いだった。女は話のあい間に小皿やナイフを出して、器用に林檎の皮をむいてくれたりした。

「……十九年に主人が戦死しましてね。たった一年半しか一緒に居なかったんですよ。それからあと、あんな時代でしょう。生きて行けないような、何一つ買えない、それにインフレでね、女なんて、ほんとにだらしがないわ。……知りあった人をふっと頼りにする気になって、その人の世話になっておりましたの。つまりお妾よ。でも良い人でしたわ。お金は有るし、ずいぶん贅沢をしていましたの。外人名義の自動車を乗り廻したりして。今はわたし、その罰を受けているんです。

何ていうんですか、戦後の闇成金みたいな人だったんですね。間もなく没落しちゃって、別れてしまったんです。別れたあと、私の手に残ったものは、このお店と、子供一人と。それだけなのね。別れてから気がつきましたわ。もうこれで二度と花の咲く日はないんだって。……そうでしょう?」

その闇成金という男の写真が、戦死したという良人の写真の、次の頁に貼ってあった。闇成金の方が立派な風格をしていて、戦死した良人は頼りなげな撫で肩の青二才だった。三階で寝ているという男の子が学校へあがった時の記念写真も見せられた。沢山の歴史がこの女をとり巻いている。沢山の愛慾や恨みや嫉妬が、この女にからみついているようだ。西村耕太郎の踏み込んで行く余地はなさそうであった。彼は溜息をついて腕時計を見た。酔いも廻っていた。

酒を切りあげて帰ろうとすると、知世子はアルバムを桐箱にしまいながら、「またいらして下さいませね」と言った。「お店は六時からですけれど、三時でも四時でもいつでもいいですから。もし何だったらお昼御飯をたべにいらしてよ、ね。子供は学校でしょう。お昼はわたし一人きりですの」

昔はそんな気の利いたことの言える女ではなかった。酒場暮しの何年かのあいだに身につけた処世の技術であろうか。技術だけでそういう言葉を吐くとすれば狡猾《こうかつ》であるし、本心から出た言葉であるとすれば油断ができない。

「そんな事を言って、俺を誘惑しては困るね」

「あら、どうして誘惑なんですか」

「だって、誘惑したじゃないか」

「まあ、私はただ、なつかしいからお会いしたいと思ったのよ。変にお取りにならないでね」

女が誘惑を試みるときは、誘惑ではないと言いながら誘惑する。純真さを看板にして誘惑する。あとの責任は男に背負わせるつもりらしい。

「本当に来るかも知れないよ」

西村は笑って立ちあがると、足もとが乱れた。知世子が支えてくれる。高価な香水の匂いがした。舶来ものらしい。そういうものを使っているとすれば、今でも誰か金もちのパトロンがついているのではないかという疑いを感じた。

狭い階段を支えられながら降りると、マダムは店の方とは反対の扉をあけた。

「こっちから外へ出られますわ」

「何だ。裏口かね」

「ええ。お店が閉まっているときは、ここから出入りできますの」

建物にはさまれた三尺足らずの細い露路があった。マダムは先に立って案内した。

「今度はいつ、いらして下さいます?」

「さあ、わからんね」

「いいわ。いらして下さらなかったら電話をかけますから」

「そうは資本が続かないよ」

「あら、月末で結構よ」

「月末だって、ないものはないよ」

「それじゃ年末。……とにかくそんな事、どうでも宜しいわ。きっといらして。指切りよ」

と彼女は首をかしげて笑うと、右手の小指を彼の指にからんだ。露路の入口は薬局だった。

ネオンはもう消えていた。

灯の消えて暗くなった裏通りを、やや千鳥足になって歩きながら、なぜ俺は誘惑されたのか、と西村は考えた。あの女から今さら誘惑を受けるべき理由はない。金持でないことは解っている。妻子があることもわかっている。彼女にとって何の利益もない筈だ。それでも誘惑するとすれば、それは恋だと思った。しかし恋であるというには筋道が通らない。恋でなければ情痴だ。だが、情痴の対象とするにはもっと若い、もっと健康な、溌剌たる青年がいくらでも居るではないか。そういう青年を選ばないで西村を選ぶ理由はどこにあるのか。……理由は案外簡単だ。青年たちは溺れる。話が深刻になる。中老の分別人はもはや溺れることを知らない。単純な、短期間の浮気沙汰で終りになる。それ以上には進めないのだ。そして子を持つ母である山岸知世子にとっても、その方が都合がいいのかも知れない。ロマンス・グレーと称する半白の髪が珍重される理由は、せいぜいそんな所だ。

裏街の角を二つばかり曲り、大通りを横切る。歳末の夜が更けて、巡査が歩いている。勤め帰りらしい女給が二三人、靴音をひびかせてすれ違って行く。街が暗くなると、星の数がたくさん見えた。

しかし考えてみると、山岸知世子の誘惑に乗ることも、あまり気が進まなかった。相手はまだ三十四。女ざかりと言えるかも知れないが、妻の生活を経験し、妾の生活をも経験し、母の生活をも知っている。そのうえ今は酒場のマダムの生活を続けている。いわば女としては相当の経歴をもっている方である。いまから西村耕太郎とよしみを通じ、彼の情人となったところで、彼女は何ものをも失いはしないし、誰から文句を言われる筋もない。要するに彼は山岸知世子の孤独をなぐさめ、彼女の満たされない慾情を満たしてやるところの役廻りを演ずるだけのことだ。弄《もてあそ》ぶのは知世子であり弄ばれるのは西村次長であるかも知れない。彼の意志で女を口説き落したというのではなくて、言うところの据え膳である。据え膳はうまくない。食慾が乏しいのだ。

それよりも心に残るのは、もう一人の若い娘だった。名前を問うても言わなかった。昨日生れたばかりで、二十三までには死にたいと言った。かげろうのはかない命にあこがれていた。あのセンチメンタルな、馬鹿々々しいほど幼稚な、それだけに一点の濁りもないような清新な娘。東京の街のまんなかで、酒場という汚濁の中に住んでいて、微塵《みじん》も汚されていない不思議な娘だった。

慾情の対象ではない。西村は彼女について、けがれた気持はすこしも持っていなかった。ただ、あの清潔さを愛し、ういういしさを愛していた。ただ一つの願いは、あれを汚したくないという気持だった。無遠慮で手前勝手な酔漢たちの誘惑の手から、あの娘を守ってやりたい。それにしても、一体どういう家の娘であろうか。あれだけの清らかさと美しさとを持っているからには、ショーガールにもなれるし、女優にだってなれそうなものではないか。……

しかし何のために、西村耕太郎が彼女の事を心配してやらなくてはならないのか。赤の他人だ。どこの誰が彼女を汚そうと、知ったことではない。ところがそれが心配でならないとすれば、やはり恋愛であるかも知れない。あまりに年齢のかけはなれた、現実性のない恋愛だ。

駅にはいって、階段をあがる。心臓がどきどきしていた。飲みすぎるといつも心臓の動悸が大きくなる。いくらか肥大しているかも知れない。フォームのベンチに腰をおろして、手首の脈にさわってみる。かなり早い。血圧はあがっているようだ。北川という学生時代の友人が三カ月まえに脳溢血で死んだ。館林《たてばやし》という友人は肝臓癌で死んだ。みんな次々と死んで行く。もうひとごとではない。西村次長昨夜電車内にて急死。忘年会の帰途、死因は心臓麻痺。……そういうことだって有り得る。脆《もろ》くなっているのだ。生命も肉体も、何もかもが脆くなっているのだ。色恋沙汰をおこすような年ではない。

となりのベンチに酔漢が眠っていた。醜態といえば醜態であるが、存分に酔うて眠れる彼の若さが、少しばかり羨しい。夜の街の空をすべって電車がはいって来た。西村は心臓をいたわりながら、静かにベンチから立ちあがった。

二重人格

「遅くなりますよ」と、唐紙の向うからさと子が声をかけた。

言われるまでもなく、もう起きなくてはならないことは、枕もとの時計を見て知っている。牀の上に半身を起してみたが、どうにも立ちあがる元気がなかった。頭の芯がずきずきと痛んで、眼が開かない。からだが鉛のように重い。熱があるような気がする。昨夜の酔いがまだ残っていて、何をする気にもなれない。もう一度牀のなかにはいって、西村はふとんを頭からかぶった。

「八時ですよ。……あら、どうしたんです?」

さと子は唐紙をあけて、良人の牀を見おろした。

「起きないんですか。また飲みすぎたんでしょう?」と言う。何もかも知っているような言い方だった。

「今日は休みたいんだ」と彼は牀のなかで言った。

「馬鹿なことを言いなさい。二日酔いぐらいで休んだりしちゃ駄目ですよ。起きて薬でも飲んでみたらどうなの？」

それだけでは腹が治まらなかったとみえて、更に彼女は言いつづける。

「つきあいだか何だか知らないけど、遅くまで飲み歩いて、あげくの果てに会社を休んで、血圧は上るでしょうし、肝臓だって胃腸だって悪くなるにきまってるでしょう。どうして男ってそんな馬鹿なことばかりしているのかしら。呆れ返って物が言えない」

「薬を持ってきてくれ」

「起きないんですか」

「今日は休む」

「お医者さんを呼びましょうか」

「要らん」

「だって血圧が高いんでしょう」

「大したことはない」

「計りもしないで、自分で解るの？」

「わかる」

「それだけ解るんだったら、何でそんなに飲むんです？」

「飲んでる時は解りゃしないよ」

「本当に休むんですか」

「休む」

「電話をかけなくていいんですか」

「あとで理枝を煙草屋まで行かせてくれ」

「どうしてあなたはこうだらしがないのかしらねえ。朝御飯はどうなさるの」

「食べない」

「薬は何を飲むんです？」

「薬箱をみな持ってきてくれ」

「出鱈目《でたらめ》に飲んだって治りゃしませんよ」

「いいから持って来てくれ」

さと子は唐紙をしめて行ってしまった。台所の方で、薬箱をお父様のところへ持って行くようにと、理枝に言いつける声がきこえた。わざと大きな声を出している。それが腹を立てている証拠だった。

血圧が上っている為か、未明からずっと彼は眠れなかった。不安な気がする。後悔もある。命は惜しい。しかし、だからと言って、やはり街へ遊びに行くことをやめる訳にはいかない。

山岸知世子に誘惑されたことを思い出した。裏口からはいる露路の入口の目印は、薬局の看板だった。昼飯ごろに行けば知世子は一人きりで居る筈だ。それからもう一人の清純な少女。センチメンタルなひよわな感じの少女。あんな女たちに会うためには、血圧を気にしながら、やはり街へ行ってみないではいられないのだ。

会社を休むことに腹をきめて、宿酔の薬を飲むと、すこしばかりうとうとした。やがて彼はまたさと子に起された。医者が来たのだった。さと子は良人に腹を立てて、頭ごなしに文句を言いながらも、やはり心配だったらしい。そういう貞女だった。彼女に済まないと思う。すまないと思う心と、また近いうちにあの「マルテの家」へ行ってみようと思う心とは、矛盾していた。矛盾には馴れている。結婚して家庭を持ったその日から、毎日が矛盾でなかったことはない。してみれば、結婚ということ自体が矛盾の根源であるのかも知れない。

医者はしかつめらしい顔をして、血圧をはかり、脈をはかり、心臓と肝臓とを打診したり聴診したりして、注射をしてくれた。

「煙草をへらした方がいいです」と彼は深刻な表情で言った。深刻な顔をするほど病状がわるいわけではないが、大勢の病人を見ているうちに、そういう表情が癖になっているのだった。職業的表情である。それからまた、

「冬季はいくらか血圧が高くなるのは普通ですが、塩分の少い食餌《しょくじ》をとるようにした方がいいですね。重症の場合は一切塩分を禁じます。しかし今はそれ程のことはないです。三四時間経

てば治りますよ」と言った。

医者が帰ってから、彼は安心して、また眠った。昼食もたべなかった。夕方眼がさめた時はすっきりしていた。それから風呂にはいって、髭を剃った。髭のなかに白いものがかなりまざっていた。白い毛だけが、短くてもぴかぴか光って、老いが目立って見えた。近くの街で、歳末大売出しの囃《はや》しがうるさく鳴っていた。

火鉢の前に坐って、西村は緑茶をいれた。濃い茶を飲めば眼がさめるだろうというつもりだった。さと子は火鉢に鍋をかけて、昆布巻きを煮ていた。煮えるのを待ちながら、良人のチョッキを編んでいる。

「理枝はどうした?」と耕太郎はきいた。

「二階にいますよ」

「このあいだの話だがね」

「このあいだの、何ですの」

「理枝のことさ」

「ええ」

「何とか言ったね、相手のひと」

「杉野敬でしょう」

「ところがね、杉野敬ではないんだ」

「杉野敬ですよ」

「そうじゃない。杉野敬というのは学校の先生だろう」

「ええ、そうよ」

「理枝の相手はその人じゃないんだ」

「うそですよ。だってあなたは、前の晩に電報が来たのを見たと言ったじゃありませんか」

「見たさ。しかしあの電報は杉野敬ではなかったらしい。名前はただケイと書いてあったから杉野敬だと思ったんだが、ケイというもう一人の男が居るらしいんだ」

「それがどうして解ったんです？」

「会社の男から聞いたんだがね」

「会社の人がどうしてそんな事を知っているんです？」

「曾我君というんだがね、その男の知りあいにケイというやつが居るらしい」

「じゃあ、ケイという人もきっと会社の人だわ」とさと子は言った。女らしい、直感的な言い方だった。

「俺もケイという名前を、さっき寝ながら考えてみたんだが、会社の中だけでも沢山あるんだ。敬二郎というのがあり、敬造というのがあり、桂介というのもあるし圭太というのもある。名簿を探せばもっと有るかも知れんが、とにかくケイだけでは見当がつかないんだ」

　すると不意に、さと子は喉を鳴らしてすすり泣きをはじめた。涙がぽたぽたと膝の上に落ちた。鼻のつまった声になって、

「私たち、あんまりあの子を甘やかし過ぎたのね」と言った。「……あんまり自由にさせ過ぎたのよ。もっときつく教育しておかなくてはいけなかったんですわ」

「いまさらそんな事を言ったって仕様がない」と耕太郎は言ったが、責任は自分にもあると思っていた。

「とにかくそのケイという人を、早く探し出さなくては駄目ですね。その人が本当に良い人ならいいけれど……」とさと子は涙を拭きながら言った。「……その人と、ちゃんと結婚できるようならいいですけど、ほかへ行くんだったら、傷ものですからね」

「傷ものかどうか解りゃしない」

「いいえ、そんな訳はありませんよ」

「理枝が何か言ったかい?」

「言いはしません。だって、三日も四日も家をあけて、無事な訳はないでしょう」

　さと子は怒ったような言い方をした。その怒り方に、嫉妬の心もまざっていたかも知れない。誰だか解らない男に娘を奪われたという親の怒りもある。親の愛情を裏切った娘への怒りもあ

る。怒りをこめて、彼女は鍋の両手をつかみ、二三度振り上げてみてから、鍋を持って台所へ行った。

さと子が可哀相だった。良人としては、やはり妻を安心させてやりたい。見当のつかない不安の正体を探し出して、将来のための対策も考えてやらなくてはならない。現在の瞬間に於ては、西村耕太郎は純粋に良人であり父であった。山岸知世子のこともう一人の清純な乙女のことも念頭にはなかった。彼は自分に課せられた家庭の主人としての義務を、ちゃんと履行するつもりだった。それは男の誇るべき義務であり、且つまた逃れることの出来ない桎梏《しっこく》でもあった。しかしそれはまた、二十何年も住み古して来た安全なかくれ場所でもあった。良いことばかりはない。家庭そのものが矛盾だらけな機構をもっているのだ。

彼は畳に手をついてゆっくりと立ちあがった。右足に神経痛がある。飲みすぎるとすぐに出てくる。手すりにつかまりながら彼は階段をあがって行った。日が暮れかけている。二階の廊下に立ってみると、はるか西に黒く富士山の頂きが見えて、風が木々の枝をゆすっていた。そろそろ会社の引ける頃だった。

理枝は置炬燵の上に毛糸の玉をころがして、手袋を編んでいた。紺と白との手袋だった。父はそれを見た瞬間に、男ものだなと思った。自分ひとりの部屋にこもって、男への思慕の心に胸を一ぱいにしながら、ひたすらに彼のために手袋を編んでいるらしい理枝の姿を見ると、父は不意に哀れさに涙があふれそうになった。（この子を仕合せにしてやりたい）と思った。しかし、そういう父の愛情すらも、今の理枝にとってはただ邪魔なものにしか感じられないらしい。彼女は堅い姿勢をしていた。父の干渉を拒むような姿勢だった。

父は娘と向いあって、炬燵にしゃがんだ。

「いつから煙草をすっているんだい？」と彼は言った。

理枝の机の上の緑色の小さな灰皿に、口紅のついた吸い殻が一つはいっていた。娘は返事をしなかった。伏目になって編物をしている頬の線に、父に抵抗している表情があった。細くて白い指をしていた。紺地に白の模様を入れた手袋は、中年の男のするものではなかった。父はふと、相手の男は案外若いのかも知れないと思った。

「このあいだのことだけどね……」と彼は言った。

このあいだという、漠然とした言葉を、娘は鋭敏に受けとったようだった。細い眉が神経質に動いたが、彼女は黙っていた。黙っているのは、（このあいだの事）というのが何を意味するかを、はっきりと知っているからだった。

「お前の居ないあいだに、お父さんは心配だったから杉野先生のお宅へ行ったり学校へ行ったりしてみたんだ。先生は居なくて会えなかったんだが。会えなくて良かったよ。ケイと言うのは杉野先生じゃないんだってね」

「冗談じゃないわ」と理枝は怒ったように、小さな声で言った。「杉野先生なんて、もう五十ちかい人じゃないの。奥さんだって居るし、子供もあるわ」

その言葉から察すると、もう一人のケイには妻子はなさそうに思われた。

「うむ。……それで、お母さんも大変心配しているんだ。お前はもう少し打ち明けて、何でも相談する方がいいよ。お前が何も言わないもんだから、さっきもお母さんは独りで泣いていたよ。このあいだだって、何もあんな風に不意に飛び出して行くことはないだろう。お父さんもお母さんも、まだ賛成も反対もした訳じゃないんだ。相手の人が良い人なら、勿論賛成するし、望ましくない人なら、それは反対もしなくてはならない。要するにお前の幸福のためなんだからね」

「お母さんは反対にきまってるわ」と理枝は言った。

「どうして反対だときめるんだね」

「お父さんだって反対よ」

「どういう所で、反対だと思うんだ。聞いてみなくては解らんじゃないか」

「もういいんです。私はあきらめていますから……」と言って、彼女は溜息をついた。

あきらめてくれたとすれば、ちょっと安心だ。しかしさと子が言うように、ケイと別れてほかへ行くとすれば、傷ものである。あきらめたと言いながら、理枝は現にいまもケイの手袋を編んでいるではないか。あきらめるということは、単に言葉にすぎないのかも知れない。女が男をあきらめると言うことは、それほど簡単ではないのだ。それを理枝は、彼女の経験の浅さから、簡単にあきらめ得るように思っているのではなかろうか。もしまた彼女が、それほどあっさりと男をあきらめ得る女であるのならば、これは一種の浮気女である。男をあきらめることの出来ない位の女が、女としては望ましいのだ。……そう考えて行くと、はからずも西村自身が一種のジレンマに足をからまれるような気がした。ケイがどんな男かは解らないが、直感としてはその男をあきらめさせたい。しかし簡単にあきらめるような娘であってもらいたくない。娘を傷ものにもしたくないし、ケイよりももっと良い良人を持たせてもやりたい。要するにどうしていいのか、彼ははっきりした方針を持ってはいないのだった。

「あきらめるかどうかはともかくとして、ケイという人はどういう人なんだ。お勤めをしているのかい?」

「お勤めはお勤めだけど、まだ本当のつとめじゃないの」

「ふむ。……年はいくつ?」

「年齢のことって、問題になるの?」

「そりゃ、ならなくはないね。お前が六十の老人と結婚するんでは、やはりちょっと困るからね」

「そんな馬鹿なことを、する訳ないじゃないの」

「そんならいいさ。名前は何て言うんだ」

「今は言いません」

「どうして?」

「本当に結婚するようになったら言うけど、どっちだか決まらないうちは、その人の迷惑になるかも知れないから……」


それを聞くと西村はかっと腹が立った。こっちの親たちがこれだけ迷惑を受けているのに、その方は放ったらかしにして置いて、先方の迷惑だけを気にする必要はあるまい。しかし恋をしている娘の身になってみれば、向うの男ばかりが大切で、親などというものは眼中にないのであろう。腹立たしい事ではあるが、それが人間社会の常道であり、自然界の法則でもある。親が有難いうちはまだ幼少期だ。親が邪魔になってきたということは、成長を完成して独立する時期が来たということだ。親の時代は終ったのだ。

「お前がそういう風に、あれもこれも秘密にしておきたい気持は解らなくはないが、しかしそれは良い事じゃない。お前よりも沢山の経験をもっている親たちから、知恵を借りたり、相談に乗ってもらったりして、一番いい方法を考えたらいいじゃないか。親たちはお前の敵ではないんだよ。意見が違うことは有り得るが、反対の意見であったにしても、それは善意の反対だ。

そういう意見も一度は聞いてみなくてはいけないね」

「ええ、有難う」と理枝は素直に言った。「だけど、もうしばらく、放って置いて頂きたいの。私のことは、私が一生懸命に考えてみるわ」

その言葉のなかには一種の頑固なものがあった。いかなる第三者をも近づけまいとするような強いものがあった。父はそれに気がついたとき、(ああ、理枝は変った)と思った。その変り方が、父の胸に不安なものを感じさせた。理枝はやはり、もう純潔な娘ではなくなったのだと、父は思った。そういう経験が、女を強くし、女をその親から独立させる。もう手遅れになっているらしい。それならばそれで、何とか円満に事を治めなくてはならない。しかし、円満に治めようにも相手の名前すらも解らなくては、どうしようもないのだった。

手袋を編んでいる理枝の手つきを黙って見ていると、そのかぼそい一本々々の指が、営々として恋のいとなみをしているように見えて来た。この手がどのようにしてケイという男の首にからみつき、この白い指がどんな秘密な行為によって濡らされることであろうか。……そういう幻想は父の心を苦しめるものだった。女の子が大人になるということが、親にとってこんなに辛いものだということを、彼は初めて知った。自分が経て来た生の営みを、またこの娘が繰り返すということが、何とも言えない恥かしい気持だった。

あくる日の朝、出勤の電車のなかで、西村次長は、理枝のことについて能代雪江が何か知っているかも知れないと思った。曾我法介はケイという男を知っているらしいが、変に勿体をつけて何も言わない。雪江は理枝の親友だから、あるいは理枝から打ちあけた相談なども受けているかも解らない。しかし別に雪江に期待をしているわけではなかった。

それよりも、今日か明日か、うまく昼食どきに暇を見つけて山岸知世子を訪ねてみようと思っていた。本当に心をひかれているのはもう一人の少女であるが、あの少女は年も違いすぎるし、つきつめた関係にまではいるのは罪ふかい気もする。そこへ行くと知世子の方は気楽だった。罪を犯すといううしろめたい気持に苦しむことなしに、どんな事でもできる。責任を問われることも先ずなさそうだし、貞操蹂躙《じゆうりん》とか慰謝料云々とかいう問題も起るはずはない。曾我法介に対して秘密はまもれそうにもないが、法介が味方であるあいだは間違いもなさそうに思われる。

要するに彼は、なにも心から山岸知世子を愛している訳でもないし、強く心を引かれている訳でもないけれども、与えられた機会を捕えてみても損はなさそうだという考え方をしていた。危険がなさそうだから近づいてみようという、甚だしく臆病な、卑怯な気持だった。彼女のために経済的な負担を負う気もなければ、愛情の責任を負う気もない。危なくなれば直ぐにも逃げ出すつもりであったし、逃げ出すことが自由にできそうだから近づいてみようという位の気持だった。中年男の、一番狡猾な、卑怯な、打算的な浮気だった。

どうせ知世子の方でも、いまさら西村を旦那にもつ気があろうとは思われないし、妾になるのならばもっと裕福な重役か何かをえらぶに違いない。要するに彼女が西村に裏の露路を教えた心理は、ただ一時的に安全な浮気の相手がほしかったに過ぎないだろう。若いうちの色恋沙汰と違って、中年にもなれば浮気にも浮気のエチケットがあり、お互いに相手を窮地におとし入れるような事はしない。そういう点で山岸知世子ならば安心できそうな気がした。もう一人の可憐なる少女に対して相済まないような、良心の苦しみを感じない訳ではなかったが、さと子に対して相済まないことの方は、忘れていた。

前の日に二日酔いで休んだので、仕事がすこし忙しかった。昼が来ると地下室へ降りて、たくさん並んでいる食堂の陳列窓を見てあるき、一品料理の洋食をたべた。

食堂を出てエレベータに乗ろうとしたとき、彼は遠くの方に能代雪江を見つけた。もう一人の女事務員と二人で、ラジオ屋のテレビを見ていた。西村は引返して行って、うしろから声をかけた。

「能代君……きみにちょっと、聞きたいことがあるんだよ。お茶を御馳走するから十分ばかりつきあってくれないか」

「あら、本当ですか?」と雪江は大きな声で叫んだ。「わたし花村の珈琲が飲みたいんです」

そういう言い方をする時には、ませているように見えてもまだ二十三の小娘だった。悧巧で油断のない、きつい態度をもっているように見えても、年齢によって鍛えられていない薄弱なものがあった。その薄弱さが、西村の眼には可愛かった。

喫茶店「花村」はビルの裏の角にある小さな店で、そのあたり一帯に珈琲の香りがぷんぷんしていた。客は一杯で、二つの椅子をさがすのが容易でなかった。若い知識人のサラリーマンたちは、珈琲の味がわかるということによって、西欧的な教養を身につけたような錯覚を感じているのだった。珈琲をのむことによって文化人になれるような気がしているらしかった。だから花村の店は、取り澄ました身綺麗な青年たちでいつも一杯だった。

片隅の小さなテーブルに向いあって坐ると、西村次長は窓に肱をつき、煙草をくわえてしばらく街をながめていた。自動車が次々と音もたてずに流れてゆく。街路樹はすべて裸になり、向うのビルの屋上から労働争議の赤い旗がいくつも垂れさがっていた。その赤い色が灰色の街のアクセサリーになっていた。労働争議という事件が、ちかごろでは日常的な平凡なことになっていた。

「君のお母さんは熱海に居るのかい?」と次長は唐突に言った。

雪江はふと表情を引きしめてから、

「お会いになったんですか」と聞き返した。

「うん、会った。曾我君と二人で一杯飲んできたよ」

「本当の母じゃないんです」と雪江は怒ったように言った。「もう四五年も会ったことはないんです。ずっと前から赤の他人です」

その口ぶりから察すると、いろいろ事情があるらしかった。西村はその話はそれだけにしておいて、

「ところで、他でもないんだがね」と言った。「……うちの理枝のことなんだ」

珈琲が来た。濃い茶褐色の液体に小さな脂肪の玉が浮いて光っていた。雪江の指は節と節とのあいだが柔らかく、綿を入れたようにふくらんでいた。若い指だった。彼女はうつ向いて、静かに珈琲をかきまわしている。

「君はもしかしたら知っているかも知れんが、このあいだ理枝が、不意に置き手紙をしてどこかへ行ってしまったんだ。まる四日ほどは全然行方不明だったが、……その時はまあ、無事に帰って来たよ。その前に二三の縁談もあったんだが、どれも気が進まないと言って、問題にしていなかった。それはそれでいいんだが……」

雪江はひとことも答えないで、茶碗を大事そうに両手で持ち、こわいものでも飲むように要心ぶかく少しずつ飲んでいた。

「理枝が家出をした前の晩に、或る男から電報が来ているんだよ。要するにその男と二人で示

し合わせて、どこかへ旅行していた訳だろうと思うが、その事をいくら理枝に訊いてみても、一切言わないんだね。だから僕としても、賛成しようにも反対しようにも手がかりがない。電報の署名からその男の名がケイと言うことだけは解っているんだが、それだけでは仕様がないんだよ。曾我君はその男を知っているらしいが、あいつも僕に言わないんでね。だからまあ、君は理枝とは親友らしいし、何か知っているんだったら僕に教えてほしいんだがね」

雪江は茶碗のなかをじっと見つめたまま、しばらく何も言わなかった。それが、何かを知っているような様子だった。

西村はしばらく言葉を切って、ゆっくりと煙草をくゆらしていた。能代雪江は言いしぶっているらしい。渋っているところを性急に催促すれば、若い女の子は一層言いにくくなって、次第に頑固に黙り込んでしまうものだ。それをそっとして置いてやると、彼女は逆に自分で自分の息苦しさに負けて、何か言わずにいられなくなってくる。その潮時を待ってやらなくてはならない。……そういう知恵が働くところは、流石に彼の五十ちかい年齢から来た経験が生きていた。対内的にも対外的にも、人間との交渉の多い保険会社で何十年を暮してきた男の、体験からきた悧巧さであった。

雪江は両手でそっと珈琲茶碗をテーブルの上に置いた。そのゆっくりした仕草を見ていて、もうよさそうだと次長は思った。彼は何気ない調子で、

「君、ちかごろ理枝に会ったかね」と、遠くの方から話を持って行った。

「ええ、会いました」

「そう。……いつ頃だった?」

「十日……十二日くらい前です」

「では理枝が家出をする直前だな。そのとき何か、その愛人のことなんか言っていなかったかね」

「その事でお会いしたんです」

雪江はうつ向いたまま、全く顔を上げないで答えた。なにか、西村に叱られているような、或いは叱られることを覚悟しているような、苦しそうな様子だった。それを見ると次長は、さては理枝の家出について雪江も片棒をかついでいるらしいぞと思った。……すると、事は面倒になってくる。家庭内だけの問題であったものが、家庭外の人間とも関連が生じてくる。私的な紛糾が、いくらか世間的なものになる。これは上手に処理しなくてはならないと、彼自身も要心ぶかくなった。

「そうすると、なにかね、……」と彼は言葉に注意しながら言った。「理枝は君に、その愛人のことで相談に行ったという訳か」

能代雪江が急にぱっと顔を上げた。隙のない、悧巧な、きつい表情がすこし崩れて、眼つきがうろたえていた。

「次長さん、済みません。わたしが悪かったんです」

西村は眉をひそめた。

「はてな?……君に詫びを言われる理由はないと思うが、どういう訳なんだ」

「わたしがもっと早く、何とかすればよかったんです。次長さんにも理枝さんにも、本当に申訳ないと思っています」と雪江は頭を下げて言った。

「どうも解らんね。君とどういう関係があるんだ。……そこのところが解らないんだがね。……ケイというのは、どういう人だ」

「わたしの弟なんです」

「おとうと!……」と西村耕太郎は鸚鵡《おうむ》がえしに言った。

これはまた、まことに意外な返事だった。

雪江に弟があるという話は聞いたことがある。曾我法介がいつかそんな事を言っていた。すると西村は卒然として、あの熱海の夜のことを思いだした。あのとき法介は、(この青年がもしかしたら、西村さんの今後の人生と、切っても切れない関係を持って来るかも知れませんよ。だから覚えておいて下さい)と、そういう意味のことを言っていた。あの時から法介は、その青年と理枝との関係を知っていたのだ。知っていたくせに、今日まで黙っていやがった、、、のだ。

西村は腹のなかが赫《かっ》と熱くなってきた。本当を言うと、前に坐っている能代雪江のほっそりした頬べたをなぐってやりたかった。しかし当事者は雪江ではなくてその弟であり、そして彼自身の娘理枝である。彼は怒りをおさえるために、しばらく黙っていた。理枝は二十三。雪江も二十三だと言うから、その弟は二十か二十一ぐらいであろう。そんな青二才に娘をやれるものかと思った。熱海にいる母親が本当の母ではなくて、もう赤の他人だというからには、両親ともない貧しい姉弟《きょうだい》だ。その弟が電報で理枝を連れだして家出したとすれば、言語道断である。裁判所へ訴えてやってもいいくらいだ。ところが理枝はもはや傷ものになっている。昨日は炬燵の上で、しんみりとした顔をして、その弟のやつにプレゼントする手袋を編んでいたのだ。考えれば考えるほど西村は腹の底が煮え返るようだった。一方では放蕩無頼にあこがれて街の夜をうろついてはいても、他方では理枝の誠実な父だった。父以外のいかなる男でもなかった。

しかし、いまここで怒ってみても始まらない。怒りは一時の不生産的な感情にすぎない。そのくらいの事は四十八年の経験で知り尽している。彼は溜息をついて、殊更にしずかな口調で訊いた。

「その、君の弟という人は、どこかお勤めかね」

「まだ学生なんです」

「学生?……いくつになるんだ」

「十九歳と、九カ月くらいです」

ちきしょうめ！　と彼は思った。何というませたやつだろう。彼が十九年と九カ月ぐらいのころは、映画の中のラヴ・シーンを見ても、からだじゅうが真赤になるほど純真な青年だった。

　雪江は顔を伏せたまま、とぎれとぎれに、

「わたしは始めから、反対したんです」と言った。「そのことは、理枝さんにも言いましたし、弟にも、絶対にいけないって、言って置いたんです。次長さんに悪いですから、あきらめるように、何遍も忠告したんです。でも、次長さん、どうぞ理枝さんをあまり叱らないで下さい。お願いします」

「そんな事は、君に頼まれるような筋のことじゃない」と、西村は憤りを押えかねて、いくらか強い口調で言った。

「ええ。そうだと思います。でも、理枝さんを叱らないで下さい」と雪江はくり返した。「お願いします。ね、ね！　お願いですから。理枝さんの気持はとても純粋なんです。本当に、尊敬できるくらい純粋なんです」

「理枝が純粋なら、君の弟の方が不純だというのかい」

「いいえ、敬《けい》ちゃんも気持は純粋だと思います」と雪江は反撥する調子で言った。「……わたしはその点では、二人とも信じております。二人の恋愛には決して不純なものなんかないと思います。ただ、二人の年齢が逆になっていることと、弟の方がまだちゃんと独立した人間でないということだけが、多分世間から非難を受ける点だろうと思います」

「あたり前じゃないか」

「ええ、そうなんです。でもそれは、古い常識だと思います。二人の恋愛感情の純粋さということとは、本質的には関係はないんです」

「馬鹿なことを言っちゃいけない」

「あら、どうしてですか」

「どうしてですかって、君、考えてみたまえ。まだ女房を養うだけの仕事もできない学生なんかに、どこの誰が自分の娘を嫁にやるもんか。娘が可愛ければ、親としてそんな事ができる道理はないじゃないか。恋愛が純粋であるとかないとか、そんな事は問題じゃない。第一、そんな修業中の学生は、恋愛なんかする資格はないんだ」

「恋愛するのに資格が要るんでしょうか」

「恋愛に資格は要らなくても、結婚には資格が要るんだ。そのくらいの事は君だって知っているだろう。だからこそ君は二人の恋愛に反対したんだろう」

「ええ」と能代雪江は素直にうなずいた。

ようやくのことで、この一人の小娘を説き伏せたという感じだった。しかし目的はこの娘と議論することではない。西村次長はいまから、雪江と理枝とケイという青年と、三人の若い年代の人間を向うにまわして、この困難な事態を解決して行かなくてはならないのだった。その事が彼の心に重かった。相手は単に下役の女事務員と、一人の貧乏学生と、彼の娘というだけのものではなかった。その背景として年代の相違とか、道徳感情の相違とか、恋愛観の相違とかいうものがある。人生観も経済観も社会観も結婚観も、つまり問題を解決するための基準となる思想がことごとく違っているのだ。したがって彼は、この問題を希望するような方法で解決し得るかどうかの、見透しもつかなければ、自信ももってはいなかった。年齢とか人生経験とか、経済力とか、親の権利とか、上役の支配力とか、そういうものだけが頼みの綱であるが、それがどの程度の威力をもっているか、そこにも疑問があった。

「とにかく僕の所は一人娘だからね」と彼はようやく心を静めて言った。「……どこへも嫁にやる訳には行かないんだ。そのことは君から弟さんに、よく言って置きたまえ。君の弟は何という名前だね」

「能代敬です」

「何かアルバイトをやっているんじゃなかったかね」

「ええ。音楽がちょっと出来るもんですから、その方で働いています」

「どこの音楽だね」

「京橋のちかくのキャバレーなんです」

「ヴァイオリンか」

「クラリネットです」

「なんだ。クラリネットか。何ていうキャバレーだね」

「キャバレー・モスコウって言うんです」

「モスコウ！……君の弟は赤かね」

「そんなことはないです」

「うむ。……とにかく君、十九や二十の若さで、よその娘を連れ出して旅行に出るなんて、飛んでもない学生だ。昔ならそんな学生は退校になったもんだ。そんな男にはどんな事があっても私の娘をやる訳には行かんからね。君ももう少し監督しなくちゃいかんよ」

能代雪江は返事をしなかった。彼女の堅い姿勢からは多少の敵意が感じられた。しかし西村は言うだけのことを言ってしまうと、一応はこれでよしと思った。彼の地位と年齢とが、雪江に対して圧倒的に強い立場にあると思っていた。この連中が少々抵抗したところで、負ける理由は一つもない。罪は全部向う側にあるのだと、彼は信じていた。

その日の夕方、次長が応接室で客に会ってから自分の机にもどって来ると、島田課長が横の椅子に坐ってカメラをいじっていた。もう引け時間であった。

「これ、どうも有難うござんした」と彼は言って、写真機を西村の机の上に置いた。

「ああそう。どうだった？」

「良い機械ですね」

「型が古いだろう」

「古くても良いものは良いですよ」

「そうか。僕はもう五六年使っていないんだ。前にはずいぶん凝った事もあるんだが……」

「また始めたらどうですか」

「億劫だ。時間がかかっていけない」

「次長、今から何か約束がありますか」

「いや、今日は何もない。麻雀の会にさそわれたが、断ったよ」

「それじゃ一つ、二時間ほど僕につきあってみませんか」

「何だね」

「例の、撮影会です」

「あれかい？」

「いやですか。……しかし、一遍やって御覧なさい。決して不潔なものじゃないです。そりゃ次長、ストリップ・ショーなんか見るくらいなら、あんな物より数等高級ですよ。とにかく芸術作品をつくろうって言うんですから、みんな愕くほど真剣なんです。ふざけたもんじゃありませんよ」

「だって、恥かしいじゃないか」

「恥かしいって言うのは、不純な気持があるからですよ。純粋に美を追求する態度になった時は、却って崇高な気持です。本当ですよ」

「ふむ。そんなもんかね」と西村は独りごとのように答えた。

島田課長は長い足ですらりと立って、電気時計を見た。それから次長の方にかがみ込んで、

「あと十五分経ったら、エレベータの下で待っています。僕にまかせてお置きなさい。フィルムなんかも、みんな用意しておきます。集まるのは大抵十二三人です。じゃ、またあとで……」とささやいて、さっさと自分の席へもどって行った。

西村耕太郎はその撮影会というものに、行くとも行かないとも決めてはいなかった。行ってみてもいいが行かなくてもいい。芸術写真に名を借りて裸の女をながめるということにも、さほどの興味は持っていなかった。裸の女などは珍しくも何ともない。物ごころついて以来、何百人の裸を見たか知れない。混浴の温泉、ストリップ・ショー、赤線区域の妖しげな見世《みせ》もの、春画、外国のヌード写真等々。結局人間の裸というものには、進歩もなければ革命もありはし

ない。十年まえの裸も今日の裸も、変ったところはない筈だ。だから、もう彼にとっては解りきったものに過ぎなかった。

それを解りきったものとして、悟ったような落ちついた気持で居られるというのは、彼の肉体的な衰弱のせいであるかも知れない。昔は昂奮したものが、今は彼を昂奮させないとすれば、問題は老人医学の領域にはいる。やはりこういう事は、積極的にちかづいて、その事によって自分を刺戟し、多少はばかばかしいと思っても、そのばかばかしい楽しみを敢てすることが、老衰を食い止める何かの支えになるかも知れない。……そこまで考えてから、西村はやはり行ってみることにきめた。本当は行きたかったのである。

エレベータで一階へ降りながら、彼は何となく恥かしかった。もし誰かに(次長、いまからどちらへ?)ときかれたら、返事の仕様がない。ヌード撮影の会へ参りますとは言えないのだ。しかし、恥かしいからこそ行ってみたい気がするのだ。何でもない所なら誰も行きはしない。

島田課長は一階で、煙草屋のケースをのぞいて葉巻きの値段を読んでいた。買う気はない。西村を見つけるとすぐに寄って来た。

それから二人は地下室の日本食堂で二本の酒を飲み、刺身と味噌汁で飯をたべた。そのあいだじゅう、どちらも今から行く所について、ひとことも言わなかった。爪楊枝をくわえて店を出ながら、

「遠いのかい?」と西村は言った。

「いや、近いです。タクシーで八十円」と島田は答えた。

タクシーのなかで西村は、眼を閉じて昼間の疲れを休めていた。正午には能代雪江と議論をしたのだった。理枝の相手のケイが雪江の弟であったのにはおどろいた。あの時の彼と、いま撮影会へ行こうとしている彼とは、別の人間であった。あの時は父であり一家のあるじであった。今は精神の放浪者である。そのとき思いがけなく、彼はファウストのなかの一句を思い出した。

(宝を掘らうと貪《むさぼ》る手で、

み丶ずを掘りあてて喜んでゐるとは!)

一体、中年に達した男たちが、ほとんど例外なしに裸の女を見たがるということに、どれだけの意義があるだろうか。彼等はその高価な見ものによって、何か貴重な宝を手に入れることが出来るかのように幻想しているらしい。いかにも第一回目にはそれが何ものにも替えがたい貴重なものに見える。しかし二回目三回目、十回目十二回目に達して、彼等は自分の夢のむなしさに気がつくに違いない。結局、女の裸を見るなどということには、何の意義もありはしない。したがってヌード撮影の会などというものも、一遍だけで沢山だ、と彼は思っていた。

車は停留場の四ツ角でとまった。雑沓《ざっとう》する銀座の裏の方の街だった。島田課長は喫茶店と洋装店とのあいだに見えている、幅三尺のうすぐらい急な階段をのぼった。入口には看板もなにもなかった。

二階へあがると狭い廊下を二間ばかり歩いて、今度は三階へあがった。途中で誰にも会わなかった。不思議に森閑とした建物で、下の街の騒音がわずかに聞えていた。

三階まであがると、右手の板扉に(貸スタジオ・白薔薇《しろばら》)と書いた五寸四方ほどの小さな紙が貼ってあった。

「ここです」と小声で言って、島田は扉を押した。

中に重いカーテンが垂れていた。カーテンをくぐるとその向うにもう一枚のカーテンが垂れていて、小窓のなかにほの暗い電燈がともり、髪を額に垂らした青年が彼等に黙って挨拶した。島田はやはり物も言わずに五百円出した。西村もそれに習った。青年は二枚の会員券を小窓からさし出した。それで手続きがすんだ。何もかも無言で行われた。ここでは物を言わないことがエチケットになっているのかも知れない。お互いに氏《うじ》も素性も知らないままで、黙って裸の女を撮影し、黙って帰って行くのであろう。お互いの秘密な楽しみを、お互いに邪魔しないように出来ているらしい。何となく、神前に礼拝する時のような厳粛さだった。

帽子と外套をあずけてカメラだけをぶらさげ、奥のビロードのカーテンをはいると、撮影会はもう始まっていた。

七坪か八坪ぐらいの窓のない部屋が、すっかりビロードの幕に包まれて、穴倉のような場所だった。奥の方に一尺五寸ぐらいの高さのモデル台があって、数個のスポット・ライトがその周囲に装置されてある。それっきりだった。会員と称する客は七人ばかり、四十すぎから五十年輩の男までで、或る者は三脚を立てて上からカメラをのぞき込み、或る者は床にひざまずいて真直ぐにファインダーからモデルをのぞいている。すべて、きちんと背広を着た紳士ばかりだった。

モデルは背の高い、痩せぎすな女だった。長目の髪をほどいて裸の両肩にふりかけている。強い光線の反射をさけるためにドーランを塗っているらしく、艶のない顔。長いつけまつ毛をして、腿が痩せている。首の両側の鎖骨が高く出ていて、あまり美しいヌードではない。スタジオの係りらしい黒シャツの青年が合図をすると、モデルは無言でポーズを替える。それに従ってライトが変る。紳士たちは忙しくカメラの位置をかえては慎重にシャッターを切る。何もかも一切無言だ。無言の視線とレンズとに囲まれて、モデル女は台の上に寝たり起きたり、うしろ向きになったり、頭をかかえて悲歎《ひたん》に暮れたり、何かに驚いたような表情をしたりする。一種のパントマイムだ。島田課長もその仲間にはいった。西村耕太郎は人々のうしろから、黙ってカメラを向ける。

シャッターの音は降りはじめた雨のようにぱちぱちと鳴る。その音がするたびに、女は痩せて行くような気がした。九人の男が心を合わせて、一人の女を苛《いじ》めているようであった。女は生活のためにこういう仕事をしているに違いない。男たちは道楽だ。芸術に名を借りて、レンズを通して、性慾の満足をもとめている。文化的凌辱《りようじよく》行為だ。しかし今の場合、そんな事を考えていると損をするばかりだ。みんなと一緒になって、余すところなく女体の美をカメラに収める方が得であるにきまっている。

二十分ばかり撮影が続いて、休憩時間があった。会員はそのあいだにフィルムを入れ替えて待っている。それからまた二十分ほど撮影をした。その間、誰もひとことも物を言わない。換気の窓がないから、スタジオの中は禁煙である。静粛であり、厳粛でさえもある。島田課長は西村を誘ったとき、不潔なものではないとか、むしろ崇高なものだとか言っていたが、西村次長の印象から言えば奇々怪々なものであった。一人々々の紳士たちは、胸のなかをわいせつな感情で一ぱいにしておりながら、却って表面は極度に紳士的に、厳粛な表情をつくって撮影に没頭しているらしい。

それは彼等の本能が、文化社会の生活によって抑圧され、歪められ、萎縮させられた果てに、わずかなはけ口を見つけてひそかに自己を慰めようという、いじけた抵抗の姿ではなかったろうか。中年になって今さら私娼窟《ししようくつ》へ行くわけにも行かないという男たちの、はかない自己満足を求めている姿ではないだろうか。直接に快楽を追及するには気の引ける連中、または肉体的な衰えを感じている連中が、こういう間接的な快楽で少しばかり満足を得ているらしい。男性としては半ば落伍者であると言ってもいいかも知れない。……

島田課長はなかなか熱心だった。モデルの眼のまえ三尺の距離まで行って二三枚とると、今度は椅子にあがって下向きに二三度シャッターを切る。眼をきらきらさせて、額には汗をかいている。芸術的情熱と本能的情熱とが、彼を駆り立てているらしい。

休憩時間がくると彼は汗を拭いて、またいそがしくフィルムを詰めかえた。西村が一本撮るあいだに、島田は二本も撮った。スタジオの中はガスストーヴで暖められているので、少からず息苦しい。

銀座の街の雑音は遠くかすかに聞えてくるばかりで、ここは東京のなかの秘密な一角だった。誰も知らない場所、誰も近づかない場所、どことも交渉のない、独立した、外国のような場所だった。この場所に居て、今こそ西村耕太郎は（行方不明）であった。さと子も理枝も、曾我法介も、彼がこんな場所に居ることは知らない。会社の連中は勿論のこと、東京中の人間が、彼のすべての知人が、彼の居どころを知らない。彼が何をしているか知らない。彼は自分の生活の軌道から完全にはみ出して、職業にも家族にも経済にも、道徳にも法律にも縛られないで、あらゆるものから自由なところに居る。その分だけ、彼の生活する世界はひろがっているのだ。その分だけ解放されているのだ。解放されたところで、ビロードのカーテンに掩《おお》われた壁にもたれて、彼は次の撮影開始を黙って待っていた。八人の紳士たちも、なるべく他人の顔を見ないようにして、黙って静かに待っていた。

消えていたスポット・ライトがともされた。人の居ないモデル台が明るく照らされる。紳士たちはカメラを取り直した。奥の厚いカーテンが揺れて、白いガウンを軽く肩にかけたモデル女が、額にライトを受けながらモデル台にあがって来た。さっきの女とは違う、別のモデルだった。

その顔を見た瞬間、西村耕太郎は大きな石でどかんと胸を叩かれたような気がした。あの女だ。彼は息がとまるほど驚いて、何度も見直してみたが、やはりあの女だった。数日前の夜、曾我法介に連れられて行った酒場「マルテの家」に居た少女だ。かげろうのはかない命にあこがれて、恋をしたら私は死んでしまうと言った、あの乙女であった。それが今度はこのスタジオで、中年男たちのために写真のモデルになろうと言うのだ。

彼女はモデル台の上にあがった。白いガウンがライトを受けて真白に光る。彼女の長い睫毛《まつげ》の影が頰にうつる。頭のうしろで短い髪を一束にして、黒い細いリボンで結んでいる。白い指を動かして、彼女は胸の前に結んだ紐を解く。今から裸になろうというのだ。西村耕太郎は見ていられない気がした。頭ががんがんする。血圧があがりそうだ。彼女は紐をといて、白いガウンを肩からすべらせる。西村次長は自分の罪のふかさを知った。彼はいそいでカメラを眼のまえに持ちあげる。あの娘に顔を見られたくないのだ。娘は羞恥の感情をからだの線に見せながら、すらりとガウンを取った。この裸だけは見たくなかった、と西村は思った。見たくなかったというよりは、他人の眼に見せたくなかったのだ。いま、真白い裸の少女がモデル台の上に立っている。両手を宙に浮かして、うつ向き加減に、少し爪《つま》立《だ》って、まるでヴィーナスが海の岸に立って、水底をのぞき込んでいるような姿だ。

八人の紳士たちのカメラがぱちぱちと鳴る。一二枚うつすとあわてて自分の位置をかえる。一人の少女のまわりを、中腰になったり四つ這いになったりして動きまわりながら、懸命にシャッターを切る。スポット・ライトが右から照らしたりうしろから照らしたりする。そのたびに彼女の躰はいろいろな表情をあらわす。青白い肌。小さく盛り上った清潔な乳房。なだらかな丸味をもったあたたかそうな腹。その下に、かすかな影をたたえた可愛らしい恥部。そこにそんなものが有ることを今まで彼は想像できなかった。やはり女だった。女の性を持っていた。それを見せられたことが、彼は悲しかった。彼もまた人々にまじって何度かシャッターを切った。胸がふるえて、涙がにじんでいた。しかし胸のなかのどこかには、美しい写真を撮ろうという慾があった。千載一遇のこの機会に、記念の写真をたくさん撮っておきたい。恐らくはこの少女と自分とは、お互いに縁のない間柄であるだろう。自分の心の記念に、この写真だけは是非ほしいと思っていた。

ポーズが変った。黒い敷物の上に、彼女は大胆にも肱を曲げて横になった。紳士たちが一斉に彼女のまわりにひしめく。横たわった姿勢の上にライトが動く。

（女といふものの一番美しい姿はこれだ。かうも美しい女の姿が世にあらうか。

この横たはつた躰に、

天といふ天の精を見ずばなるまい。……）

内腿《うちもも》のやわらかい皮膚が銀色に光る。腰の丸味が意外な線をえがいて素直に足につながる。

西村次長はその美しさに息詰る思いだった。いかにもおさない躰だ。まだ男たちによって穢《けが》されない、まだ神の園から外に出たことのない、あの青梅の堅い清らかさだ。

こんな清潔な少女が、なぜヌード・モデルなどをしなくてはならないのか。彼は残念でたまらない気がした。この娘は自分で自分の貴重さを知らないのだ。自分がどんなに美しくどんなに純潔な清らかさをもっているかを知らないのだ。

（実に無邪気と罪のなさとが、

自分を知らずに、

自分の神聖な値打ちを知らずにゐるのが不思議です）

それを知らないのが本当の無邪気というものかも知れない。シャッターの音は絶えず鳴りつづける。西村次長もやはり人々と一緒にカメラを向けていた。そうしないではいられなかった。自分がこのモデルを知っている事を、島田に知られたくなかったし、自分だけが特別な人間として眼立つようなことはしたくなかった。女は彼に気がついてはいない。強いライトに照らされているので、男たちの顔はよく見えないらしい。気がつくと西村は、脇の下から汗が流れていた。

しばらく休憩があって、彼女はふたたびモデル台に上った。彼はいくらか気持がおちついていた。そして今度は、所詮はこれもまた只の女に過ぎないのだと思った。かげろうにあこがれ死にあこがれる稚なさも、あと三年も経ったら現実的な打算的な市井《しせい》の平凡な女房になっているかも知れない。その頃にはこの清潔な女体も男の手垢によごれ、夜毎の情慾に疲れて、見る影もない姿になっているに違いない。それが彼の知っている（女の一生）というものであった。してみれば、過ぎ去って行く一時の女体の美しさをフィルムに止《とど》めて置くということも、あながち残酷だとばかりも言えない。

撮影会が終ったとき、西村は肩の力が抜けるほど疲れていた。島田は額の汗をふきながら、

「暗室を借りて、ちょっとやりませんか」と言った。まだ八時まえだった。

このスタジオの裏側に三つの暗室が付属していた。彼等は二人でその一つを借りて、すぐに現像にとりかかった。薬品も用具も、みなそろっていた。

フィルムを薬液にひたしながら、

「あの、二番目に出てきたモデルは、何という女だい？」と西村はたずねてみた。

「知らんですな。モデルはいろんなのが来るんです。周旋屋から廻してよこすんですから、どの女が来るか、こっちには解らないですね。あれはなかなか良いでしょう」

「ああ、良いモデルだね。まだ若いようだな」

「十九かそこいらですね。たしか前に一度来たことがあったようです」

西村はそれ以上あの女について話をすることを避けた。疑われたくなかったのだ。

現像を終ると彼は赤ランプにかざして見た。フィルムの上に黒い小さな女が、いろいろな姿で一列にならんでいる。これが彼の手に残されたあの女の記念像であった。乾燥器にかけてフィルムを乾かし、次に彼は島田と協力して引伸ばしの焼付けをやった。島田が次々と焼付けるあいだに西村は現像をやった。すると、キャビネ型の印画紙が薬液のなかで黒く染まり、その黒がひろがって白い女体だけが白く残る。赤い小さなランプの下で、薬液のどろどろと光る底に、しらじらとした四寸ばかりの裸像が、なまなましく、いま生れて来たかと思うほど新鮮に、ぬれて光っているのだ。それがあの少女だった。かげろうにあこがれているセンチメンタルな少女だった。

定着液にひたしたあの女の姿を、彼は上からかがみ込んで眺めていた。そぞろに、男というものの罪ふかさが感じられて、息詰る思いだった。肩の素直な丸味、おさない胸の堅そうなふくらみ。うしろ姿の腰の線と、その底に秘められた性の谷間。ふくらはぎの青さ、脊筋《せすじ》のひろいむなしさ。あの子は可哀相だ、と突然彼は思った。可哀相な少女だ。生活のために酒場ではたらき、生活のために裸を売らなくてはならない。それによって何程の金が得られるだろうか。あの子を助けてやりたい。いつまで続く美しさであるかは知らないが、せめてあの子にも青春を楽しませてやりたい。慾得をはなれて、異性という立場からではなしに、ただあの子の力になってやりたいと思った。清潔な気持だった。山岸知世子の部屋をこっそり訪ねてみようという慾望などとは全く違った、汚れのない純粋な、愛情だった。隣人愛というような、報酬をもとめない気持だった。

「どうですか次長」と島田が引伸ばし機械を操作しながら言った。「……案外面白かったでしょう。なかなか傑作がありますね」

「くたびれるな」と彼は短く答えた。

「そりゃ初めてだからですよ。くたびれるというのは、モデルを女だと思うからです。モデルを一個の物体だと思えば何でもないです」

「物体とは思えないね」

「そうですかね。……今度はいつやります？」

「いや、もうたくさんだ。血圧があがるよ」と、彼は一種の歎きをこめて言った。

若い年代

年末賞与のなかから、西村耕太郎は六七千円をとり除いて自分のポケットに入れた。そのほかは封筒のままでさと子に手渡した。さと子が何か言う前に、彼は弁明しておいた方がいいように思った。服を着かえながら彼は、

「下の食堂に借金を払って来たから、少し減っているよ」と言った。

さと子は何も訊ねはしなかった。西村はその分だけへ、そ、く、り、をこしらえたのだった。その事で彼はみじめな気持になった。自分で働いた金を、自分でかくしているのだ。しかしこうでもしなくては、街へ遊びに行く資金が出来ないのだった。山岸知世子にも会いたいし、あのモデルになった少女にも何か贈り物をして喜ばせてやりたい。曾我法介は会社の金で酒を飲む方法を教えてくれたが、あれは度々やることではないと彼は思っていた。業界雑誌に短い原稿を書いた、その稿料も少しばかり、近いうちにはいる予定だった。きまった収入しかない勤め人にとって、かくれた浮気沙汰には先ずふところの算段が必要であった。だんだん苦労がふえて来

るようだった。

食事の支度のできるまで、彼は煙草をくわえて夕刊をひらいた。政治、外交、文化、社会の各方面にわたる、昨日今日のいろいろな出来ごとを無責任な遠い気持で読んで行くうちに、彼は熱海に火事があったことを知った。今暁《こんぎょう》零時十五分ごろ、松東ホテル裏手物置付近より発火、水利の便がわるい為に消火活動意の如くならず、七メートルの風にあおられて火はたちまち全館にひろがり、一時三十分ごろ五棟三百七坪を全焼して鎮火した。その際消防夫浜本吉造(四二)は倒れて来た煙突のために重傷を負うて南病院に収容された。損害約二千二百万円。原因調査中という記事であった。

松東ホテルは今年の秋、会社の慰安旅行で火災保険部全員が一泊した旅館である。それよりずっと前、西村が新婚旅行のときさと子と二人で仲良く一夜を過したホテルでもあった。それが焼けたからと言って、いまさら昔をなつかしんで感傷的な気持になるような年ではない。それとは別に、西村には一つの直感があった。

永年のあいだ火災保険を扱って来た人間には、職業上の訓練によって得られた一種の直感力が備わっている。火事に対しては非常に敏感になっていた。新聞の記事は十行ばかりの極く短い記述にすぎないが、この火事はすこし怪しいぞと彼は思った。するとあの慰安旅行のとき、風呂の中で島田課長とおしゃべりをした記憶が、たちまち頭に浮んで来た。あのホテルは西村

の会社と、たしか二千万円ぐらいの保険契約をしていた筈だった。二千万円は超過保険ではないかと西村が言うと、

「超過でもないでしょう。建物がこれで三百坪もありますか。少し古いから坪五万と見て千五百万。一杯ですな。二十五室として、什器その他を一室四万と見れば百万。寝具を一組三万として……二百五十万。それに食器その他で、まあぎりぎりでしょうな」と島田は言った。

保険詐欺をやる人間は必らずぎりぎり一杯の保険契約をする。そこに人情の弱点が現われる。その弱点によって、詐欺は見破られ、元も子もないような事になるのだ。この火事は調べてみなくてはならない、と西村は考えた。

盆に食器をのせて、さと子が夕食をはこんで来た。食事は二人前しかなかった。

「理枝は居ないのか」と西村は言った。

「お友達と映画に行きました」

さと子は割烹着をはずして食卓に坐る。それから皿小鉢をひとわたり見渡す。自分の仕事の成果を誇りを以て良人に見せようという仕草であった。一本の銚子がついている。自分はまだ箸をとらずに、火鉢に手をかざしながら、良人に盃を渡す。さと子が料理に努力するようになったのは、彼女が不妊症になってからの事だった。自分の肉体的欠陥を、良人の食事によって補おうというつもりであるならば、悲しい女ごころだ。しかし性慾の不満を食慾によって償う

などということは、神様にだって出来はしない。

盃を二三度飲み干してから、

「ケイという男が解ったよ」と彼は言った。

「あら！　そうですか。やっぱり会社の人なの？」とさと子はせき込んで問う。

その言い方に、母親の心痛があふれていた。そばかすのある顔で、眼を光らせて彼女は良人の説明を待っている。あの事件以来、さと子は少し痩せたようだった。

「会社じゃない。理枝の友達で能代さんというのが居るだろう」

「ええ。あなたの会社に居る人でしょう」

「その能代の弟だ」

しばらく彼女は呆然としていた。信じられなかったらしい。それから、

「弟ですか。兄さんじゃないのね？」と言った。「いくつになるんです？」

理枝は父にむかって、（年齢のことが問題になるのか）と言い、雪江は次長にむかって、（その点で世間の非難があるかも知れない）と言ったが、やはり西村夫婦のあいだでは年齢が一番の問題だった。年齢ということが、年齢だけではなくて、職業的独立にも関係し、社会的地位とか一人前の分別とか、経済能力という所にまで関連をもって考えられていたのだ。

「年はたしか、十九歳と九ヵ月とか言っていたな」

「まあ！　はたちにもならないんですか」

「数え年で言えば二十か二十一だろう」

「その人に、あなた会ったんですか」

「いや。近いうちに会ってみようと思ってるがね」

「会うことないわ。そんな人、あなた、どうするんです？……理枝はどうかしてるんじゃないでしょうか」

　そういう彼女の歎きは解るけれども、（どうかしているんじゃないか）という彼女の言葉には何の意味もないのだ。たといどうかしているにしても、理枝は彼等の娘である。どうにもならない。責任は親の方にもなくはないのだ。

　さと子は箸を取ったが、食慾は消えていた。

「いくら好きだからって、そんなもの、夫婦にならないじゃありませんか」と彼女は言った。茶碗の白い飯の上に涙がこぼれ落ちた。

　理枝が帰ってきたのは、九時ちかくなってからだった。さと子は自分で玄関まで出て行って、扉をあけてやった。母親より背丈の高い娘が、外の闇を背景にしてすらりと戸口に立っていた。

　華やかに装うてはいないが、身辺に何かしら華やかな雰囲気がある。母が十年以上も前に失ってしまった女らしい匂いが、いまはまるで花が開いたように、この娘のからだにたたえられている。それがちかごろ殊に強く感じられるのは、理枝が恋をしているからかも知れない。彼女のからだが花をひらき、蜜をたたえ、香りを放ち、ねばねばした蕊《しべ》を長くさし伸ばして虫の訪れを待っている、そのためであるらしかった。彼女はいつも全身で誰かを待っている。待っている時の女はみずから匂いやかな蜜にぬれているのだ。

母は顔を合わせたとたんに、圧倒されるようなものを感じた。それは年の行った女が若い女に対して感ずる一種の劣等感のようなものであった。この瞬間、母は娘と対等であった。一人の女として、一人の敵として、理枝を見ていた。

「お帰り」とさと子は小さな声で言った。それから、靴をぬいでいる理枝を、両袖を胸に抱いた姿勢で見おろしながら、

「お前にちょっと話があるのよ」と言った。「お茶をいれてあげるから、あっちへ来なさい」

冷たい廊下を、ナイロンのうすい靴下をはいた足の爪先を反らしながら、理枝は母のあとについて、茶の間にはいった。西村は炬燵に横になってラジオを聞いていた。

さと子は火鉢の火を掻きおこし、

「外、さむそうだね」と言った。

余計な言葉だった。親と子のあいだで、これから取り交される困難な会話を、いくらかでも砕けたものにしようとする彼女の心づかいだった。それから娘のために番茶をいれてやりなが

ら、箪笥の方を顎で指し、

「みかんが有るわよ」と言った。

「要らないわ」

その返事を待って、母はようやく問題にふれて行く機会をつかんだ。

「能代さんの、弟さんだってね」

「そうよ」と理枝は言った。不意を突かれて、防備する暇もなく、思わず本当のことを言ってしまったようだった。言ってしまってから、急に彼女は緊張した。

「お母さんは勿論反対でしょう」

「……賛成してあげたいけど、だって、まだはたちにもならないって言うじゃないの。どうするつもりなんだか、お前の気持がわからないんだよ」

「私はお母さんの気持がわからないわ」

「そう。……どんな所が？」

「そりゃ、今はやっとはたちになる所だわ。だけど、五年経てば二十五になるわ。十年たてば三十よ」

「当り前のことね」

「そうよ。当りまえだわ。そんなら、いまはたちだという事がなぜ問題になるの」

そういう奇妙な論理にからまれて、さと子はまごついているようだった。炬燵のなかの西村は半身をおこしながら、

「いまはたちだから問題になるんだよ」と言った。「だってお前はいま二十三だからね。二人の年齢の比較が問題なんだ。十年たてば向うは三十になる。お前は三十三になる。そのことを心配しているんだ」

「そりゃ、常識から言えば女が年下の方が普通だけど、女が年上で結婚している人だっていくらも有るわ」

「なくはないわね」とさと子は強いておだやかに言った。「だけど、世間の常識通りにするのが一番まちがいがないのよ。危ないことはしない方がいいわ。一生の事なんだからね」

「私だって、自分の一生の事だと思ってるわ。だけど年齢のことは、私がそれでもいいと思っているんだから、もう問題じゃないでしょう」と理枝ははっきりした言い方をした。

「あら、それじゃ、お前はもう自分で決めているの？」

「決めているわ」

「そりゃいけないわ。もっとよく考えてからにしなくては駄目よ。第一私たちは、まだその人を見たこともないじゃないの」

「だって、もう決めたんですもの」と理枝は頑固に言った。

「いいえ。そんな決め方は駄目。結婚は愛情だけでは駄目よ。ケイさんていう人はまだ学生だっていうじゃないの。生活のことはどうするつもり?」

「大丈夫よ」

「大丈夫って、どう大丈夫なの?」

「わたしいま、就職運動をしているの。あの人だってアルバイトをしているし、……何とかなるわ」

「その人はいつ卒業できるの?」

「さらいねんかしら」

「卒業したら何になるの?」

「ジャーナリストになるんだって」

ジャーナリストという言葉が、さと子には解らないらしかった。彼女は助けを求めるように西村をふりかえった。悲しげな表情をしていた。西村が黙っていると、彼女はまた理枝の方に向き直り、娘の姿を上から下まで撫でまわすように眼で辿っていた。それから火鉢の上に身を乗り出し、娘のうつ向いた顔に顔を寄せてささやいた。

「正直に言っておくれ。……お前、もう、からだの関係があるの?」

理枝は答えなかった。答えないことが、肯定したことだった。それを感じたとき西村は、はからずもあの（マルテの家）の少女を思い出した。彼は鞄の奥の方に、あの少女の写真を何十枚も持っている。みんな裸の写真だった。そのしらじらとした若い女のからだから、理枝の裸体が幻想されるのだった。固い乳房、丸くふくらんだ腰、その下に秘められた性の谷間。親ですらも知らない秘密な谷間。その場所を、ケイというやつが既に知っているのだ。万事休す。もはや理枝は彼等の娘ではなくなっていたのだ。西村はまるで彼自身がケイによって凌辱されたような気がした。

「あなた！」とさと子が言った。彼女の手に負えなくなったのだ。「あなた、どうすればいいんですの？」

西村は顔をそむけたまま、炬燵にあたっていた。さと子はいま、切実に良人の援助を求めている。平素は自分ひとりが家庭の主権を握っているような振舞いをしているが、困った時には良人に頼ろうとする。やはりそれだけ良人を頼みにしているのだと言えばそれも結構だが、良人に責任を転嫁して、自分は責任をのがれようとしているようにも思われる。さと子の平素のしつけが悪かったから理枝がこんな不始末を仕出かしたのだ。先ずさと子の方から怒鳴りつけてやりたい。

しかし今は、夫婦喧嘩をしている時ではない。父は感情を抑えて静かに言った。

「能代敬とは、どの程度の話をしているんだね。……ちゃんと約束したのかい」

「約束したわ」と理枝は言う。

「結婚するという約束をしたのか」

「ええ」

「俺たちが賛成していないということも、ケイに言ってあるのか」

「言いました」

「ケイは、それでも構わんから結婚しようと言ったのか」

「私が言ったんです」

「ふむ。……つまりお前は、親たちがいくら反対しても結婚すると言うのか」

「だって、約束したんですもの」

「その約束はとり消した方がいいね」

「とり消せないわ」

「お前の口から言いにくければ、お父さんが能代敬に会って取り消してやるが、どうだ」

「わたしは結婚するつもりなんです。結婚したらなぜいけないんですか。私の愛情を認めて下さってもいいと思うわ」

「愛情にもいろいろある。世間の良識に反する愛情は認められないね」

「私は自分で、間違ってると思いません」

「お前が自分で判断することと、お父さんやお母さんがお前の幸福を考えて判断することと、どっちが正しいと思う?」

するとと突然、理枝が大きな声で叫んだ。

「わたしは死ぬほど愛しているわ。あの人と結婚して、どうして悪いの?……それがいけないんだったら、一生結婚なんて、しないわ。もっと私の気持を解ってくれたっていいじゃないの!」

しまいの方は泣きながら叫んでいた。言い終ると畳を蹴って、彼女は茶の間をとび出し、階段をかけあがって行った。

さと子が大きな溜息をついた。

手がつけられないという感じだった。西村は炬燵の蒲団に顎をうずめて、眼をつぶった。理枝は多分、自分で自分の気持を統御することができなくなっているのだ。激流に押し流されるように、もがき苦しみながら、能代敬の方に全身が押し流されているのだ。ファウストに肌身をゆるしたあとのマルガレエテの歎きと同じだ。

(物狂ほしくもなれるかな、あはれこの頭《かうべ》。

ちぎれちぎれになりしかな、あはれ我がこの心。……

心の落着きなくなりて、

胸苦しくぞなりにける。

尋ぬとも、その落着きは、
つひに帰らじ、とこしへに)

さと子は火鉢の中にぽたぽたと涙をこぼしながら、鼻の詰った声で、

「もう駄目なんでしょうか」と言った。

「いや、まだ脈はあるね」

彼は多少自信をもっていた。理枝は本当にぐれた訳ではない。恋愛の相手が自分の結婚にふさわしくない事を知っているのだ。知っているからこそ懸命になって抵抗する。言わば彼女は自分自身に抵抗しているのだ、と父は思った。勝手にやらせて置けば、半年か一年で後悔するようになる。淋しい諦めを抱いて親の所へ帰ってくるに違いない。けれどもそれでは傷が深くなりすぎる。できる事ならば今のうちに、上手に別れさせてやりたいのだ。しかしそれが一番むつかしい事だった。

あくる日、西村次長は会社へ出て行くとすぐに業務課長を呼んで、熱海の松東ホテルと保険契約をしているかどうかを調べさせ、それから給仕の少年を呼んで昨夜の夕刊を持って来させた。その夕刊を持って彼は損害査定部の部屋をたずね、折原部長のところへ行って、

「やあ、お早《はよ》うござんす」と言うなり、彼の机の上に新聞をひろげた。

「お早う。何だね」

折原部長は職員組合からの人気の良い、肥った闊達《かったつ》な男だった。この次は重役になるだろうと噂をされている、五十過ぎの元気な人で、社内で一番ゴルフが巧いという話だった。

西村は熱海の火事の記事を示して、

「このホテルと二千万円の契約をしているんですがね」と言った。

「うむ、そうらしいね。いま聞いたところだ」

「調査に行きますか」

「勿論、誰か行かせるよ」

「保険協会からも行く訳でしょうね」

「もう誰か連絡しているだろう」

「そうですか。実はこの秋の慰安旅行で、火災保険部がこのホテルへ一泊したんですがね」

「ああそう、知ってるのか」

「ええ知っています。それが、ちょっと怪しい節があるんですよ。とにかくぎりぎり一杯の契約をしているらしいです。それも、今年はじめての契約ですよ。よく調べてみて下さい。建物なんかも相当古いです」

「ふむ。……代理店扱いかね」

「そうです。熱海の白井というのが代理店をやっています。やはり旅館を経営している男ですが、その白井が何か知っているかも知れませんね」

「そうか。うん、有難う」

西村はそれだけ言って、自分の机にもどって来た。もしもあれが保険金詐取《さしゅ》のための放火であったとすれば、ちょっと彼の手柄にもなるだろう。そう思うと気持が明るかった。

しかし昨夜は理枝のことで、遅くまでさと子と話しあっていたので、いささか寝不足らしい。睡眠が不足するとすぐに血圧が上る。頭が重く、肩が凝る。親不孝な娘だ。仕事に身が入らない。根気がつづかない。煙草がうまくない。正午になっても食慾がおこらない。みんなが食事に出て行ってしまっても、彼は机に残ってぼんやりしていた。心のなかはいろいろと忙しいが、からだの方がついて行けない。それが年をとった証拠かも知れない。からだが思うようにならないと、心がいらいらする。老人は気が短いというのはその為であるらしい。

曾我法介がくわえ煙草でぶらりと彼の机に歩み寄ってきた。

「次長、どうしました。その後、マルテの家へ行きましたか」と言う。

「それどころじゃないね」

「ほう。もっと良い事があるんですか」

「悪い事だらけだ」

「そうでもないでしょう。ヌード撮影をやった感想はどうですか」

またこの男が地獄耳で、島田課長からでも聞き出したに違いない。

「あんなもの、つまらんね」と西村は言った。言いながら、あの少女の裸形《らぎよう》を思いうかべて、胸が痛かった。

「今日は元気がないですね。二日酔いですか」と法介はまじめな顔をして言った。

「二日酔いではないが、寝不足だよ」

「寝不足というと、寝つきが悪いんですか」

「それもある」

「血圧が高いんでしょう」

「そうらしい」

「注射してあげましょう」

「たくさんだよ」

「どうしてですか。僕を信用しないんですね」と法介は言って、自分の机に引返して行ったが、間もなく幾箱かの薬を持って戻ってきた。

「ビタミンB1。これはとにかく良いです。それから、これがいいでしょう。ハセスロールとルチンと、それにビタミンCがはいっていますからね。しばらく飲んで御覧なさい。B1と両方飲んだ方がいいです」

「薬屋みたいだね」

「僕は薬屋ですよ」と法介は言った。「僕のおやじは曾我製薬会社の社長です。だから次長のほしいような薬なら何でもさし上げます。血圧の薬もいろいろ有りましてね、アプレソリンみたいな物は利くには利くんですが、副作用がときどき起って来るんですよ。関節痛とか運動障害とか。すぐ直りますがね。それより同じようなものですがヒドラジノフタラジンみたいな、腎臓の血行をよくする薬の方がいいようですな。ええと、何を注射しようかな」

「君の注射なんか、こわいよ」

「冗談でしょう。いい加減な医者よりは僕の方がたしかです」と言いながら、彼は銀色の容器をひらいた。

中には薬のアンプルが二十種類もきれいに並んでいる。法介は指を消毒して、別の容器から細い注射器をとり出す。

「君のような素人が、医師類似の行為をすると、医師法違反になるだろう」

「それで僕がもうけたら違反になりますね。只だから大丈夫です。たとえばですよ、自分で自分の腿にビタミンを注射したって違反にはならんですからね」

彼は器用にアンプルを切る。西村は仕方なしに上着をぬいで、ワイシャツの袖をまくり上げた。肉つきの良い腕をしているが、運動不足で女のようにぶよぶよした肉だった。法介はアルコールで皮膚を消毒する。

「ところで君、別のはなしだがな」

「何ですか」

「キャバレー・モスコウというのを知っているだろう」

「知っていますよ」と言いながら、彼は西村の腕についいと針をさした。自信のある手付きだ。少しもためらわずに他人の皮膚を刺すというのは、素人ではない。

「君はなぜ僕に黙っていたんだ」

「何の事ですか」

「能代敬のことさ」

「ああ、あれですか」と法介は心のこもらない言い方をした。心は注射器の方に注がれている。眉をしかめて、西村のからだに吸いこまれて行く薬の量を凝視しているのだった。

「もっと早く解っていれば、何とか方法もあったかも知れんが、君が知らせてくれないもんだから、事態が相当すすんでしまったらしいんだ。困ってるよ」

「困ってるというと、つまり次長は反対なんですか」

「当りまえじゃないか」

「はあ。そうですかね」と言いながら、法介は注射針を引きぬいた。小さな赤い血の粒が西村の腕から吹き出してきた。

「次長はケイに会ったですか」

「いや、会っていない」

「そりゃ乱暴ですね」

「何が乱暴だ」

「だって、相手がどんな男か見もしないで、頭から反対を唱えるのは乱暴じゃないですか」と言いながら、法介は注射の道具をしまっている。

「何を言うんだ。ケイというやつはまだ満二十歳にもならない青二才だというじゃないか。アルバイト学生だっていうはなしだ。そうだろう?」

「そうですよ」

「そんな者に娘がやれるかい。もう五六年も経って、一人前になってからならこっちも考えてやるが、現在のところ考慮の余地はないじゃないか」

「娘より年上のぼんくらと娘より年下の有望なる青年と、どっちが良いですか」

「そんな事は比較にならん」と西村は言い放って、上着の袖を通した。

曾我法介は西村がどれほど強い言い方をしても、いささかもたじろがない図太い落ちつきを見せて、

「とにかく一遍会って御覧になるといいですな」と言った。

「会ってやるよ。君、そのモスコウとかへ僕を案内したまえ」

「いつでも御案内致します」

「今晩どうだ」

「結構でございます。正直なところ、僕はお宅の理枝さんに感心しているんです」

「何を?」

「お目が高いです。あれだけの青年を発見したのは偉いと思います。本当ですよ」

「君はケイの味方かい」と西村は面白くない顔をした。

「僕には敵も味方もないです。良いものは良い。悪いものは悪い。……ところで腹がへりましたね。お昼はどうするんですか」

そう言われたとたんに、西村は山岸知世子を思い出した。彼女は酒場マルテの家の二階で、むなしく西村を待っているに違いない。しかし今日は行く気になれなかった。健康状態がよくない時は、浮気沙汰も興味がないのだ。そしてこれから先は、健康は次第におとろえて行くだろう、浮気の慾もそれに従って次第に消えて行くに違いない。はかない気持だ。人生の終りも

あまり遠くはないらしい。

彼は法介からもらった錠剤の箱を机の抽出しに入れて、何かちょっとした食事をするために立ちあがった。

夕方、曾我法介はすっかり帰り支度をしてから、西村次長の前に現われた。外套のボタンをはめながら、

「熱海の火事のはなし、聞きましたか」と言う。

「いや、その後の話は聞いていない」

「警察の調べもまだ済んではいないんですが、今までのところ普通の失火らしいという報告ですよ。物置きに置いてあった石灰がぬれて発火したんじゃないかというんですがね」

「石灰がぬれると発火するかい？」

「石灰を運搬していた馬が、夕立に会って焼死したという話がある位ですからね。さ、出かけましょうか」

二人は肩をならべて事務室を出た。エレベータの中で法介は、

「しかしあの火事は失火じゃありませんよ」とささやいた。「きっと何か出て来ます。変なものがね」

「どうして解る？」

「さあ？……とにかく僕には解りますよ。ところで注射は利きましたか」

「どうだか解らん」

「二三日続けましょうか」

「いや、やめて置こう。僕は薬というものをあまり信用してはいないんだ」

「さようですな。薬には薬の限度があります。ちかごろはホルモンが大流行で、一種神秘的な効果を期待している人が多いようですが、あれは少々間違っていますね。たかだか五百円や八百円の薬代を払って、それで回春の効果をあげようなどというのは太い量見です。それよりは数万金を投じて美しき処女を求め、そのやわ肌の甘美な刺戟によって全身の神経をふるい立たせることですね」

「君は製薬業者の息子だといったが、薬の悪口を言ってもいいのかい」

「父は薬という科学の力にたよって人生の苦悩をいやそうと試みていますが、その息子は心理的に精神的に人生の苦悩をなぐさめようと試みているわけです」

「怪しいもんだな。君が僕に与えてくれたものは新しい苦悩にすぎないじゃないか」

「その苦悩があなたの心を刺戟して、内部からあなたを若返らせているのが解りませんか。しかも次長はなお小心翼々として、与えられた良き機会を少しも活かそうとはなさらない」

「何のことだ」

二人はエレベータを出て車を拾った。

「キャバレー・モスコウは今から行っても早すぎます」と法介は言った。「それまでに一仕事して行きましょう」

「ひと仕事って、何をやるんだ」

「僕にまかせて置いて下さい」

法介は日本橋と京橋とのあいだで車を止めた。腕時計を見て、すぐそばの喫茶店に西村を案内した。黒っぽい木材で囲まれた、古風な造りの静かな部屋だった。白いテーブルが七つばかり置いてある。法介は飲みものを一つだけ註文してから、

「次長、いいですか、九時かっきりに、そこの地下鉄の入口でお会いしましょう。それまで僕は用を足して来ます。次長も勝手にどこへでも行って遊んで来て下さい」

「何だか変なはなしだね。君は何ごとにも秘密な計画をもっているらしいが、僕の方は馬鹿にされたような気持だぞ」

「大丈夫です。それもこれも、みんな次長のためですよ」

彼のすらりと背の高いきれいな後姿が、自信ありげなゆったりした足どりで店を出て行くと、女の子がウイスキイのはいった紅茶を持って来た。彼は四角な砂糖を紅茶のなかに沈めながら、さて、今から九時までどうやって過そうか、良い機会だからマルテの家へ行ってみようかと思

った。ほかに客は居ない。やがて壁の上の鳩時計がぽっぽっと六たび啼《な》いた。すると、まるでそれを待っていたように、扉をあけて一人の少女がはいって来た。それが愕いたことには、あのマルテの家の少女だった。

少女は褐色の、よれよれの外套を着て、手編みのショールを巻いていた。黒い靴は女学生のように平たくて、かかとが傾いていた。それでも彼女の若さとういういしさとは輝いて見えた。あどけないきれいな顔がぱっと笑いに崩れて、

「ああら、小父《おじ》さまでしたの？　おどろいたわ」と小さく叫んだ。

西村の感情は動揺した。ああ法介のやつがこの娘を呼び出してから、俺をここに待たせて置いたのだと直感すると同時に、一方ではまた、この娘と二人きりの時間が九時まであるのだという感動に心が湧き立った。

「寒かったろう。まあお坐り」と彼は言った。

「ええ、有難う」と少女は素直に向いあって坐りながら、「小父さまって意地わるね」と、花びらのような唇を動かして言った。

「どうして意地わるなんだ」

「だって、電話のときに名前をおっしゃらないんですもの。変な人だと思いましたわ」

「うむ。そうか。……名前を言ったら君は来てくれないだろうと思ったんだよ」

「あら、小父さまだったら来ますわ」

「本当かい？」

「ええ、小父さまだったら安心ですもの」と彼女は言う。

それが幼稚な言葉のようでありながら、変に悧巧な言い方だった。（安心ですもの）という言葉によって、小父さまの不埒な行為を封じてしまうつもりかも知れないのだ。

温かい飲みものを彼女のために註文して、さて、西村はしげしげと少女を眺める。大切な宝もののように、手に取って撫でさすってみたい。我にもなく心が騒ぐ。少女は伏眼になって、長い睫毛の影を白い頰におとして、静かにグラスの中を匙《さじ》でかきまわしていたが、やがて独りごとのように、

「あした、クリスマスね」と言った。

「うん。そうだね」

「クリスマスって、わたし大好き！」と歌うような言い方をする。

「そう。君はクリスチャンかね」

「いいえ、違うんです。わたし赤ちゃんが好きだから……」

「赤ちゃんとクリスマスと、どう関係があるんだ」

「だって、キリスト様がお生れになった日でしょう。生れた時は赤ちゃんよ。そりゃ、あとか

ら大きくなったでしょうけれど、クリスマスの時はまだ赤ちゃんよ。だから好きなんです」

そういう小学生みたいな三段論法を聞かされると、西村は溜息が出そうだった。二人のあいだには、どこかに大きな食い違いがあるらしい。この少女の感動の内容が彼の心にはちっとも響いて来ない。ただ、感動している少女の姿だけが、彼の感動をさそう。

「そうか。キリストも生れた時は赤ちゃんか」

「ええ、そうよ」

「キリストはどこから生れたんだ」

「そりゃマリヤ様よ。でも、マリヤ様って処女だったんですってね。凄いわ！」

何だか人生の秘事を知っているようでもあり、知らないようでもある、男ごころを迷わせるような言い方だった。しかしそれよりも西村は、彼女の言葉を聞いたとたんに、あの撮影会の夜のスタジオで見た彼女の裸体を思い出し、彼女がまだ自分ではその価値を知らない彼女のからだの中の小さな悪魔を、思いうかべていた。

「君の名前は、何ていうんだ。この前は教えてくれなかったね。だからあの晩からあと、君のことを思い出しても、何だか雲をつかむような気がしていたんだ」

すると少女は首をすくめて笑った。

「雲の中の女っていうことにしましょうか」

「本当は何というんだ」

「わたし、名前が二つあるんですよ。一つはユカちゃん。マダムが付けて下さったの。ユカリというんですけど、みんなユカちゃんとしか呼んでくれないわ」

「もう一つの名は？」

「もう一つは秘密なんです。誰にも教えてあげないの」

「僕にも教えてくれないのか」

「ええ、そうよ。だって、男の人って、こわいでしょう。だから……」

「僕は怕くなんかないよ。僕みたいな年寄りは、もう女性を苛めたり弄んだりするような野心はないんだ。ユカちゃんみたいな可愛い娘を見ると、本当に大事にしてやりたい。僕に出来ることなら、何かしら力になってやりたい。そんな気がするんだ。そんな風にして若い娘を喜ばせてやることが僕の喜びなんだよ」

そんな言葉を、西村耕太郎は前以て用意していた訳ではなかった。自分でも思いがけなく、すらすらと口を衝いて出た言葉だった。彼としては珍しく正直な告白だった。その正直さに、彼は自分で感動していた。するとユカちゃんは悪戯っぽい顔をして、

「あら、そうかしら。信じられないわ」と言った。こんな純真な少女のくせに、こんな表情をもっていたのかと思うほど、狡い顔だった。

西村次長は大人の落ちつきを以て、

「君は、姉妹の、何番目?」と言った。

「姉妹って、誰もないの」

「ひとりきり?」

「ユカちゃんとおばあ様と、二人きりよ」

「おばあ様って、いくつになる?」

「あの、かんれきって幾つですか」

「還暦は六十だ」

「じゃ、六十二かしら。リュウマチで歩けないの」

「そのおばあ様を、ユカが養って上げてるのか」

「そうよ。でも、ユカちゃん幸福だわ」

「どうして?」

「教えて上げましょうか。私のうちで赤ちゃんが生れたの。八日まえに」

「え?……おばあ様が産んだのか」

「違うわよ。赤ちゃんが四つうまれたの。兎《うさぎ》の子……。幸福だわ。雪のように真白よ。そして眼がピンクなの。やっと眼があきかけたわ。雪のように白くてふわふわなの。小父さま、兎って好きですか」

西村次長は小股《こまた》を掬《すく》われたような気がしていた。この娘と自分とでは、どうしても感情のテムポが合わないのだ。ちかごろの青年層を一口に戦後派というが、このユカちゃんの摑まえどころのないような性格も戦後派の一種であろうか。理枝のように自由恋愛を主張する戦後派もあれば、能代敬みたいに年上の女をそそのかして連れ出すアルバイト学生も、曾我法介のような怪人物も、みな戦後派のうちであるらしい。そういう青年層の誰とも、西村は感情のテムポが合わない。もうそろそろ、過去の人間になりかかっているのかも知れない。

約束の九時までには、まだ二時間以上もあった。

「今から夕飯を御馳走してあげよう」と西村は言った。

「ええ」

「何が好きだね」

「西洋料理がいいわ」とユカちゃんは古めかしい言い方をした。

「マルテの家には何時までに行くんだね」

「六時半です。でも遅くなってもいいんです」

「叱られないか」

「そうね。……いつもは叱られないんです。でも今晩は叱られるかも知れないわ」

「どうして？」

「マダムは小父さまを愛しているんです。本当の事を言えば憎まれるわ。だから、今日は嘘をつくわ」

「何て嘘をつく？」

「そうね。……おばあ様がリュウマチが痛くて、看病していましたって言うわ」

西村は次第に、この小娘に対する認識を改めなくてはならない必要を感じていた。純真無垢であるように見えて、案外したたかなところもあるらしい。それはその筈だと思った。酒場につとめて酔漢の相手をしたり、ヌード撮影のモデルをしたりしていれば、教えられなくても人生の嘘いつわりを覚えざるを得ない筈だ。そういう生活のよごれを彼女が覚えている、その事すらも彼はあわれに思われてならなかった。出来ることならばよごれを知らない、腹の底まで澄み透った少女のままで置きたいような気がする。

「おばあ様はそんなに悪いのか」

「ときどき、夜通し寝られないほど痛いのよ。温泉に行くと良いんですって。でも、お金がないから行かれないわ」

「温泉といっても、安いところもあるよ」

「そう？　ユカちゃん温泉って行ったことないの。熱海は良いんですってね」

「熱海へ行ったことないのか」

「だって、誰も連れて行ってくれないんですもの」

「そうか。それじゃ一度連れて行こうかね」

不思議にすらすらと、そういう話になった。西村の方で、話をそんな風に持って行きたい気持はなくはなかったが、ユカちゃんがそんな話を誘い出したような様子もなくはなかった。それが事実とすれば、これは案外恐るべき少女であるかも知れない。ところが彼女は少し肩を捻《ひね》るようにして、

「でも、熱海って、恋人同士でなくては行かれないんでしょう」と言った。

わざと呆けているのか、理由を設けて男を拒むつもりなのか、それとも罠を仕掛けて相手を引っかけようとするのか、見当がつかない。何も知らないような顔をして、案外何でも知っているのかも知れない。

「そんな事はないよ。誰だって泊めてくれるさ。旅館だもの」

「そうかしら。でも、小父様と二人だったら、おかしいわ。お父様みたいでしょう」

「お父様だっていいだろう」

「おかしいわ。やっぱり恋人の方がいいわ」

「そんなら僕が恋人になろう」

「おかしいわ。でも、ロマンス・グレーの恋人って、流行るんですってね」
「ちょうど良いじゃないか」と西村は言った。
この少女をそっと大事にしてやりたい気持は、いつの間にか、貪慾に弄んでみたい気持に変っていた。

約束の九時に、西村は地下鉄線の入口へ行ってみた。曾我法介は電柱にもたれて星をながめながら、煙草をすっていた。黒っぽい外套を着た背の高い法介の姿は、街の灯《ほ》かげから身をかくしたような仄暗《ほのぐら》い場所で、一種不思議な憂鬱をたたえていた。近づいて行きながら西村次長は、彼がなにか耐えがたい程の退屈に苦しんでいるのではないかという気がした。

そう思って見れば曾我法介という男は、何事につけても本当に楽しそうにしていたことのない人物だった。酒をのんでいても心は酒にひたってはおらず、酒場のなかでも彼の気持は女たちからは遠いところへ行っているようだった。事務室のなかでも仕事に没頭しているようには思われないし、街を歩いている時にも街の風景などに眼を止めてはいないようだ。いろいろな計画を立て、陰謀をたくらみ、先廻りして奇怪な物語の準備をととのえているときにも、彼が本心からそれに没頭しているようには見えない。

何のために彼はそれほど退屈しているのか。それが次長には解らなかった。あるいは一種の虚無思想におちいっているのか。それともあまりに先の先まで計画し、準備していることが、却って逆に彼自身を退屈させているのかも知れない。

「お待ちどお……」と西村は彼の前に立ちふさがって、言った。「何を考えているんだね」

法介はかすかに孤独な笑いをうかべた。

「僕が何を考えているか、おわかりになりますか」

「解るわけはないじゃないか」

「そうですか。……他人の心のなかが解らないということは、人間に与えられた最大な仕合せですね」

「どういう訳だい」

「僕の考えていたことがお解りになったら、次長の気持は真暗になってしまうでしょう」

「それは何の事だ」

「僕はこうして、一時間ちかくもこの寒い風の中にたたずんで、あの少女のことを思いこがれていたんです」

「どこの少女だ」

「ユカちゃんですよ」

自動車や電車が二人のそばを通りすぎ、酔漢や花売り娘が彼等の前を歩いて行った。西村は自分の胸のなかが急に図太い闘志をもって来たことに気がついていた。

「そんなら何だってあの子を喫茶店へよこしたんだ」

法介は電柱にもたれたまま、遠い空の星を見ながら皮肉な微笑をうかべた。

「女ごころを試してみたんですがね。いや、しかし、結果に於ては男ごころを試した事になったかも知れませんね」

「何を言っているんだ。酔っているのか」

「恋に酔うておりますよ。ところで、どうでした。巧い約束でも出来ましたか」

「出来たさ」

「熱海へ連れ出す話でもきまりましたか」

「きまったさ」

「あの子は直ぐに承知したでしょう」

「向うから持ちかけて来たよ。こっちが驚いたくらいだ」

「そうですか。それじゃあ成功だ」

「成功さ。大成功だ。君のおかげでね」

「お礼には及びませんよ。あの子も僕が教えた通りに、なかなか上手な芝居をしたらしいですね」

「なに、芝居だって?」と西村は言った。「……ふむ、あれが芝居か。……ふむ、あの子にあんな芝居が出来るのか。冗談じゃないよ」

あの喫茶店を出てから、西村はユカちゃんと二人で、寒い風のなかを十分も歩きまわった。ユカは次長の腕にぶらさがるような恰好で、まるで父親に甘ったれている娘のようだった。あれが芝居であったのか。

次長は菓子屋の店にはいって、杏《あんず》や胡桃《くるみ》のはいった上等の丸い洋菓子を買い、箱に入れて赤いリボンで結んでもらって、ユカリにやった。

「ユカちゃんのおばあ様に、お見舞いだよ」

「え?……まあ嬉しい。どうも有難う。だけど、私も少しぐらい頂いてもいいでしょう」

「いいさ。半分は君だ」

「うれしいわ。わたし小父さま大好き」とユカは言った。

あれもお芝居であったのか。

それから二人で食事をした。小料理屋の二階の小部屋で、お刺身と甘鯛の焼魚と鶏の肝焼きと蛤《はまぐり》の吸物とさよりの酢のものと、ユカちゃんの好きなものばかりならべて、大変に楽しい夕飯をたべた。お酒を二本もらって、ユカは盃に二杯だけ飲んだ。ほんの少しばかり盃に口をつけると、彼女はすぐ両手で喉をおさえた。

「どうした？」

「辛い。お酒、辛いわ。喉が熱くなっちゃった」

そんな言葉つきが稚なくて、可愛くて、とうとう西村は彼女を抱き寄せて、自分の娘を可愛がるように胸のなかで抱きしめてやった。するとユカは、小父さま、煙草くさいわと言った。

「煙草くさい？」と改めて訊くと、

「男くさいのかしら」と言った。

そういう男臭さに対して、案外おちついていた。西村の腕のなかに抱かれて、ちかぢかと彼の顔を見ながら、ユカは手をあげて彼の髪をつまみ上げた。

「白髪。たくさん有るのね」

西村は彼女のふくらんだ頰に、そっと唇をあてた。ユカは恥かしそうに笑って、

「小父さま、不良ね」と言った。

あれも芝居であったのか。曾我法介がそんな台詞《せりふ》まで教えていたとは思われない。そんな馬鹿なことは有り得ないのだ。ユカのウエストは細くてしなしなしていた。胸にはわざと触らなかったが、触らなくても知っている。ヌード撮影のとき見たのを忘れてはいない。熱海へ行こうという話をすると、じっと考えこんでから、ユカは覚悟をきめたように小さくうなずいた。

それから自分の小指を西村の小指にからめて、青い目で彼の眼のなかを覗《のぞ》き込むようにして、

「ね、お約束して……」とささやいた。「わたし、今のままでいたいの。一生今のままでいたいの。それが駄目になったら、死んだ方がいいわ。ね、お約束して……」

馬鹿なはなしだ。観念的な純潔さにあこがれる少女的感傷から一歩も成長していない。そのくせ女の生理も男が要求することも一応は知っているのだ。知っているからこそ怕がっているのだ。あんな芝居があるものか。芝居どころか、せい一杯の闘いであったに違いない。もしも西村があの指切りげんまんの約束を破ったらどうするか。そのときユカがどんな風になるか。それが見たかった。何よりも、その時女がどんな風な崩れを見せるか、それを見たい慾望が彼の胸のなかで熱くなっていた。性慾とは別な、征服慾であった。

法介がタクシーを止めた。赤や青の無数の灯のきらめく街を、車はつかえつかえ走った。交叉点がたくさん有って、そのたび毎に止まった。西村耕太郎はふり向いて、

「おい」と言った。「あの子は俺にゆずれよ」

「そりゃ駄目です」法介は冷淡に正面を向いたままで答えた。「野暮なことを言ってはいけません。譲ろうと思っても譲れないのが恋ですからね」

「駄目かい」

「駄目ですな。腕ずくでお取りなさい」

「だって、俺はもう約束をして来た」

「どうぞ御自由に。しかし御忠告しておきますが、女を約束で縛ろうと思っても、それは無理ですよ。女は水みたいなもので、縄でも縛れない、鉄の輪をはめても縛れない、釘で止めるわけにも行かない、石で押えつけるわけにも行かない……」

「じゃ、どうすればいいんだ」

「こっちが水びたしになるんでしょうな」と言い放って、法介は勝利者のように笑った。

車はキャバレー・モスコウの前にとまった。入口はわずか二間ほどで疎なネオンもついてはいないが、金の飾りのついた服を着た美男子のボーイが鄭重《ていちよう》に扉をひらいて彼等をむかえた。そこからうす暗い廊下を通り、赤い絨毯を敷いた階段を地下に降りると、黒いビロードのカーテンの向うでフリュートがなまぬるい曲を歌っていた。カーテンをくぐると天井の低い広間になっていて、中央にクリスマスの飾りつけがあり、正面の舞台のように高いところに七八人の楽士がならんでいた。うす暗いなかで二三十人が踊っている。暗いので顔はわからない。キャバレーという所はどこもかしこも暗く造ってある。客はその暗がりにかくれて無言の慾情をたのしむものらしい。

白服のボーイが彼等を片隅のテーブルに案内した。するとたちまち、裾の長いドレスを着た二人の女が暗い中を影のように音もなくちかづいて来て、彼等のテーブルに坐った。そういう仕掛けになっているらしい。女はいずれも肩を剝き出しにして、肌ぬぎに近い恰好をしている。

寒そうに見えるが、寒くもないらしい。あたりが暗いので、女の肩の肉がしらじらとして、却ってなまなましい。

法介はここへ来ると、急に堂々たる紳士の態度になった。上等のコニャックを註文し、上等の外国煙草を持って来させた。背の高い方の女は彼と馴染みらしく、小さな声でしきりと内証ばなしを仕掛けるが、法介は半ば無関心な様子で漠然とあたりを眺めている。タキシードを着たマネージャらしい中年の男がわざわざ曾我法介のところへ挨拶にやって来たが、法介は鼻の先であしらうような受け答えをしていた。

「いかがですか、これは。今日から入れましたタンゴ・バンドですが……」

「ああそう。ふん、良いじゃないか。この前のはどうしたんだ」

「欠員が出来ましてね、どうも揃わないもんですから、昨日かぎりでやめました」

「なるほど。……このあとがジャズ・バンドだね」

「さようです」

「能代敬は来ているかね」

「は、参っていると思います。御用でしたら、呼びましょうか」

法介は西村の方にからだを傾けて、

「どうしますか。ここで会いますか」と言った。

「さあ、……ここで会っても仕様がないね。僕は一度うちへ来て貰おうかと思うんだ」

法介はうなずいて、便箋とペンと封筒とを持って来てくれるようにと言った。マネージャは身をひるがえして暗がりに消えた。やがて白服のボーイが頼んだものを持って来て、うやうやしく差し出す。曾我法介はここでは、保険会社の平社員ではなくて、曾我製薬株式会社社長の御令息であるらしかった。

さて、西村耕太郎はさっきまでの、ユカちゃんにうつつを抜かしていた好色な中老人ではなくて、今からは理枝の父であった。能代敬と対決しなくてはならない、責任ある戸主の立場である。しかしそれにしては異様な場所であった。肩の肉をあらわにした二人の娘と並んで、キャバレーのテーブルに坐っているのだ。これは理枝の父の役目をつとめるのにふさわしい場所ではない。

「どうです、踊りませんか」と法介が言う。

「僕はダンスは知らないよ」

「なるほど。青年時代はまじめだったという訳ですか」

「今だってまじめだ」

「ユカちゃんは譲りませんよ」

「それどころじゃない」と西村は言った。

しかし心のなかに何だか矛盾した感覚があった。ユカリに対する彼の感情を好色とか不まじめとか言うことは出来るが、理枝という娘だって彼の慾情の結果にほかならない。理枝の父としての責任感も心配も努力も、要するに彼自身の性生活のあと始末にほかならない。この方はまじめだが、ユカちゃんとの事件は不まじめだと断定することが出来るかどうか。

タンゴ・バンドが終って照明が青に変った。楽士たちが入れ替る。白の短い上着に赤い蝶《ちょう》ネクタイを結んだ一組が、楽譜をかかえてはいって来た。各々の持ち場に坐る。法介が上体をかたむけて来て、

「次長、あれです、右から二番目の、トランペット」と言った。

西村耕太郎はグラスを顔の前にかざしたまま、そっちを見た。そこに、探し求めていた野郎が坐っていた。ようやく正体をつかまえたのだ。憎悪は胸のなかで苦い汁のようになってどろどろしている。ところがケイという青年は満二十歳にもならない青二才とは思えないような男だった。立った時にはすらりとのびやかな姿をしていて、五尺七寸もありそうだった。面長な顔は分別くさく老けている。貧しさに鍛えられたためかも知れない。肩幅があって、一見なかなか堂々としていて、相当の美男子でさえもある。そのことが西村は一層腹立たしかった。腹が立つと同時に、これは強敵だという気がした。理枝の馬鹿が、あの男の顔つきやスタイルに迷わされているに違いない。あいつはあいつで、あのスマートな姿態を武器にして年上の理枝

を巧みにたぶらかしたのだ。腹は立つが、どうせ一人と一人とで対決すれば、あんな若造はすぐにぼろを出すに違いないと思った。

「どうです。なかなか良い青年でしょう」と法介はにやにやしながらささやいた。ケイの横顔は姉の能代雪江によく似ていた。

「今度の日曜日の、午後一時に、僕のうちへ来るように、君から伝えてくれ」と西村は言った。決心はきまっていた。いやな仕事だが、それが親の任務だと思っていた。

音楽がはじまった。ジャズを解しない西村には何というものだか解らない。とにかく騒々しい音楽だ。雑音だらけのような気がする。ときどき楽士たちが一度に立って奇声を発する。するとケイも一緒になって奇声を発する。まるでうかれているみたいだ。どうかするとケイが一人だけ立ちあがってトランペットをぴょろぴょろと吹き鳴らす。馬鹿の限りだ。こんな大学生があるものかと西村は思った。しかし一人前にやっている所を見ると、ケイというやつは器用な男らしい。

踊り場では男女相擁《あいよう》して二十組ばかりも踊っている。べったりと抱きあった中年男と若い娘も居るし、日本髪の芸者と組みあった白髪の紳士もいる。隅の方のテーブルでは若い男が恋人の肩を抱いてひそひそ話をしている。かくの如き頽廃的な雰囲気のなかで、能代敬は毎晩トランペットを吹いているのだ。彼がどんな倫理観や恋愛観をもっているかは推して知るべしである。理枝と結婚しようなどとは飛んでもないはなしだ。断じて叩きつぶすより手はないと西村は思った。

法介は便箋に何か書いて封筒に入れた。ボーイを呼んで、あとでこれをトランペットの能代君に渡してくれと言いつける。しかし日曜日にあいつが果して訪ねて来るかどうか。卑怯な男なら口実を設けて逃げるだろう。もし訪ねて来るようなら、よほど厚顔無恥なやつに違いない。いずれにしてもケイの方は二段も三段も歩が悪い。西村は完全に有利な立場に立って、満々たる自信があった。ただ、ケイをやっつけることは簡単だが、理枝を承服させることの方が困難だと思っていた。

音楽がひと区切りつくと、今度は単調な馬鹿ばやしみたいな曲だった。西村次長はだんだん窮屈になって来た。ダンスはできないし、ケイの見ているところでダンサーと戯《たわむ》れることも出来ないし、酒を飲んで騒ぐわけにも行かない。

「僕は先に帰るぞ」と彼は言って、返事も待たずに席を立った。

「ああ、僕も帰りますよ」

「いや、君はもっと居たまえ」と言いすてて、西村はテーブルを離れた。女がひとり追いかけて来て、彼に外套を着せかけ、入口まで送ってくれた。

外へ出たとたんに、もしかしたら法介が能代敬に、西村とユカとの事をしゃべるかも知れないと思った。ケイに知られてはまずい事になる。日曜日に来させても、ケイを徹底的にやっつけることが出来なくなると彼は思った。いまのところ、さと子に知られて困るような事は何もないけれども、具体的な証拠がないというだけのことで、内心にはうしろ暗いところがいくらも有る。その事にふれると、やはり良心は痛む。自分が悪いことをやりかけているのだという意識はあるのだ。

意識はあるけれども、中止する気はない。悪い事をしているとは言うものの、それはただきと子に対して申訳ないというだけのことだ。もしかしたらユカちゃんは、西村耕太郎の生涯に於ける最後の愛人になるかも知れない。美しき愛人だ。ファウストの作者ゲエテは七十を過ぎてから十七歳の少女に結婚を申込み、それを断わられて泣いたという話だ。そういう真剣な恋愛をしてみたい。……西村はすこしばかり晩年のゲエテのような気持にひたりながら、市中を走る電車の吊革にぶらさがっていた。立ったままで眼を閉じると、ういういしいユカのおもかげが彷彿として心に浮んで来るのだった。

立場が違う時

日曜日の朝は、頭の中がからっぽになったほど暢《の》びやかな気持になる。サラリーマンだけが知っている開放感である。午前十時、妻が朝の仕事をひと通り終って、良人の傍へ来てエプロンを取り、庭の日射しをながめながら心静かに茶をいれてくれる。または茶菓子などをとり出して食べたくもないのにつまんでみる。こんな時間に家に居る良人を珍しそうに眺めて、親戚の誰彼のはなしをしたり、着物のはなしをしたりする。買物がてら散歩に行こうと良人をさそったり、近処の映画館をのぞいてみることを提案したりする。いつもは事務的な夫婦が、日曜日だけ少しばかり愛情をとりもどす。妻は朝のうちから、夕飯に何を御馳走しようかと心づもりしてみる。そして、平素は外で何をしているか解らない良人を、ともかくも許そうという気になる。良人は良人で、この古い妻をやはり大切にしようと思う。

ところがこの日は、西村は朝のうちから憂鬱だった。おそい朝食を終って新聞を読みはじめたときから、頭のなかに何かがつかえていた。十時半になるとさと子は日曜日だったから珍しく珈琲をいれて、二階の理枝をも呼んだ。理枝は降りてきて、珈琲の講釈などをしゃべりながら楽しそうに飲んでいた。

「酸味のある珈琲は駄目よ。胃が悪くなるわ。殊にお父さんみたいな酒飲みには悪いのよ。それから夜ねむれなくならないという珈琲があるけど、あれはおいしくない。香りがないのね。やっぱり寝られなくなる位のものが本当なのよ」

西村はそんなおしゃべりを聞きながら、理枝の本心はどこにあるのか、それを考えていた。午後一時にはケイがやって来るかも知れない。理枝がそれを知っているのか知らないでいるのか、西村には解らない。或いはもう彼等二人の間ではちゃんと打合せが出来ているかも知れない。近頃の恋人たちは抜け目なく計画し行動するらしいから、油断はできない。理枝が明るいおしゃべりをしているところを見ると、ケイはやって来ないのかも知れない。ケイが来ると知っていれば、理枝は心配で胸が一杯になっている筈だ。ところが父の方は気が重くて日曜日が楽しくないというのに、理枝は平然としている。大胆なのか理知的なのか鈍感なのか、見当がつかない。

さと子と西村とのあいだでは、前以てちゃんと打合せが出来ていた。敵が現われる前に腹ごしらえを済ませて置くことにきまっていた。さと子は早目に昼食の支度をして、正午には良人と娘とを食卓に呼んだ。そして三人が箸をとったところで、玄関が開く音がして、案内を乞う人の声がきこえた。さと子は眉をひそめて良人の顔を見た。

西村は黙って時計を見る。十二時十分。約束には早すぎる。彼は顔の表情だけで、さと子に行ってみるように促した。

彼女はちょっと髪に手をあてたり、着物の襟を直したりしてから茶の間を出て行った。娘の恋人に会うときの、本能的な母親の身づくろいであった。理枝は知らぬ顔をして白い蒲鉾を赤い箸でつまんでいた。

玄関には五尺八寸もあるかと思われる青年がまっ直ぐに突っ立っていた。碁盤縞《ごばんじま》のジャンパーのような物を着て、右手に大学生の角帽を持っている。

「御免ください。あの、……理枝さん、いらっしゃいましょうか」と、学生は固苦しい口調で言った。眼もとの涼しげな青年だった。

さと子は赫と頭に血がのぼるような気がした。しどろもどろの口調で、

「理枝は居りますけど、どなた様でしょうか」と言った。

「能代ですが、ちょっとここで、お目にかかりたいんです」

さと子は唇を慄わせながら茶の間へもどって来た。何を怕がっているのか彼女自身にも解らなかったに違いない。しかしとにかく、何かしら怕いのだった。押えつけた声で、

「あなた、能代さんよ」と言う。

西村は平気を装うて食事をつづけながら、

「一時の約束だ。向うで待たせて置け」と言った。

「理枝にちょっと会いたいって言ってるんですけど……」

理枝は眼を伏せたまま、親たちの方は見ずに、自分が今から何をしたらいいか、それを深く考えている風であったが、急に二本の箸をぴたりと食卓の上に置いて、立ちあがった。彼女はそのまま玄関へ出てゆく。親たちが何をする暇もなかった。

さと子は黙って食卓に坐る。しかし箸は取らない。眼を一点に据えたまま、玄関の気配に耳を澄ませている。低い話しごえ。やがて玄関の硝子格子を閉める音がきこえた。帰ったのかと思っていると、二階へあがる足音がして、それっきりひっそりとなった。二人で二階へあがったのか、ケイは帰ってしまったのか、どっちとも解らない。

さと子はそっと立って、足音を忍ぶようにして玄関へ行ったが、すぐに戻って来た。

「居るのよ」と言う。

西村は自分の心の動揺をまぎらすために食事をつづけているような気持だった。眼のまえに有るものを次々と素早く食べた。さと子は茶器をとり出し、緑茶をいれようとする。

「お茶なんかやらんでいい」と良人は短く言った。

「だって、……」

「構わん。放って置け」

さと子は心配そうな顔をして、

「おひる御飯は、すませて来たんでしょうか」と言った。

「そんな事、考える必要はない。向うの勝手だ。お前もたべてしまえよ」と言って、西村は箸を投げ出す。

まだ十二時二十二分だった。彼は次第に腹が立ってくる。理枝は上ったきりで降りて来ない。西村と会う前に、ケイは理枝と打合せをしているに違いない。二人で口を合わせて西村に対抗するつもりらしい。もしかしたら能代敬は、理枝にむかって最後の決心を要求しているのかも知れない。いずれにしても彼等が自分たちにとって有利な作戦計画を練っていることは明らかだ。西村は手を束《つか》ねて午後一時を待っている。こんな馬鹿なはなしはない。

「お前、ちょっと上へ行って……」と彼はさと子に言った。「いまから俺が会うから、降りて来るように言っておいで」

さと子は少しのあいだ首を垂れて考えていたが、決心したように立って二階へ行った。そして一分も経たずに降りて来た。

「一時のお約束だから、一時になったらお会いしたいと言ってるそうです」と言う。

生意気な野郎だ。しかし西村は文句の言いようがない。腹が立ってならないけれども、二階では若い二人が膝を突きあわせて、お互いの覚悟をたしかめあっているのだろうと考えると、ふと、理枝の心があわれに思われて来た。

それから三十分ばかりのあいだ、西村耕太郎は中途半端な気持で煙草ばかりすっていた。何のことはない、彼の方が能代敬に待たされているのだった。相手は約束の時間を厳守して午後一時に会いたいと言うのだから、筋道はまちがっていない。間違ってはいないが、まだ西村に挨拶もしないうちに、彼の家の二階へあがり込んで理枝とさし向いでしゃべっている、その事が果して正当かどうか。少くとも西村夫婦は甚だ軽く見られているような工合だ。二階では若い二人が手をとりあっているかも知れない。抱擁接吻しているかも知れない。そのあいだ親たちが階下で待たされているのだとすれば、これほど馬鹿にされた話はない。

彼は炬燵のなかからもう一度さと子を呼んだ。

「二階へ行って、理枝を呼んでおいで」

「どうするんです?」と彼女は不安な表情で良人を見た。

「用があるから呼ぶんだよ」

さと子は心配そうに階段を一つずつ登って行った。

間もなく理枝が降りて来て、唐紙のあいだから顔を出した。暢気《のんき》そうに、

「なあに?」と言う。

「飯を食べてしまったらどうだ」と父は別のことを言った。いまここで、理枝を叱ってみても

始まらない。とにかく一時までのあいだ、理枝とケイとを隔離して置きたかった。親の嫉妬かも知れない。

理枝は立ったままで、

「いま食べたくないわ。あとにします」と言った。今は胸が一杯で食べられないのかも知れない。

「お前は要するに、どういうつもりでいるんだ」と、彼は遂に問題にふれた。

するど理枝はそら呆けた顔をして、

「その事だったら、あとであの人から聞いてもらいたいわ」と言った。

「お前はどう思っているんだ」と更に追求すると、彼女は柱の上の時計を見て、

「一時四分まえだわ。もういいでしょう。呼んで来ます」と言った。

そのまま唐紙をしめて二階へあがって行く。西村は溜息をついた。この家へ能代敬を呼んだのは失敗だったかも知れない。さと子は洋風の狭い応接間に、小さいガスストーヴをつけたり、窓のカーテンを開けたり、煙草や灰皿を用意したり、果物鉢に蜜柑を入れて持って行ったり、お茶の支度をしたり、まるで第一級の客をもてなすような準備をしている。西村は炬燵から横目でそういう妻の様子を見ていた。いささか腹が立つが、さと子を叱りつけてやめさせるのも大人気ない。さと子は案外うれしがっているのかも知れないと思った。女親というものは本能

的に、娘の愛人を可愛がりたいものだというが、彼女は泣きながら、そのくせそろそろ能代敬が可愛くなりかけているのではないかという気がした。憎む気があるならば、これほど迄にする必要はあるまい。父は娘を取られそうな気がして嫉妬を感じているのに、母親は反対に娘を男に押しつけてやりたくなるものか。西村は妻に裏切られそうな不安を感じて、ますます自信がなくなって来た。

理枝がふたたび唐紙のあいだから顔を出して、

「応接間で待っているわよ」と言った。その言葉には主語が抜けている。待っているのは誰か。その人の名を、理枝は言いたくないらしい。大事にしているのだ。

西村は炬燵を出て、帯をしめ直した。それが戦闘準備だった。しかし胸のなかの片隅には何かしら恥かしい感情がむずむずしていて、ケイに会うのが面映ゆい気がした。親というものは変な仕事をしなくてはならないものだと思った。これからケイに会うことが、果して理枝の幸福のためであるのか、西村自身の身勝手であるのか、はっきりしないようなところもあった。

彼は羽織の紐を結び直しながら、応接間へ行った。なるべくならば余計な話は抜きにして、格段に大人であるところの彼自身の貫禄を示し、堂々と、且つ簡明直截《ちょくせつ》に、話をつけたいものだと思っていた。

能代敬は肱かけ椅子のうしろに立って、彼を待っていた。礼儀作法としては間違っていない。

キャバレー・モスコウで見た時とは違って、今日は学生服を着ている。西村よりは三寸も背が高く、堂々たる体格をしている。髪をばさりと二つに分けて、青二才であることに変りはないが、素朴な学生の感じだ。西村がはいって行くときちんとお辞儀をして、

「初めてお眼にかかります。能代です」と言った。

西村は礼を返さずにソファの方に坐って、

「掛け給え」と顎で椅子を示した。

ケイは膝をそろえて坐ると直ぐに、

「姉が、大変お世話になっております」と言った。

そういう行き届いた挨拶が、却って西村には腹立たしかった。

「姉さんの事はどうでも宜しい……」と彼は煙草をつけながら言った。「君はキャバレーに勤めているんだね」

「はあ。学資が足りないもんですから……」

「どの位の収入になるね?」

「今は一万二千円もらっています」

「たったそれだけか」

「はあ。アルバイトですから、仕方がないです」

それだけの会話が本論にはいる前の準備だった。西村はケイの言葉が終るか終らないうちに、油断を見すまして不意討ちをかけるような調子で、

「理枝のことは、折角だがお断りする」と言った。

「はあ……」と学生はうつ向いたままあいまいな返事をした。

「今後、一切つきあわないようにして貰いたいね」

ケイは黙っている。黙って、何を考えているのか西村には解らない。

「解ったろうね？」と彼は念を押した。「……無理解な親だと思っても宜しい。封建的だとでも、民主的でないとでも、何とでも思い給え。ただ、私の家には私の家の秩序があり、私には私の方針がある。君が君の生活方針をもっていると同じように、私には私の方針がある。折角だが、この話は今日かぎり終りにしてもらいます。……いいだろうね」

能代敬は三分ばかり身じろぎもしなかった。それを見ていると西村は次第に、この青年の持っている一種の圧力に気押されるような気がして来た。

やがて学生は顔をあげて、ぱちぱちと眼《ま》ばたきをした。それから若々しい唇にかすかな笑いをうかべた。そして吃《ども》りながら、

「もう少し、詳しく、説明して頂けないでしょうか……」と言った。

「説明なんか要らんだろう。とにかく私はお断りしているんだ。それだけでいいじゃないか。

理枝は私の娘だ。私は親として一切の保護を与え、一切の責任をもっている。理枝が君に何と言ったか知らんが、それは親として、私が改めて取り消します。それだけだ。……解ったろうね」

能代敬はまた二分ばかり黙っていた。黙っていられると西村の方がいらいらして来る。やがてケイは膝の上に両手を組みあわせたまま、

「僕の、どういう所がお気に入らないんでしょうか」と言った。

「そんな事は言いたくないね。私はなにも、君の悪口など言う必要はないんだ。ただ、今日限り手を引いてくれればそれでいいんだよ」

「はあ。……しかし僕としては、僕のどういう点が悪かったのか、それを教えて頂きませんと、あの……諦めがつかない気がするんです」

「なるほど。……それでは言うが、私は君のやっていること全部が気に入らないんだ」と西村は言った。

それが拙《まず》い言葉だった。ケイは果して、その言葉にからんで来た。

「はあ。そうですか……。しかし、僕は今日はじめて小父様にお会いしたんです」

「その通りだよ」

「僕のしていることを全面的に御存じの筈はないと思うんです。できればもう少し僕という人

間を、研究して頂きたいと思いますけど……」

「重要なことは全部知っている。これ以上君を研究なんかしなくとも宜しい」

「重要なことって言いますと……？」

西村は次第にこの青年の話に巻き込まれそうな危険を感じていた。一筋縄で行く男ではない。柔軟な態度で徐々に押し返してくるところは、気力もあり胆力もあり、それに才気もありそうだ。しかもそれが青二才である。腹は立つが、ねばねばと指に粘りついて来るようなしつこさを、振り捨てるのに骨が折れそうだった。西村は腹を据えた気持になって、

「第一に、君はまだ結婚するだけの資格を備えていない」と言った。「年齢は満二十歳にも達しないということだ。未成年者の結婚には親権者の承認が要る。君は未成年だ。それから、君はなお勉学中の身であるから、勉学に専心すべきであって、恋愛だの結婚だのという事を考えるべき立場ではない。第三に、君は目下のところ、一家のあるじとして独立するに必要な経済力をもたない。学校を卒業し経済力も出来るまで延期すべき問題だと、私は考える」

能代敬はうつ向いて黙っていた。急所を突かれて返す言葉もないのだろうと、西村は見ていた。すると相手は下を向いたままで、

「ただいまのお話ですと……」と言った。「要するにそれは、僕自身が不適格だということではなくて、時間的な問題だと思います。……つまり、第一の点は、あと三四ヵ月で成年に達し

ますから、問題はないと思います。それから、僕には親権者も後見人もありませんから、法律的には、僕の意思だけで婚約を決定することができるということになります。……その次の問題は、あと一年と三カ月ほどで卒業しますから、それまで延期すればいいという事になると思います。第三の経済力の点では、卒業後は現在よりも収入が多くなる予定ですし、新しい別の職業も考えていますから、その点は大丈夫だと信じております。つまり、あと一年あまりの後には、只いま指摘されました問題はすべて解消し得ると、僕は考えております」

西村はそれを聞いて少からず驚いた。三つ並べた悪条件を、物の見事にさらさらと捌《さば》いてしまって、能代敬は相変らずじっとうつ向いている。西村はあわてて一本の煙草をつまみ上げた。ほんの一二分の時を稼いで、そのあいだに備えを立て直さなくてはならなかった。流石に彼も五十年ちかい人生を経て来ているので、そのまま押しきられるような拙劣なことはやらなかった。

「君がそこまで言うのならば……」と彼はわざと静かな口調で言った。「……君の個人的な問題にまで触れなくてはならないね。私は君を侮辱するようなことは言わずに、この話をおしまいにしたかったが、已むを得ない。……君は配偶者の年齢という事についてあまり考えてはいないらしい。しかし私の永年の見聞から結論を出せば、妻は良人より年下の方が絶対に良い。それは当人たちの幸福のために必要な条件だ。君が理枝よりも年下だという事は、如何なる手段を以てしても変更し得ない。この事が一つ。……」

「それは僕もずい分考えました」とケイはゆっくり答えた。

「ふむ。それで?」

「それが多少の欠点であることも存じております。しかしそれは二人の努力によって補い得るものだと思います」

「年齢を補う方法はないよ。年齢というものは絶対だ。私のような、五十ちかい年になった人間には、それが何よりもよく解る。君たちにはまだ解らないんだ。だから君はやはり、もう何年か経って後に、年下の配偶者を求めるべきなんだ」

「しかし、愛情は年齢の差をも、貧富の差をも、超越します」と能代敬は珍しく青二才らしい説を吐いた。

「まあ、ここで恋愛論を闘わすことはよそう」と西村は煙草をくゆらしながら、少し落ちつきをとり戻して言った。「……それから、これは私の最も不満とする所だが、君は正式に私たちと話しあう前に、いわば不義密通のようなやり方で、理枝をさそい出して何日か行方をくらましておった。君自身には弁明の言葉もあるかも知れんが、客観的にはあのようなやり方は不届至極であって、許せない。その事は即ち、君の道徳性の欠陥を暴露したものだと私は解釈する。ちかごろはそういう無秩序なやり方が、君たちアプレ・ゲールの間でははやっているらしいが、私は自分の娘をそういう青年にやる気はないんだ。

君は多分曾我君から聞いたことと思うが、私は先日わざわざ、君の働いているところを知って置こうと思って、キャバレー・モスコウとやらへ行ってみた。そして、君が道徳的な欠陥をもっていることの原因があそこに有ったということが解ったんだ。あんな風な頽廃した、淫靡《いんび》な、猥褻な雰囲気にひたっておれば、君でなくても人間は崩れて行くにちがいない。君は好きこのんであんな場所へ出入りしている訳ではない。アルバイトであることも解っているが、そのアルバイトによって君は人格的に崩されたのではないかと私は思う。これは君の不幸だ。気の毒だとは思うが、しかし、気の毒だけれども、私の娘を君と結婚させるだけの勇気は、私にはない。だから、……この話はこれだけにして貰いたい。それから、余計な忠告をするが、同じアルバイトをするにも、君はもっと堅実な職場を選ぶ方がいいようだね」

そこまで言った時に西村は、これで言うべき事は全部言いつくしたという気がした。これ以上何か言おうとしても、言うべき材料がなかった。つまり能代敬という青年を、それ以上は知らないのだった。

しかしケイはそれだけの非難を受けて黙って引っこむような青年ではなかった。

「お言葉を返すようで、大変に失礼ですが……」と彼は吃りながら言った。「僕のなかに道徳的な欠陥があるかないかについては、僕もよく考えてみようと思います」

「そう。……それは必要なことだね」
「はあ。……しかし、僕がいままでやって来ました事は、小父様の眼から御覧になって、怪しからんという点もあったでしょうけれど、僕としては誠心誠意のつもりでした。僕は自分の愛情については、やましい所はありません。自分でどのような責任でも持つつもりでおりますし、もし許されるならば、生涯、理枝さんを愛して行けると信じております。

その僕が、キャバレーで働いているという事だけで以て、道徳的に崩れていると批判されるのは、僕としては心外な気が致します。キャバレーという所は、小父様も御承知のように、僕たちより金もあり、地位もあり、分別もある大人たちがこしらえて、金もちの大人たちが遊びに来るところです。小父様がおっしゃる通り、猥褻な頽廃的な場所です。誠実な愛情もないし、清潔な生活もない、実に嫌な所だと僕は思います。

そういう所で、そういう不潔な遊びに耽るために、彼等には酒と音楽と女とが必要なんです。僕は彼等の遊蕩の犠牲者となって、毎晩あそこで、面白くもないのにトランペットやクラリネットを吹いているのです。そうしなくては僕は生きて行けません。僕としては、生きる為の、真剣な努力です。たといその為に、小父様が申されるように、いくらか道徳的に崩れたとしましても、生きる為には致し方ないのです。

ところが、生きる為にキャバレーで働いて来たところが、キャバレーで遊蕩をするような大人たちが、生きる為にキャバレーで働いて来た青年にむかって、（お前はキャバレーで働いた為に道徳的に崩れてしまった）という非難を与えるのです。一体責任はいずれにあるのか。これは問題だと思います。世間では二言目には、アプレ・ゲールの青年は崩れていると言いますが、僕たちの眼から見れば大人たちの方がずっと崩れています。僕は毎晩、飽きるほどそれを見せつけられて来たんです。僕たちは青二才で、至らない者ですけれど、自分の人生を真剣に考えているという点については、大人たちとは比較にならないと思っております。白髪まじりの、良い年をした大人たちが、十八九の若い娘を誘惑して怪しげなホテルへ泊り込んだり、人妻が若い青年を相手にして不倫な恋をたのしんだりしておりますが、そういう大人たちに比べて、僕たちの恋愛は格段にまじめだと僕は信じております。その意味で僕は、今日の世相の中に於て、特に僕が道徳的に崩れていると非難される理由はないと思うのですが、いかがでしょうか」

西村は頭のなかがかっと火照《ほて》って来るような気がした。この青年はユカちゃんと俺との事を知っていて、わざと皮肉を言っているのに違いない。それならばいい加減に切り上げないと、藪をつついて蛇を出すことにならぬとも限らない。

彼は能代敬の顔を見ながら表情をゆるめた。抵抗が手強《てごわ》い時には妥協策を考えるべきだ。正面から突きあたるとこちらも怪我をするかも知れない。……そう考えて、急に態度を変えることが出来るところが、西村の老獪《ろうかい》さであった。永い人生のあいだに、沢山の岩角につきあたり谷にころげ落ちて、そこで体得した悧巧な柔軟さであった。

「なるほど……」と彼は言った。「君の説も、まあ、一つの理窟だろうね。私もいささか言いすぎたかも知れん。煙草は、やるかね？」

彼が煙草の箱を押し出してやると、ケイは一本つまんで静かに火をつけた。二人の対立は急に肩すかしを食わされたように、力の抜けたものになった。西村は蜜柑をむいて一つずつしゃぶりながら、

「まあ、要するに、……私は君と議論をする気はないし、いまここで急に君から確答を得ようと言っても無理だと思うから、今日はこの位にして置こうと思うが、君も私の考えは一通りわかってくれただろう。結婚ということは、出来るだけ、当人同士だけではなくて、その周囲の人たちにも迷惑のないように、あまり大きな無理のないように、そういう形でまとめられなくてはならないものなんだ。周囲の反対を押しきって結婚することは、やはり永いあいだに何かの故障が出てくる。それは避けるべきだ。少くとも周囲のすべての人たちが、喜びと祝福とを贈るような、そういう結婚を心がけるのが一番いいと思う。私たち理枝の両親は、君の希望する結婚にはどうも賛成できない。君は腹を立てるかも知れんが、私たちを悲しませたり辛い思いをさせたりしないように、君も考えてくれなくてはならんと思う。親なんかどうでも宜いというのでは困る。これは理窟ではない」と彼は言った。これ以上相手に理窟を言わせない為に、

わざとそう言ったのだった。「……これは理窟ではない、親の、自然な感情だ。親の、極めて自然な願いだ。それを君に解ってもらいたい。そして、君にも一つ充分に考えてもらいたい。今日はわざわざ来てもらって、御足労でした。今晩もおつとめは、有るのかね」

「四時から行きます」

「ああそう。じゃ、これで失敬しよう」

能代敬は黙って立ちあがった。西村は論争では明らかに負けていたようであったが、それを巧みに外らして、結末は何とかうやむやのうちに、相手を追っ払うことに成功したのだった。しかし問題はこれで終った訳ではない。一刀両断に結論を出せなかったのは残念だが、それが駄目な時には持久戦に持って行くべきだ。持久戦となれば、西村は自信があった。老年の自信というようなものだった。

彼はケイを玄関まで送って行った。ケイはきちんと不動の姿勢をとって挨拶し、固い表情をして静かに玄関を出て行った。

ふり向くと、さと子が彼のうしろに立っていた。心配な顔をしてじっと考えていた。西村は少し笑って、わざと大欠伸《おおあくび》をした。

「やれやれ。ああいう青年と議論をするのもくたびれるね。理窟をしゃべらせると一流なことを言やがる。聞えたかい？」

「きこえました」

「理枝はどうした」

「いましがた外へ出ましたよ。どこかであの人と、待ち合わせているのかしら、……」

畜生！　と西村は思った。今日一日の苦労が何の役にも立たなかったような気がした。茶の間にもどって、西村はまた炬燵にはいった。さと子は背を丸くして、そっと彼の隣に坐る。二人ともしばらく黙っていた。それからさと子は溜息をついた。

「良いわねえ、……あんなに一生懸命になって、あなたに楯突《たて》いたりして……」と言う。

「青二才だね」

「勇ましいじゃないの」

「向う見ずなんだ。恋は盲目だからね。その時はそんな気になるんだ」

「それだけでも仕合せね。若いって、良いことだわ」

西村は静かに妻をふりかえった。さと子の耳の上にはもう白髪が幾筋も光っている。若さはなくなってしまった。からだはずっと前から不妊症である。彼女の青春は遠いむかしの事だった。西村と結婚したのは、恋愛でも何でもなかった。もしかしたら彼女は、生涯に一度も恋愛らしい恋愛をしたことがなかったかも知れない。そういう不満が、図らずもいま彼女の心に火をつけたようでもあった。彼女はまた溜息をついて、

「あなたなんか、もうあんな元気、ないでしょう」と言った。

良人を侮辱するような言葉だった。彼女はいまさらながら、あの青年のような激しい情熱をもって求愛されてみたくなったらしい。彼女は理枝を羨んでいるのだ。

「元気はあっても、あんな馬鹿なことはしないね」と良人は言った。「……十九歳だからあんな事が言えるんだ」

彼の胸のなかにはユカの俤がうかんでいた。近いうちに彼女を誘惑して熱海へ行こうと思っていた。その時には、自分がまだどれだけの若い情熱をもっているかを、自分で証明してみせるつもりだった。さと子に対しては燃えあがらなくなった情熱を、ユカに対してはどれほどでも燃やすことが出来そうな気がしていた。

そういう心の中の裏切りは、彼女には解らない。

「ずいぶんまじめなのね。案外だったわ」とさと子は首をかしげて言った。「……私だって年下の人に反対は反対なんだけど、理枝が必らず不幸になるとも限らないわね。そんな気がしますよ」

「お前がそんな事を言っちゃ駄目じゃないか」

「ええ。……だけど、可愛いわよ、あのひと」

これは意外な言葉だった。西村が憎いと思うところを、さと子は可愛いと感じている。可愛いとは、怪しからぬ言葉だ。四十過ぎの家庭夫人には、あんな青二才を愛してみたい一種共通な心理があるのかも知れない。若い燕《つばめ》を愛したがる心理だ。さと子は男の子を育てた経験がない。男の子を産み、育て、可愛がりたいという事は、女の生涯の願いだ。いまとなっては果たされる望みのない願いを、彼女はせめて能代敬によって慰められたいと望んでいるのかも知れない。もしもこういう推察が当っているとすれば、これは彼女の心の最も本質的な願望であって、いい加減にごま化してしまうことは出来ないかも知れない。西村は心中ひそかに危険を感じていた。

「理枝は案外、泣いたり騒いだりしないでしょう」と彼女は言った。「あんなに落ちついていているのは却って危険だと思うわ。何だか腹を据えているのね。そんな気がしませんか?」

そう言えば、そう思われる節もあった。彼は反撥するように、

「駄目だよ、あんな者」と言い放った。ケイを可愛いと言うさと子に対して、反撥していたのかも知れなかった。

老《おい》の坂

朝のうちに生命保険部の医者をたずねてみたが、医者はまだ来ていなかった。居たところで、健康診断が目的で治療をする訳ではないから、薬も何も備えてはないが、血圧測定ぐらいはしてもらえるかと思ったのだった。新年の酒がつづいて、頭が重い。肩が凝って、首筋が固くなっている。西村耕太郎は父を脳溢血で失っていた。祖母もやはり脳溢血であったらしい。彼等の体質が遺伝されているとすれば、自分にも相当の危険があると思わなくてはならない。洗面所で鏡を見ると、左の眼がすこし充血している。脳の血圧もあがっているに違いない。夕方から麻雀大会がある予定だった。優勝者には部長賞が与えられる筈だ。どうせ夜明けまでかかってやることになるだろう。老人の健康にはよくない遊びだ。

正午になると西村は、鞄をもって会社を出た。午後二時の湘南電車までには時間がある。二時東京駅集合、麻雀大会の場所は熱海の旅館だった。春のいで湯にひたって、早咲きの梅をながめながら勝負を争うという趣向である。しかし西村はこのところ、麻雀にはあまり興味をもっていなかった。理枝の問題を何とかしなくてはならないし、彼自身の問題も、中途半端なままだった。あと四五ヵ月で満四十九歳をむかえる。来年は五十だ。人生朝露の如し。何かしら気持があわただしい。

小型のタクシーを拾って、日本橋から裏通りへはいって、薬屋の看板を目印しに、そこで降りると、例の細い露路がある。ごみ箱の横を、からだをななめにしてはいると、酒場マルテの家の裏戸がある。この日ざかりの明るさに、かかる露路に忍びこむ自分の姿が、はなはだうしろめたい。正当な用件で訪ねて来た者でないことは、一見して明らかである。この露路は酒屋やそば屋の小僧だけが通る道であって、西村のような紳士が足を踏み入れるべき所ではない。

二三度扉をたたくと、頭の上の二階の窓があいて、短いひさしの上から声がきこえた。

「だれ?」

首を直角に曲げて下から見あげると、山岸知世子が窓から下を見ていた。

「あら次長さん!」とおどろいた顔が、すぐに笑いに崩れて、

「いま開けます、ちょっとお待ちになって」と言った。

その、開けてくれるまでの一分ほどが、何とも言えないほど恥かしかった。人気《ひとけ》なき昼をえらんで、泥棒猫のように裏口から忍んで来た彼自身の心のうちが、他人にまる見えになっているような気がした。

鍵をはずす音がして、扉が内側にひらく。知世子は和服に茶羽織を引っかけた、いささかし

どけない姿で、サンダルを突っかけている。彼が何も言わないうちに、

「さあどうぞ。よくいらしたわね」と言った。

やはり心の底を見すかしていたのだ。泥棒猫が泥棒に来たことを知っている。知っていて歓迎するとすれば、彼女にもそれだけの気持はあるのかも知れない。しかし西村は、実はそれほど思い詰めて来たわけではなかった。目下のところ、彼の関心はユカちゃんだけである。しかし山岸との一刻のスリルを愉しむことも、なかなか悪くない。浮気と言われればそれまでのこと。たとい浮気が悪いと言われても、浮気が出来るあいだに浮気をして置きたい。浮気にも停年がある。先はもう永くないのだ。

一歩なかにはいると、知世子は彼の背後でふたたび扉をとざす。鍵をかける。鍵をかけた金属の音を、西村ははっきりと聞いた。彼女は隙を見せた。あるいは、それだけの覚悟のあることを示した。

「さあどうぞ。お上り下さいな」と知世子は言う。いくらか弾んだ声だ。男を迎えた時に自然にあふれて来る女の声であるかも知れない。「まだお掃除もしてないいんですよ。散らかしていますけれど……」

土間は足もとが見えないほど暗い。土間に続く店の方も暗くて、ほこり臭い空気がつめたく淀んでいる。酒場という所は昼間見るものではない。狭くて暗くて汚なくて、古びた物置きの

ように味気ない。洋酒の瓶がかすかに光っている。しなびた花が壁に引っかかっている。小窓の僅かな光線が縞になって部屋をななめに切る。その明るさすらも佗しい。こんな所で、夜ごと夜ごとに酔漢が恋を語り、恋の歌をうたっているのかと思うと、人間の恋そのものが疑われる。

暗い足もとを探って階段の下にたどりつき、彼は知世子のあとについて急な階段をあがった。彼女の素足が彼の眼のまえで動く。裾からこぼれてふくら脛《はぎ》まで見える。しらじらとした、なまな肌の白さが、いかにも女だった。かかとの上の、アキレス腱が強く張って、力がこもっていて、そこだけが味気ない。裾まわしの布はうすい臙脂色だった。

「子供は学校か？」と彼はうしろから問う。

「ええ、学校です」と答えてから、

「学校が好きなんですよ。毎日遊び呆けて、暗くならなくては帰って来ないんです」と知世子は言った。

まるで、それまでゆっくり安全な時間がありますと、彼に言ったみたいだった。座敷へはいると急いであたりを片づけ、火鉢に炭を足し、

「おこたが良いわね。さあどうぞ。でも今日は、どういう風が吹いたんでしょう。あとで颱風でも来るんじゃないですか」と言って、彼女は楽しそうに笑った。

「おひるを御馳走になりに来たんだよ」

西村は外套を着たままで、うしろから山岸の肩を抱いた。すると素直に抱かれたまま、

「おひる?」と彼女は言った。「……それだったら次長さん、予告して置いて下さらなくちゃ駄目よ。今から買い出しなんかしていられないでしょう。何もありゃしませんわ」

「なるほど……」

「何か取りましょう。おいしい物。わたしが御馳走しますわ。鰻は?……」

「いいね」

「お急ぎなの?」

「二時、東京駅」

「あら、御旅行?」

「熱海まで」

「熱海?……わたしは連れて行って下さらないの?」

「今日は駄目だよ」

「ユカちゃんが一緒ね?」

「馬鹿な。会社の連中ばかり。二十四五人。曾我君も一緒なんだ」

「どうだか解りゃしませんわ。曾我さんは近頃、すっかり次長さんと共謀《ぐる》ね」

「そうでもないね。曾我君は敵だか味方だか解らん。あいつはユカちゃんを誘惑しているらしいじゃないか」

「いいえ。それは嘘。それは絶対嘘よ」と女は言った。

「いいえ、嘘じゃないよ」

「いいえ、嘘……」

「だって、曾我君は自分でそう言ったんだ」

「次長さんに？」

「そうさ。あの子に思いこがれているんだそうだ。俺にゆずれって言ったら、腕ずくでお取りなさいと言ったよ」

知世子は声をあげて笑った。それから炬燵にはいって、蒲団の下で彼の指を握り、

「大丈夫よ西村さん」と言った。「大丈夫。わたしが保証します。曾我さんはあんな事を言ってるだけなんです」

「そうかい？……どうだかな。しかし常識から言ったって、若い者の方が勝ちだろう。俺のような中老人が柄にもなく手を出してみたって、まあ望みはないね」

「あら、気が弱いのね」

「うむ。気が弱くならざるを得ないね。俺なんかには、いろいろ経歴のある君みたいな人がち

ょうど良いらしい」

「失礼ね」と知世子は言って、炬燵のなかで彼の手をつねった。

半間の狭い床の間に手をのばして、彼女は鰻屋に電話をかけたが、受話器を置くと同時にふり向いて、

「あの子、良い子でしょう?」と言った。「本当の処女よ。わたしからも次長さんのこと、話して置きますわね。そりゃ気持のきれいな子なの。だけどお婆さんを養っていますから、お金がほしいの。沢山はなくてもいいわ。そうね。月に三四千円、五千円かな?……そのくらいはやって下さいね。もし出来たら洋服でもこさえてやって下されば上等よ。洋服がなかなか出来ないらしいの。お店でもおとなし過ぎて、あんまりお客がつかないんですよ。だから今のところ、苦しいらしいわ。ね、お願いしますわ。あの子の為にもなるし……」

西村次長は変な気持だった。ここへ来て、この女からこんな取り持ちをされようとは思っていなかった。ユカちゃんの事は何も知るまいと思って、訪ねて来たのだ。法介がみなしゃべったに違いない。しかし知世子がこんな取り持ちをするのは、彼女が身を守る手段であるかも知れない。ユカにかこつけて、彼女は西村から身をかわすつもりらしい。それならそれでもいい。

知世子は酒場へ降りて、ウイスキイと炭酸水とを取って来た。そのあいだに西村は、自分で自由になる金のことを考えていた。一カ月五千円。洋服一枚ずつ作れば三四千円。それだけの

融通はつかない。二人で会うたびに千円か二千円は要るだろう。彼は金がほしいと思った。せめて毎月一万円ぐらい、自由になる金がほしかった。一生に一度ぐらいは、(情婦)と呼ばれる女を持ってみたい。

コップのなかでウイスキイを掻きまわしながら、知世子は意味ありげな微笑をうかべて、

「次長さん、曾我さんのこと、御存じないの?」と言った。

「曾我君の、何を……」

「あのひと、ユカちゃんを本気でなにする気なんかないんですよ」

「どうして解る?」

「あら、御存じないのね。……曾我さんは、一生結婚なんか出来ないんですよ」

「どうして……」

「駄目なんですよ。解るでしょう。……無能力っていうのね。つまり、駄目なのよ、男性として」

西村は顔を長くして、驚いた表情になった。その顔を見ながら知世子は、肩をよじって恥かしそうに笑った。

「何も御存じなかったの?」と言う。

何も知らなかった。まさかと思う。しかし、そんな個人の肉体に関する重大なる秘密につい

て、この女が出鱈目を言っているとも思われない。そう言われてみれば、そうかも知れないと思われる節もある。法介は金もある。曾我製薬会社社長の次男だ。容貌もなかなか立派だ。しかし彼について色恋沙汰があったという話を聞かないし、三十にもなってまだ独身でいる。若い女の友達はすくなくないが、間違いを仕出かしたという噂もない。ユカちゃんに恋いこがれていると言いながら、その少女をわざわざ喫茶店に呼び出して西村に会わせたりしている。地下鉄線の駅の入口で待ち合わせたとき、彼のからだに影のようにまつわる暗い憂鬱なものを感じて、西村ははっとしたことがあった。もしかしたら曾我法介は、そういう癒やし難い孤独を抱いた一種のピエロであったのかも知れない。

「ですからね……」と彼女は顔をちかづけて言った。「ユカちゃんは大丈夫ですよ。あの子だって次長さん位の人に可愛がられるんだったら、損はないわ。あの子の為にもなりますよ。だけどねえ、次長さん、おいたは駄目ですよ。一カ月や二カ月で捨てたりしたら、わたし怒りますよ。本気で可愛がって頂きたいわ。それだったらわたし、どんなにでも応援します」

ウイスキイを飲みながら、西村はうんうんとうなずいていた。言われるまでもなく、あの子ならば本気になって可愛がってみたい。しかし青年時代の恋とは違うのだ。理枝と能代敬との関係ならば、お互いに無一文でも恋愛は成立する。無一文であることが、一層二人の恋を清潔にするかも知れない。家庭をもった男の四十八歳の恋愛は、そういう訳には行かない。恋愛の前に経済協定が必要なのだ。経済協定の基盤の上にのみ恋愛が成立する。だから金がほしい。せめて一ヵ月一万円の、自由になる金がほしい。たったそれだけの金の胸算用がまだ出来ていないのだった。

自宅に数十万の貯《たくわ》えはあるが、あれはさと子が握っていて手がつけられない。また、いずれは理枝の結婚費用にも使わなくてはなるまい。島田のように業界雑誌に寄稿して別途収入を得ている器用な男もいるが、文章を書くことは西村には苦手だった。さし当り正当な手段で小遣いをかせぎ出す目算は立たない。曾我法介に相談すれば多少は貸してくれるかも知れないが、それも可哀相だ。

鰻屋の出前持ちが裏口の戸をたたく。知世子は裾をみだして階段を降りて行った。彼女には何となく、上手にはぐらかされたような恰好だった。

独りきりになって、炬燵に坐ったまま、部屋の中を見まわす。ラジオ、衣裳簞笥、手提《てさげ》金庫、小簞笥、三匹の猿がうずくまった青銅の置物。あの女はどのくらい金をもっているだろうかと西村は思った。五十万や七十万は有るに違いない。簞笥の抽出しには銀行通帳、手提金庫には現金三万円ぐらいは有るだろう。白昼、酒場のマダムが絞め殺される。犯人は保険会社の火災保険部次長西村某四十八歳。若い情婦に貢ぐための金に困っての兇行。……そういう危険なところに、いつの間にか近づいている自分の恐ろしさを感じた。

鰻の重箱を持って、知世子が階段をあがってきた。楽しそうな顔をしていた。

午後二時東京駅に集合。二時十九分の熱海ゆきで出発。曾我法介は乗っていなかった。幹事にきいてみると、十一時すぎの電車で先発したということだった。

まだ松飾りのある街々を眼の下に見ながら、東京をはなれる。西村耕太郎は窓に頭をもたせかけて、眼をつぶった。酒場マルテの家で飲んできた昼酒が、とろとろと彼を眠らせる。鰻弁当をたべたあとで、肩が凝ってたまらないと言うと、知世子はうしろから肩を揉んでくれた。しかしそれだけの事だった。二人きりの秘密な場所で、炬燵にあたりながら一時間半もすごしたのに、それっきりだった。ユカについてあまりに打ちあけた話をしてしまったので、同時に山岸知世子を誘惑するわけにはゆかなくなったのだった。それがやれるほどの悪人でもないし、それほどの勇気もない。

　さて、ユカちゃんをどうしたものだろうかと、彼はまだ思い迷うていた。その気になれば成功しそうな気もする。知世子も本気で応援してくれると言っているのだ。やればやれる。やるならば、今が最後の機会だ。この機会をのがせば、もはや終生、なにごとも起りはしまい。坦々たる人生の降り坂だ。老《おい》の坂道だ。老の坂、西に去る備中《びっちゅう》の道。鞭《むち》をあげて東を指させば、敵は本能寺だ。さと子はまだ何も知らない。糟糠《そうこう》の妻を悲しませる気は毛頭ないが、男一匹、もう少し何とかやりたい事をやってから死にたい気がする。老後のしなびた思い出のなかに、けしの花のような、一点の赤い花がほしいと思うのだ。しかし、金の工面がつかない。金さえあれば躊躇なく実行にうつるのだが、その算段がつかない。だからいつまでも、老の坂の途中で、西か東かと迷うているのだった。

藤沢を過ぎて、いささか酔いもさめた頃、島田課長が彼のとなりの席へきて、まじめな顔で、「次長、ゆうべ、行きましたよ」と言った。

「どこ？」

「例のところです。素晴しいモデルが来ました」

「ふむ。この前のより良いのかい」と西村は問うてみた。この前のモデルはユカちゃんだった。

「比べものにならんです。ヴォリュームがあって、バランスが良くて、日本人ばなれしています。当分続けて来るそうですから、来週あたり、どうです」と島田は言う。

実は、ユカのヌード写真を、西村は鞄のなかに持っていた。どこの世界にどれほど美しい女が居ようとも、いまは彼の気持は動かなかった。ユカの幻だけが彼の心を充たしていた。あの可憐さ、あの清純なおさなさ。舌足らずのような言葉つき。少女的な感傷。何もかもが、彼にとっては貴重な宝だった。胸が燃える。（あの子の為にもなります）と、マルテの家のマダムが言った。やればやれる。ただ、金の工面がつかないのだ。

熱海では、海岸通りにある大きな旅館に部屋をとってあった。一行が貸切りバスに乗って玄関につくと、先乗りした曾我法介ともう一人の社員は、もう丹前姿になって、ふところ手をして玄関に出むかえた。

「次長、どうです、勝てそうですか」

廊下を奥へはいりながら、法介はひやかすような言い方をする。

「駄目だね。今日は昼酒をのんで、少しくたびれているんだよ」

「昼酒ですか。相手は誰です?」

「相手なんかないよ」

「マルテのマダムじゃないですか」

西村はそれを聞くと悚然《しょうぜん》となった。法介という男はまるでスパイみたいだと思った。ところが法介はさらりと話題を変えて、

「麻雀に必らず勝てる薬を注射してあげましょうか」と言った。

「そんな薬があるのかい」

「有りますよ。よく利きます」

「何だ、中身は……」

「ヒロポンみたいなもんです」

「君はヒロポンまでやるのかい」

「いや、もっと上等なものです。中毒症状や禁断症状なんか絶対にないです。僕の会社が発明したんです」

「まあやめて置こう」と次長は言った。だんだん法介という男が怕くなったのだった。

「そうですか。ところで、夜はひとつ近処へ出かけてみませんか」

「どこへ行くんだ」

「この前の、かね千代にでも会いに行きましょう」

「負けたら行ってもいいね」

「どうせ負けますよ」と法介は冷淡に言った。「次長が優勝したりしてはいけません。いつもは下積みになっている平社員に優勝させてやるものです」

「なるほど。それもよかろう」

西村のためには別の部屋が一つ取ってあった。法介は海の見える廊下の椅子に腰をかけて、

「すぐ風呂へ行って下さい。五時から六時まで宴会、六時から大会という順序です」と言う。

次長は丹前に着かえる。女中が茶を持ってくる。海はもう陽がかげっていた。

「ところで例の松東ホテルの件ですが、あれはやはり放火ですね」

「ふむ、そうかい」

「保険金はもう近いうちに払うらしいですがね。警察の方は失火だって言うんですよ」

「それじゃあ失火だろう」

次長は机に坐って茶菓子をつまむ。放火であろうが失火であろうが、自分の係りではない。

「あの火事のまえ、約一カ月にわたって、松東ホテルの主人が眼ぼしい書画や骨董類を、山手にある自分の本宅の方へはこんだという事実があるんです。面白いでしょう」

「探偵小説だね」

「松東ホテルの板前をしていた男がそう言うんだから、間違いないです。それから火災保険の契約書はちゃんと焼けないで本宅にしまってあった。これは人間の弱点ですね。証書を焼いたら金が取れないと思うんですよ。放火するやつはきっと証書だけは持ち出していますね」

「風呂へ行ってくる」と次長は立ちあがった。

扇の形にタイルで囲んだ小さい家族風呂に、西村はひとりきりで身を沈めた。眼を閉じて、肌にしみる湯の温度をたのしむ。何となく、自分自身をしずかに省みるような時間であった。理枝はどうしているだろうか。ユカちゃんは何をしているだろうか。あれもこれも思うようにならない。身辺、何かしらあわただしい。贅肉のついた胸。脂肪が腹にたまってぶくぶくしている。恥毛のなかに銀色の幾筋がまざっている。停年まで、あといくらもない。

湯のなかでからだを洗いながら、この前の慰安旅行のときは島田と二人で風呂へはいったことを思いだした。松東ホテルの風呂だった。あのホテルの火事は放火だと法介は言う。たしかな証拠もあるらしい。しかし警察は失火だと言い、会社は保険金を払うつもりらしい。

変なはなしだ。そのままにして置いていいのだろうか。松東ホテルの主人はみすみす二千万円の現金をつかむ。変なはなしだ。もしも曾我法介が放火の証拠をならべ立てて、ホテルの主人を脅迫したらどうなるだろう。西村自身が法介と結託して主人を脅迫したらどうなるだろう。そういう事は世間では少くない。口止め料として一割、二百万円。二人で山分けして百万円ずつ。……そういう事は世間でよく聞く話だ。しかし今は、近づかない方が無事であろう。金はほしい。金さえあれば、あの清純な処女を可愛がってやることができる。男と生れて、そのくらいの事はしてみたい。しきりに誘惑を感ずる。しかし彼は他人を恐喝したり強請《ゆす》ったりするだけの度胸はなかった。四十八年の人生を無事に生きて来た、平凡な、小心な男だった。

風呂からあがって部屋にもどると、宴会場から催促の電話がかかって来た。連中は早く飯をすませて早く勝負にとりかかろうと、わくわくしているのだった。

簡単な宴会。酒もあまり飲まないで直ぐ飯になる。幹事が第一回戦の組合せを発表する。若い連中は箸をなげ出すとすぐに、丹前のふところに煙草とマッチを押しこんで、別室の会場へ立って行く。

麻雀という遊びは不思議なものだった。いつも会社の事務室で見ている時とはまるで違った性格があらわれてくる。西村次長の眼から見ると、平素は何の取り柄もない平凡な社員が、おどろくべき大胆率直な勝負をしたり、事務をやらせると明快にかたづけて行く有能な社員が、牌を前にすると狐疑逡巡《こぎしゅんじゅん》する姿を見せたりする。島田課長は意外にもおおらかな、勝負にこだわらない淡々たるやり方をするが、曾我法介は神経質になり、むやみと煙草をすい、ひとことも物を言わなくなる。

西村は二回つづけて負けて、失格した。まだ九時まえであったが、部屋にもどって按摩をたのみ、固くなった首筋を揉んでもらった。按摩は中年の男で、黒い眼鏡をかけていた。

「この前、僕は松東ホテルへ泊ったんだが……」と西村は揉まれながら言った。「あれは焼けたそうだね」

「はい。先月の十六日でござんしたかな」

「放火だという説もあるようだね」

「そんな噂もございますすな」

「本当はどうなんだ」

「警察では漏電ということになったそうですが、物置きから火が出たのに、そこには電線は曳いてなかったというんですね」

「すると、やっぱり放火かね」

「それがどうもはっきりしないらしいですな。隣が新玉川という芸者の置屋ですが、そこの軒から火が出て松東ホテルへ移ったという人もあるし、物置きから火が出て新玉川の軒にうつったという人もあるんですよ。新玉川は軒から天井裏をすこし焼いたばかりなんです。松東ホテルの物置きは漬物小舎《つけものごや》ですから、火の気はなかったそうですな」と按摩はなかなか詳しい。

「松東ホテルは左前になっていたのかね」

「そりゃもう、五六年まえから苦しかったんですが、借金をして建て増しをしましてね。それでどしどし団体客を取るつもりだったのが、案外うまく行かなかったようですな」

「誰かに恨まれるような筋はなかったのかい」

「有ったかも知れませんね。あそこの主人ももう年寄りですが、四五年前までは女道楽のはげしかった人だそうですよ。道楽者のくせにけちですから、そりゃ女の恨みぐらい有るでしょうな」

按摩は黒眼鏡の下で笑った。眼の見えない男の笑い顔は、顔と眼との表情がちぐはぐになっていて、うす気味わるかった。

そのとき唐紙の外から声がきこえて、曾我法介がはいって来た。

「次長、僕も負けました。出かけましょう」と言う。

ふり向いてみると、法介はちゃんと洋服に着かえて外套まで着ていた。決して丹前のままでは街へ出ない男だった。外へ出る時はいつも完全な紳士の姿をしていなくては気がすまないらしい。育ちが良いからか、神経質であるためか、それとも他人に隙を見せまいとするのか、いずれとも解らない。もしもあのマルテのマダムの説が本当だとすれば、もっと深刻な心理がはたらいていたのかも知れない。男性的能力の欠如した男は、自分の欠陥を他人に気づかれまいとして、常に身づくろいを正しく、鬚を剃り、髪に油をつける。要するに自分が他人の眼からどんな風に見られるかを、常に意識している。自分の肉体を意識している。……そう思ってみれば法介という男も、いささか悲劇的である。しかしこの紳士が、身辺にたくさんの女友達をもっておりながら、その女を腕のなかに抱いた時に、まるきり男でないということは、いかにも滑稽だった。そのことに西村は、ひそかな優越を感じた。年は十七八も上だけれども、俺はまだまだ大丈夫だと自惚《うぬぼ》れていた。

按摩を途中やめにして、西村耕太郎は丹前の上に帯をしめ直した。その上から外套を羽織る。財布をふところに押しこむ。靴下をはく。

「このあいだはどうでした」と法介は火鉢によりかかった姿勢で言った。

「何のはなしだ」

「能代敬には手を焼いたでしょう」

「なに、それ程のこともない。青二才だよ」と次長は言った。

「しかし思ったより良い青年でしょう」

「道徳的に崩れているね。キャバレーなんかに勤めていると、人間が崩れてしまうんだ」

「じゃあ、次長は反対ですか」

「もちろんさ」

「困ったな」

「君が困ることはないだろう」

勝ち残った連中は、だんだん真剣な顔になって、なおも麻雀をつづけている。二人は足音を忍ぶようにして、宿の玄関から夜の街にのがれ出た。

海の夜風が絶えず大通りを吹きぬけて行くので、素枯れた松飾りがかさかさとさびしい音を立てる。西村は靴下のまま宿の下駄を曳きずって歩く。法介は肩をそびやかし、頭のうえに輝くオリオン星座をながめながら、

「かね千代に会いに行きましょう」と言った。

「会えば何か良いはなしでも有るのかい」

「そんなにがつがつするもんじゃありません。道楽に無駄はつきものです。骨董あさりをすれば偽物《にせもの》をつかまされることもあるでしょうし、釣道楽には釣れない日もありますよ。色恋沙汰はもちろんのこと、百日かよってもものにならない女もあれば、向うから引っかかって来る美人

もあります。果報は寝て待てというじゃないですか」

「寝て待つわけには行かないね。命の方が続かないよ」

「命の脈の切れる頃には、道楽ごころも収まるでしょう。ここから曲って行きましょうか」

「道が違うぞ」

「いえ、ここからでも行かれます」

細い露路にはいって、すし屋や駄菓子屋の前を過ぎて行く。見覚えのある町だと西村が気がついた時には、大きな狸の前に二人は立っていた。例の、魔女のような、義眼を入れた女の居た、おでん屋の格子の前だった。能代雪江の母親だという、あの妖しげな女の店だ。硝子格子のなかには水色の蛍光燈がついていて、水底のように冷たく青ざめている。

その格子に短いすだれが下っていて、一枚の紙が貼ってある。黒枠がついていて、(忌中)とたった二字、四角な文字が書いてあった。瀬戸ものの等身大の狸は、相変らず通帳をもち徳利をぶら下げて、半ば口をあけて立っている。その半ば開いた尖った口が、悲しみの呻きを洩らしているようだった。頭の中に赤い小さな電球がともっていて、狸の眼が泣き腫らしたように赤くぬれていた。

「あの婆さんが死んだのかな」と西村がささやくと、曾我法介は黙って彼の袖を引いた。

店の前をすこしはなれてから、

「どうしたんだ」

「おかしいですな」

「何がおかしい」

「あいつが死ぬ筈はない」

「何を言ってるんだ」

「松東ホテルはやはり放火です」

「それとこれと、関係があるのか」

「臭いですね。放火でなければ死ぬ筈はない」

「俺にはちっとも解らん」

「かね千代に聞けば解るでしょう」

「かね千代も関係があるのか」

「松東ホテルの客引きをしていた番頭が、かね千代の男でしたからね」

西村次長は溜息をついた。何が何だかちっとも解らない。そういう厄介な人間関係を探って行って、放火であるか否かを確めたり、犯罪を摘発したりするような仕事は、彼の性分には合わないことだった。会社が保険金を払おうが払うまいが、彼の知ったことではない。係りが違うのだ。余計な詮索《せんさく》をして人に怨まれるような役割りをつとめることも、嫌だった。漏電は漏電でいいではないか。……

海べりの、細い川の岸に、危なげな屋台の店を組み立てて、その中にほのかな灯をともし、油障子に墨くろぐろと、（焼鳥）と書いてある。かね千代の貧しいなりわいの店だった。低い軒から下げた赤い提灯が、おいでおいでをするように、ななめになって揺れていた。

正月の松の内であったから、かね千代はきちんと髪にパーマネントをして、うす化粧までしていた。すると芸者であった時代の冴えた美しさがもどって来たように見えた。彼女は二人のために酒をあたため、焼鳥を焼く。葱のこげるにおい。立ちのぼる脂のけむり。足もとから海風が吹きこむ。間口六尺、奥行き九尺ほどの屋台店は、風が吹くたびにがたがたと傾くようだった。

「この向うの（潮）というおでん屋は、誰が死んだんだ」

法介は豚の心臓をたべながら問うた。

「おばさんですよ」

「ああ、やっぱりそうか」

「自殺だそうですね」

「本当か？」

「お酒のなかに毒を入れて……」

「いや、そんな筈はない。他殺だろう」

「まさか」

「あの女は白竜館のおやじと何か有ったそうじゃないか」

「ずっと前のことでしょう。若い頃はきれいだったそうですからね」

「白竜館の白井というやつは、評判はどうなんだ」

かね千代は苦い笑い方をして、

「大きな声をなさらない方がいいわ」と言った。

「そうか。ふむ。そうだろうと思った。……ところでかね千代さん、松東ホテルは本当に漏電かい？　何だかいろいろな噂があるそうじゃないか」

女は二人の前に新しい徳利を置きながら、ひそひそ声で言った。

「松東ホテルのね、奥さんの弟がね、警察に居るんですよ。だからそんな事、どうにでも出来るんじゃないんですか」

「ふむ、そうか。警察の何をしているんだ」

「知りませんけど、偉いところらしいわ」

「どうです次長」と法介がふり向いて笑った。「……これは強請りの種になりますね。二割は取れます。四百万。ちょっとした仕事です」

「俺は興味ないよ」と西村は言った。

酒がようやく廻って来て、からだが暖かくなってきた。曾我法介の調査によると、昭和火災熱海代理店の白竜館と松東ホテルとが結託して、それに死んだ「潮」の魔女もからんで、みんなで保険金詐取をたくらみ、警察にいるホテルの女房の弟までが踊らされて、放火を漏電にしてしまったという風な事らしい。いやな話だ。彼にはそういう悪党の群に足を踏みこんで、金を強請り奪《と》るなどという度胸はない。

「興味がないですか」

「興味はないね」

「しかし、金がほしいでしょう」と法介は匕首《あいくち》を突き刺すような言い方をした。

「金は、ほしいさ」

「ほしい時には手段を選ばず、やってみることですな。金があれば人生に於ける不可能の、九十五パーセントまでは可能になります。病気も治せる、若さも取り戻せる、不幸を幸福に変えることも出来る。金さえあれば禿げ頭だって治るかも知れない。とにかく先ず第一に金を握ることですね。(埴生《はにゆう》の宿もわが宿、玉の装《よそ》い羨《うらや》まじ)……あれは嘘です。あらゆる人生の不可能に取り巻かれて、その中で俺は幸福だなんて言ったって、痩せ我慢にすぎないです。不幸に二種類あるということ、御存じですか」

「知らんね」

「人生には本質的な不幸と怠惰による不幸と、二種類あると思いませんか」法介は例によって怪弁をふるいはじめた。「……言いかえれば金で片付けられる不幸と、金では解決のつかない不幸とですな」

「俺の不幸は五十ちかい年になったという事だ。俺はもう一度三十歳に戻りたいね。二十万円ぐらいで三十歳に戻れる方法はないか」

「二十万円で二十年分。……一年とり戻すのに一万円は安いですな」

「安すぎるか」

「三十歳に戻って、恋をする気ですか」

「勿論だ。結婚なんか絶対にしない。恋愛だけを楽しむ」

「相手がユカちゃんなら結婚してもいいでしょう」

「あの子は望みがない」

「どうしてですか」

「君が眼ざわりでいけない」

「僕は邪魔なんかしませんよ。腕ずくでお取りなさいと言っただけです」

「あの子の事を考えていると胸の中が熱くなるんだ」と西村は溜息のように言った。「……夜中に眼がさめて、あの子のことを思い出すと、自分の歳も忘れて、心がわくわくするよ。不潔な気持ではないんだ。美しきものを愛したいという慾望は、恥ずべきことではあるまいと思うが、どうだ?……あんな清純な娘は初めてだ。俺の短くもない人生において、あんなに清らかな女性ははじめて見た。俺は何かしら人間を超越した美しさを感ずる。犯すべからざる崇高な美を感ずる。この気持は純粋だよ。あの子にめぐり会ったことによって、俺の気持まで純粋になったようだ」

「誤解という事はしばしばあります」と法介は冷静に言った。

「何が誤解だ。変なことを言うね」

「誤解が人間に幸福をもたらすことも有るらしいです。そもそも恋愛というものが、誤解を元にして成立しているんですからね。お宅の理枝さんにしろ、能代敬にしろ。……」

「俺が何を誤解していると言うんだ」

「ユカちゃんの事ですがね。あなたがやがて真実を知った時に、どれほど大きな絶望を感ずるか、それが今から恐ろしいです」

「嫌な男だな。思わせぶりなことを言っていないで、本当のことをしゃべったらどうだ。俺は絶望なんかしないよ」

「ファウストの中にこんな言葉がありましたね。

あれで、いろんな人の手に渡つた宝ですよ。金箔《きんぱく》もだいぶ剝《は》げてゐます。……

あなたも五十年ちかい人生をわたって来て、女という女が悉《ことごと》くまやかし者だという事は御存じでしょう。ユカは女です。単なる女に過ぎません。天女でもなければ女神でもない。女の肉体をもった地上の女です。しかもあれだけ美しい。フランスの詩人がいみじくも言っております。(美しき姿は天の呪いである)……ユカは呪いを受けた一人の女です。汚れに取りまかれて生きて来た貧しい女です。汚れはどこからでも滲み込んで行きます。着物のひだの間から、靴の爪先から、食べもの飲み物から、そして彼女の眼から、耳から……」

「君の言うことは抽象的だ。もっと具体的に言ってみろ。彼女がどんな悪いことをしたと言うのだ。いつ、どこで、何をしたんだ」

法介は悠然とコップを取って、熱い酒をひとくち飲んだ。西村の抗議を無視したかたちで、かね千代の顔を見ながら独りごとのようにしゃべる。

「僕は前に、十九になる娘を知っていましたがね。ユカちゃんよりももっと美人で、やはり酒場で働いていました。よく似ているが、ユカではありません。それに大学生の愛人があったんです。法科の生徒でしたが、その子が学生に向って、こう言うんです。(あなたは一生懸命に勉強して、早く弁護士になって下さい。それまでは私が養ってあげるわ。大丈夫よ。その代りあなたが弁護士になったら、私は弁護士さんの奥さんだから、ちっとも損じゃないわ）……三年男を養えば、三十年養ってもらえるというんです。大した恩給じゃありませんか」

「それとユカと何の関係があるんだ」

「何にも関係はありません」

西村は次第にむかむかして来た。彼は不意に、

「君は三十にもなって、なぜ結婚しないんだ」と言った。

この捕えどころのないような男を、徹底的に押えつけて、泥を吐かせてみたかった。マルテのマダムが教えてくれたあの事が、果して本当かどうか確めてみたい気もあった。

法介は端正な顔を少しも崩さずに、

「独身の男に嫉妬を感じますか」と言った。

「余計な事を言うな。なぜ結婚しないんだ」

「あなたのお説を伺っていると、だんだん結婚がいやになります」

「嘘をつけ。結婚したくても出来ないんじゃないか」

「結婚したいという気持がないんです。女は猫みたいなものです。嘘つきで、可愛らしくて、獰猛《どうもう》で、甘ったれで、猫かぶりです。冷静な男なら誰だって、猫と結婚する気はおこらないでしょう。ところが世間の男という男は、みんな猫と結婚して、引っ掻かれたり甜《な》められたり、

甘えられたり瞞《だま》されたりしているんです。ユカちゃんだって猫ですよ。せいぜい可愛がってやりなさい」

「君が可愛がってやったらいいじゃないか」

「僕は願い下げです」

「なぜだ。君の言うことは少しおかしいぞ。君は良人になる資格がないのか。男性的能力を持たないんじゃないのか」

「そういう男を知っていますがね」と法介はどこまでも冷やかに答えた。「……神経質なやつでした。眠いと言っては薬をのみ、疲れたと言っては薬を飲み、ズルフォン剤だの強精剤だの、肝臓の薬だの脳の薬だの、飲んで飲んで飲みまくって、揚句の果てに、ちかごろの新薬の複雑怪奇な中毒をおこして、男性的能力を喪失してしまったんです。おかしな事もあるもんです」

その男というのが即ち曾我法介に違いないと、西村は思った。他人にかこつけて、とうとう白状したらしい。西村はようやく法介に復讐してやったような気がした。すると相手は煙草のけむりを吐きながら、

「しかしそいつは、薬をやめてから半歳ぐらいで、すっかり治りましたがね」と言った。

西村は酒を一息に飲み干して、立ちあがった。この男と話をしていると、だんだん頭がおかしくなって来る。

「勘定をしてくれ。帰る」

するとかね千代が声に出して笑った。綺麗な笑顔が、却って西村には腹立たしかった。

宿までの夜更けの道を、彼は下駄を鳴らしながらとっとと歩いた。法介はついて来ない。勝手にしろと彼は思った。今夜の法介は事毎に意地わるくからんで来た。嫌なやつだ。ユカは散々人手に渡った宝物で、もう金箔がはげていると言った。そんな筈はない。あいつは俺に嫉妬しているのだと思った。ユカがあいつの言うことを聞かないから、逆に彼女にけちをつけたに違いないのだ。

けちをつけたというのは、法介が敗北を意識したからだ。勝てないから悪口を言ったのだ。イソップの中にある、手の届かない葡萄は酸っぱいという、あの理窟だ。そうとすれば、勝ちは自分の方にあるのかも知れない、と西村は思った。ユカちゃんは俺のものだ。あの清純極まりない少女、地上の汚れを知らない天使のような乙女。彼女と話をしていると、こちらの気持までも純化される。却って彼女のそばに近づくのが怖いくらいだ。

あの赤い唇や頰のかゞやきを、
おれは生涯忘れることが出来まい。

あの伏目になつた様子が、
おれの胸に刻み込まれてしまつた。……

溜息が出る。胸になにかがつかえたようで、息苦しい。この年で、俺はまだこんな恋が出来るのか、と彼は思った。終生の思い出に、この恋を遂げてみたい。そのほかに望みはない。命が十年ぐらい短くなっても惜しくはないと思った。

宿に帰ってみると、麻雀大会はまだ続いていた。準々決勝の最中だという。握り飯や果物をとり寄せて、今夜は夜通しやるつもりらしい。

西村はひとりで自分の部屋に帰って、寝る前の薬を飲んだ。ビタミンと肝臓の薬。それから肩の凝ったところに膏薬《こうやく》を貼って、つめたい寝牀にはいる。

眼を閉じるとユカの俤がうかぶ。心がいら立つ。毎月五千円ぐらいの手当をやって下さいと、マルテのマダムが言った。それから洋服代がいる。二人で会う時の小遣いが要る。金さえ有れば何とかなりそうだ。西村は金がほしかった。写真機を売ろうか。さと子に知られては困る。どうしていいか解らない。三四千円ならば毎月使えるが、それ以上は算段がつかない。彼はまるで青年のように身もだえして思い悩んでいた。それから枕もとの灯をつけて、そっと起きあがった。

違い棚の上に彼の鞄がある。鞄の奥をさぐって茶色の大型封筒をとり出し、それを持って寝牀にもどる。腹這いになって封筒のなかから写真をとり出した。ユカちゃんをモデルにしたヌード写真である。ほの暗い灯の下で、一枚一枚、丹念に眺める。しらじらとした、若い、みずみずしい女の裸形。純化された筈の彼の心のなかに、人間の慾情があふれて来る。所詮は男の慾情に過ぎないのだった。美しきものを独占したい本能、破壊したい本能だった。さと子には済まないと思う。しかしこれが最後だ。俺の人生は、ただこの一つの恋によって意義を得るのだと思った。何かに祈るような、許しを乞うような気持だった。理枝も許そう、能代敬も許そう。だから俺も許してくれ。……

枕もとの灯を消して、沢山の写真を入れた封筒を胸に抱いて、彼はふたたび眼を閉じた。そしてユカちゃんを抱いている実感を幻想した。保険会社の次長でもなく、さと子の良人でもなく、理枝の父でもない、そして四十八歳という年齢をも超越した、孤独な宙ぶらりんな気持だった。自分が何かしら悲しくて、眼尻から涙がながれていた。

苦境に立つ

夕飯まえに西村は自宅に帰った。さと子が玄関に出むかえてくれた。彼は熱海みやげのかます、の干物のはいった平たい籠を、さと子の顔の前にぶら下げて見せた。彼女は土産などには眼もくれないという表情で、

「あなた、大変な事になりましたの」と言った。

「何だい」

「理枝がまた、帰って来ないんです。ゆうべから……」

「あいつと一緒か」と彼は言った。

「もちろんですわ。さっき手紙が来たんですけど、変な所へ行っているんですよ。大丈夫でしょうか」と彼女は言う。

大丈夫な筈はない。男と一緒にどこかへ行ったまま幾日も帰って来ないとすれば、若い娘にとってこれ以上の事件はないのだ。

「どこへ行っているんだ」

「封筒には茨城県大洗《おおあらい》海岸と書いてあるんですけど、大洗海岸って何ですか」

西村は茶の間へはいりながら、

「磯で名所は大洗さまだから、漁師まちだろう。何でそんなところへ行ったのかね」と言った。

炬燵の板の上にその手紙が置いてあった。彼は立ったままで手にとって見る。白い洋封筒に理枝の字で、大洗海岸、浜旅館内と書いてある。この前のときは行先を知らせずに行方不明になった。今度は行先を知らせて来た。知らせて来たからには何かを覚悟しているに違いない。

今度の方が却ってたちが悪いのだ。

理枝は幼稚な字を書く。字が乱れているのは心が乱れているからであろうか。父上様、母上様、勝手なことをして申訳ありません。私の事を、よほどひどい不良になったと思われるかも知れませんけれど、私は真面目ですと書いてあった。まじめにもいろいろ有る。理枝は主観的にはまじめなのかも知れない。しかし客観的にもまじめだとは言えない。誰の眼から見ても怪しからぬ事をしておいて、私はまじめだと言っても世間には通らない。

父として、西村はやはり腹が立つ。しかし省みれば彼自身もまた、誰の眼から見ても怪しからぬ事をやりかけているのだった。しかも自分では真面目であった。冗談や道楽でユカちゃんを愛しているのではない。理枝を叱るためにはユカを諦めなくてはならない。彼は心理的な矛盾を感じた。苦しい気持だった。理枝のやっていることが、父に対するつらあてか復讐であるような気がした。

「もう駄目かも知れませんわね」

さと子は良人と並んで立って、手紙をのぞき込みながら、溜息と一緒にそう言った。

父は手紙の先を読む。……私は或る理由で、しばらくここに居ようと思っています。能代さんは私より年下であることは解っていますけれど、私の今日までの短い人生では、彼以上に優れた青年に会ったことは有りませんでした。私は彼を知った事を本当に仕合せだったと思っています。私はどんな事があっても、彼を諦めることはできません。私は彼と共に、私の人生を築いてみようと決心しております。……

歯が浮くような台詞だ。そういう台詞を、理枝は一生懸命に冷静になったつもりで書いているらしい。不意にさと子が喉を鳴らしながら、両手で頬を押えた。指のあいだから涙がしたたり落ちる。泣いてみたって仕方がない。しかし泣いている母親は憐れだった。この母の悲しみを、理枝は知らない。理枝は恋愛の幸福に酔っているに違いない。親不孝な娘だ。

さと子は鼻の詰った声で、

「明日でもあなた、行ってみて下さいません?」と言った。「……お金だって、持ってないと思うんですよ」

「うむ……」

「お金がないと、またどんな間違いを起さないとも限らないでしょう」

「うむ……」

「叱ってみても、もう駄目かも知れませんわね」

「うむ……」

「どうしたらいいんですの?」

どうしていいかが解っているくらいなら、西村も心配はしない。とにかく生れて初めて、こういう経験にぶつかったところなのだ。処置を誤れば娘ひとりを台なしにしてしまうだろう。

さと子は困った時には、(どうしたらいいんでしょう)と言って、責任を良人になすりつける。男はそんな事を言ってはいられない。どうにか処置をつけなくてはならないのだ。

晩飯は喉に通らなかった。西村は何度もくり返して理枝の手紙をながめながら、彼女の心の底にあるものを読み取ろうとつとめていた。理枝が自分ひとりで大洗などという所を選ぶ筈はない。彼女の行動を支配しているのは能代敬だ。先日あの青年を呼んで来て強硬な拒絶を申し渡したのが、藪蛇になったのかも知れない。あの男が知恵をしぼって、巧みに西村たちの先手を打ち、非常手段に訴えて、一気に問題を解決しようと企んだ芝居ではあるまいか。もしそうだとすれば、憎むべき人物は能代敬だ。

しかし、憎んでみてももう手遅れかも知れない。相手は着々と既成事実を造り、実績をかせいでいる。理枝の感情を完全に自分の手に握り、貞操をうばい、さらに彼女を誘拐して彼自身の監督下に置いてしまった。西村耕太郎がケイに対抗し得る手段はたった一つ、自分が理枝の親だという事実を振りまわす事より他にはない。ところが民主主義立法以来わが国に於ては、親であるという事に何等の特権をも認められてはいないのだ。成年に達した娘は自分の意思のみによって配偶者をえらぶことが出来る。万事休す。法律がこういう風になってしまったからには、親などというものは馬鹿みたいなものだ。生れた時から散々苦労して育てあげ、蝶《ちょう》よ花よ、寒い風にもあてないようにして、病気もさせまい、怪我もさせまい、学校へやって勉強させ、料理を教え茶の湯生け花を教え、美しい心を傷つけないように、優しい情操をはぐくむように、ありとあらゆる事に心を配り、愛情をかたむけて来た、その揚句のはてに、娘はどこの馬の骨だか解りもしない青二才に掠奪され、親はその野郎に文句ひとつ言うことも出来ないで、法律は全部相手の方の味方だという。こんな馬鹿げた話があるものかと思う。思ってみてもどうにもならない。

さと子は牀にはいってからも、時折忍び泣いていたようだった。やがて暗い中で、隣の寝牀からかすれた声で良人に言った。

「松浦さん所の五郎さんは、たしか三つばかり年上の人と結婚していましたわね。うまく行っているんでしょうか」

「さあ。何も聞かないね」

「それから新田さんて居たでしょう。新田義三郎さん。あの人は五つも年上の人と結婚したんですよ。相手は再婚の女でね。……あの人、どうしたでしょう」

探してみれば幾つかの前例がある。前例があるという事によって、さと子は諦めの口実を造ろうとしているらしかった。

あくる朝、さと子は先に起きて朝食の支度をしていた。二人きりの食事だった。二十何年のあいだ、彼女はいつも三人分の食事を用意して来たのだった。それがいま二人になったという事は、彼女にとってどれほど堪え難い孤独を感じさせるものであったろうか。

西村はあとから起きて洗面所へ行った。すると軽やかなモーターの唸りがきこえて、風呂場で電気洗濯機がまわっていた。新しい、真白な、ぴかぴかした洗濯機が、石鹸の泡を掻きまわしながら調子よく廻転しているのだった。それを見たとき彼はふと、さと子という女の哀れさに眼がしらがうるんだ。良人はいまユカちゃんという小娘にうつつを抜かして、生涯の最後の恋を花咲かせようと焦っており、たった一人の娘はケイという青年にそそのかされて家を出て行った。さと子はまさに人生の苦境に立ちながら、なおも妻の座にあって洗濯機械をまわし、朝の味噌汁をつくっているのだった。

彼女はほとんど食事をしなかった。箸を持っているばかりで、心はほかの事を考えていた。それが理枝の事だということは解っておりながら、西村は何かしら良心が痛んだ。まるでさと子がユカの事で思い悩んでいるかのような、心苦しいものを感じていた。

食後、彼は折鞄のなかに洗面道具と手拭とを入れて家を出た。会社のつとめを少し早目に切りあげて大洗へ行くつもりだった。行ってから先はどうなるか、実ははっきりした成算はなかった。しかし一応は行かなくてはなるまい。さと子の気持を慰めてやる為にも、行かずには済むまいと思っていた。

冬の火事の多い季節には、保険会社はいそがしい。殊に調査部の方は引っきりなしに人が出入りしている。西村次長は仕事に身が入らなかった。午前中に、停年で退職する秋沢君がお別れの挨拶にやって来た。まとまった退職金をもらって、表面はにこにこしているが、内心の淋しさは察しられる。遠からず同じ運命が自分の上にもやって来るのだ。

午前中に彼は能代雪江を呼んで、昼食が済んだらちょっと話があるから、応接室へ来てくれるようにと言っておいた。雪江は覚悟していたと見えて、はっきりした口調で、「はい、参ります」と答えた。

西村は昼食をとらなかった。早くから応接室へ行って、ひとり煙草をすい続けながら雪江を待っていた。煙草をすい過ぎる。頭が重いのはそのせいだと思う。ニコチンを吸収するという薬を入れたパイプを、気休めに使っていた。二十分ばかり経つと雪江がはいって来た。彼を警戒するような要心ぶかい眼つきをしている。短く刈った髪を幾つものピンできりりと押えて、それが引きしまった気の強い女という印象だった。彼女は丸テーブルの前に両手を組み合わせて立った。

「かけ給え。立っていちゃ、話が出来ない」

「はい」

「早速だが、君の弟が大洗へ行ったことは知っているだろうね」

「うちに居ないのは解っていますけど、大洗なんかに居るんですか」と雪江は言った。

西村はそれには答えずに、

「理枝が一緒だという事も知っているだろうね」と言った。

「そうじゃないかと思っておりました。どうも済みませんです」

「済みませんと言って済むような問題じゃないね」

雪江は黙っていた。

「君は弟を、監督してはいないのかね。弟がどんな事を仕出かしても君は放ったらかして置くのかね」

それでも雪江は黙っていた。

「第一君は、僕に対してだって、弟を監督する責任がありゃしないか」

「あれくらいになりますと、もう私などに監督は出来ませんです」と彼女は眼をあげてはっきりと言った。「……もう子供じゃありませんです。ときどき、私よりもよっぽど大人だと思うことだってあります」

「それじゃ君は、責任はないというのかい」

「さあ。……有るかないか解りません。私が敬の親だったら、親としての責任がありますけれど、ただ二三年先に生れたというだけですから、責任があるって言われても、ちょっと困るんです」

西村次長はやり込められたかたちだった。雪江の言うことにも理窟はある。親は自己の責任に於て子を産んだのだが、姉は弟に対して責任を負わなくてはならない理窟はないかも知れない。ただ偶然に姉として生れただけの話だ。

「ふむ、そうか。君たちがそういう考え方をするんだったら、君の弟に対して僕がどんな処置を取っても、君は文句はない訳だね」と彼は言った。一種の脅迫だった。

「処置……って仰言いますと、どう言うことなんですか」

「たとえば僕は君の弟の学校へ手紙を出すなり、直接校長に面会するなりして、素行おさまらざる青年として或る種の処分を要求することも出来るんだ。つまり敬君は、学業を中途で放棄しなくてはならんような事になるかも知れんが、それでもいいかね」

雪江はしばらく考えてから、

「弟は、自分でした事には自分で責任をとると思います」と、切り口上で言った。

「責任をとるというのは、具体的にはどういう意味だ」

「それは私には解りませんです。でも……わたくし、ちょっと疑問に思うんですけど、弟がした事は、弟が一人でした事ではなくて、理枝さんも一緒になさった事だと思うんです。ですから、責任をとるという場合にも、二人で相談してそれぞれの責任をとれば宜しいんじゃないでしょうか」

「馬鹿なことを言っちゃいけないよ。男女関係の場合は常に男の方に責任があるんだ。そんな事は世界中の常識だよ」

「ええ、そうかも知れません。でも理枝さんの場合は、理枝さんの方が弟より三つばかりも年上なんですし、弟だけに責任があるというのは可哀相じゃないかと思うんです」

また、西村はやり込められたようなかたちになった。能代雪江はなにか腹を据えたような態度で、いくらでも口答えをした。平素からずけずけした物言いをする女であるが、今日はそれが西村にはひどく憎かった。

「そうか、なるほど」と彼はたて続けに煙草をすいながら言った。「……なるほど、君がそういう量見だから、こういう事態になったのだね。君は弟のやっている事を援助していたんじゃないかね。二人のあいだの橋わたしをしたり、連絡をしたり、そそのかしたりしたんじゃないかね」

「いいえ、そんな事はしません。弟は何だって自分ひとりでやります。私の援助を求めた事なんか一度もありません」

雪江は怒ったような言い方をした。

西村はふっと溜息をついて天井を見上げた。窓のない小部屋だから、昼間でも蛍光燈がまたたいている。一体、いまさら能代雪江を詰問したりいじめたりして何の役に立つのか、彼女は正直なはなし第三者に過ぎないのだ。彼女を詰問することは親の腹いせみたいなものだ。そう思うと次長は怒気が抜けて行くような気がした。

「要するに君の弟は、これからさきどうするつもりなんだ。君は何か聞いているだろう」

「聞いております。結婚させて頂きたいと言っておりました」と雪江はますますきびきびした口調で答えた。

「まだ成年にも達していない者に、結婚の資格があると思うかね」

「それは、もっと先になってからでも宜しいんじゃないでしょうか」

「そんな訳には行かないよ。私は絶対にことわるからね」

雪江はしばらく考えてから、

「でも、もう駄目なんじゃないでしょうか」と言った。

「駄目なことはない。何が駄目だ」西村は再び腹を立てて叱りつけた。「私はいい加減な関係なんか決して認めはしないよ。結婚は情痴とは違うんだ。君の弟がやっている事は正当な手続きを踏まない、一種の情痴だ。絶対に許しはしない」

「何だか、わたし、心配ですわ」と雪江は変な言い方をした。

「何が心配なんだ」

「あの、次長さん、何も御存じないんですか」

「御存じない事はない。知っているから許せないと言うんだ」

「いいえ、御存じないんですわ」

「何のことを言っているんだ、君は……」

「理枝さんの事ですけど……」

「理枝がどうしたと言うんだ」

「やっぱり御存じないんです」

「だから、何を君は言ってるんだ」

「困ったわ。わたし言ってもいいかしら。……理枝さんが妊娠していらっしゃること、御存じですか?」

西村耕太郎はそれを聞くと、眼をぱちぱちさせ、背を丸めて前のテーブルに両肱をついた。今の場合、これより大きな打撃はなかった。理枝は完全に傷ものにされてしまった。修繕の利かない、胡魔化《ごまか》しの利かない、取り返しのつかない、本当の傷ものだった。妊娠中絶の方法もある。生れて直ぐに子供を人手にわたし、娘は何食わぬ顔をして別の人と結婚するといういんちき手段もある。しかし彼女の傷は絶対に消えない傷だ。

彼はまぶたが濡れて来るのを感じた。理枝が可哀相でたまらなかった。二十幾年いつくしみ育てて来た、たったひとりの可愛い娘だった。その理枝が能代敬を愛し、敬の腕に抱かれ、その男に身をまかせ、生涯を賭けて彼の子をみごもったという、その事があわれであわれで堪《たま》らなかった。

西村はテーブルに両手をついて立ちあがり、雪江をそこに置き去りにして、黙って応接間を出て行った。廊下を通りエレベータに乗り、下へ降りるとひとり静かに街へ出て行った。丸の内のひるさがりの人波のなかを、彼は両手をポケットに入れて、うつ向いた姿勢であてもなく歩いて行った。バスが通り救急車が走る。ジェット機が飛びサイレンが鳴る。涙が流れて、眼をあけていられなかった。彼は幾度か人にぶつかりそうになった。彼は何をさて置いても理枝に会いたかった。理枝に会って、あの娘を父親の手で抱きしめてやりたかった。……

日暮れ前に西村は水戸《みと》駅についた。汽車を降りると駅前から、大洗に行くバスがあった。銀色のバスの片隅に、彼は肩をすくめるようにして坐った。風のつめたい、うす曇りの夕方だった。

市街地をぬけると、バスは平らな野づらを貫ぬく坦々たる鋪装道路を、真一文字に海岸にむかって走った。歌の文句で知っているだけで、大洗という所は初めてだった。何のために能代敬がこんな場所を選んで理枝をかくまったのか、理由がわからなかった。

三十分あまりでバスはみすぼらしい田舎町にはいった。小さな雑貨店や乾物屋や駄菓子屋が押しならんだ古ぼけた町の角でバスを降りると、海の匂いがした。汐《しお》くさい匂いが、そのあたりの土からも家からも通行人からもぷんぷんと匂うて来るようだった。

煙草屋で道を聞いて、露路を二つばかりぬけると、足もとに何かの音がひびいて来る。はじめは何の音だか解らなかった。それが、磯を打つ波の音だった。鈍くずしんと尾を曳くような低い地鳴りだった。浜ホテルを探しあてる前に、彼は海に行き当った。茫々として果てもない大海原が、アメリカまで続く太平洋が、じかにこの町に迫っていた。水平線の果てはもう日が暮れていた。そしてこの磯には雲の切れ目から最後の日光がうすく斜に射していた。盛りあがってくる巨大な水量が、六尺の白い波頭《なみがしら》となって磯に押しよせ押し寄せてくる。西村耕太郎はぬれた柔らかい砂に靴のかかとを埋めて立ち、孤独な、慰めのない心をもって永遠の海と向いあっていた。どうしていいか解らない気持だった。

浜ホテルは二流か三流かの、貧弱な旅館だった。貧乏なアルバイト学生とその愛人とがひそかに人眼をさけて泊り込むには、むしろ適当であったかも知れない。廊下の板は間がすいていて、床下の砂が見えた。玄関の靴ぬぎ石のそばを赤い蟹が鋏を上げて横に這っていた。裏庭の物干し竿には烏賊《いか》が五六枚ぶら下っていて、しらじらとした肌を汐風に吹かれていた。何もかも悲しい風景だった。西村は今から理枝に会うことが辛い気持だった。娘の為にも自分の為にも、惨酷なことだった。

彼はじかに理枝の居る部屋へ行く気にはなれなかった。若い二人の恋のかくれ家に、ずかずかと踏み込んで行くだけの勇気がなかったのだ。離れのように庭に突き出した八畳の部屋をとって、そこに理枝を呼ぶことにした。さむざむとした、畳のすり切れた部屋だった。腰高の窓にかけられた白木綿《しろもめん》のカーテンを引くと、海が眼の前にせまっていた。海は暮れて、波音だけがずしんずしんと硝子窓にひびいていた。夕飯の支度をしているらしく、台所の方でてんぷらを揚げる油の匂いがしていた。

中年過ぎの、浜の育ちらしく色の黒い、きりりと肉のしまった女中に、能代という客のことを聞いてみると、居るという返事だった。彼は理枝を呼んでくれるように頼んで、洋服のまま火鉢に手をかざしながら待っていた。炭火がいぶって臭いけむりをあげる。西村は居たたまらない気持だった。

間もなく女中が唐紙をひらいて、

「おいでになりました」と告げた。

ひざまずいた女中のうしろに、理枝が立っていた。その顔が、わずか二三日見なかった間にひどく変っているような気がした。やつれたのか成長したのか解らないが、何となく腫れぼったくて、たるんでいるように見えた。

理枝は黙ってはいって来ると、父と向いあって火鉢に坐った。挨拶もなにも言わなかった。

父はみみずのように曲った鉄の火箸をとって、静かに灰の中に字を書いていた。いまさらこの娘から、済みませんとか御免なさいとか、当りまえな挨拶の言葉なぞ聞きたくはなかった。ここは大洗の海岸であり、波の音がひびいている。はからずもこんな意外な場所で親と娘とが落ちあって、親の年代と娘の年代との冷たいへだたりを互いに感じながら、それでもやはり親と子との血縁のあたたかさが、胸にしみて息苦しいのだった。

「からだは、どうなんだ」と西村は言った。

「え?」

「別に、何ともないのか」

父はそういう言葉で、妊娠した娘のからだの変化を心配しているのだった。理枝は理枝で、その短い言葉の中から、父がもはや自分のからだの事を知っていて、その事をたずねているのだという事を直感していた。彼女は一番短い言葉で、

「ええ」と答えた。

「能代君は居るのか」

「いま東京……」

「今度、いつ来る?」

「今晩、おそくなるでしょう」

「お母さんが泣いていたよ」

理枝は黙っていた。父は内ポケットから封筒に入れた紙幣をとり出して娘にわたした。理枝は開いたままの封筒をのぞいてみてから、何も言わずに膝の上に置いた。

「こんな所に居ないで、東京へ帰ったらどうだ」と父は言った。

「だって、今は帰れないわ」

「どうして……」

「でも、お父さんは能代を認めてくれないんでしょう。だったら仕方がないと思うの」

「もう一度能代君に会って、よく話をしてみたいね」

「能代はもうお会いしないって言っているわ」

「それはどういう訳だ」

「いくら話をしたって平行線みたいに、交わる所がないって言うの。だから私たちは、私たちだけで生きて行くように考えるつもりなんです」

「お前にそんな事が出来るのか」

理枝はしばらく考えてから、

「とにかくやってみるつもりよ」と言った。

「三人になってもやれると思うのか」

「わからないわ」

灰色のスエータを着た理枝のからだは、前よりもずっと胸が大きくふくらんで来たように見えた。それが母親になろうとするからだの準備であるかも知れない。全体に厚みとふくらみとが加わり、女性的になり、大人っぽくなっていた。妻の体格が出来てきたようでもあった。そのようにして、父がどれほど反対しても、暮しを立てて行く目標がつかなくても、または世間がどれほど非難しようとも、理枝は先ず肉体的に妻となり母となって行く。それが自然な成長であり当然な変化であるとすれば、父の反対意見などというものは意味をうしなってしまうのだ。能代敬は巧みに理枝を誘惑して、沢山の既成事実をこしらえてしまった。子供まで産ませるつもりなのだ。彼をいくら憎んでみても、この既成事実を帳消しにすることは出来ない。残念ながら西村耕太郎は自分の敗北を認めなくてはならなかった。それを認めた上で、今後の方針を立てるよりほか、方法はなさそうだった。

女中が食事をはこんで来た。西村は酒を頼んで、理枝とさしむかいの貧しい食卓に向った。畳をゆすって浜の波音がからだに響いてくる。酒が喉にしみるようだった。理枝は覚悟をきめたのか、ためらう気色もなく食事をすすめている。若さの食慾であろうか。それともみもち女の激しい食慾であったろうか。父はふちの欠けた盃に酒をみたしながら、理枝がみごもっているという事が頭から離れなかった。理枝は彼女のからだのなかで、能代敬の子供を大切に育てているのだ。その事のために彼女の生涯をささげようとしているのだ。

彼女はもはや父の子ではなかった。父の手から抜け出して、能代敬の妻であり、その子の母である位置にはいり込んでしまったのだ。彼女は二度と父や母の許《もと》に帰っては来ないであろう。西村はさと子と二人きりで、置き去りにされて、静かな余生を送るより仕方がないことになるだろう。

「能代君の、どういう所が良いんだね」と父は言った。

問わでもがなの事だった。聞いてみたって始まらない。しかし一応はきいてみたかった。父親の未練であったかも知れない。

「とにかく、信じられるわ。……信じられるという事が一番大事だと思うの」

彼女は最大の哲学を発見したような口調でそう言った。ところが、哲学でも何でもありはしない。男を信じるという事は、それ自体が迷いではないか。そしてまた、信じたからこそみごもったのではないか。彼女はそれ程にケイを信じているくせに、その反動みたいにして、親を信じなくなってしまった。それが親というものの、当然受けるべき運命であるらしい。

ケイは西村のことを、いくら話をしてみても平行線のように交わる所がないと言った。生意気なせりふだ。五十年輩の大人の意見と、十九歳あまりの青二才である自分の意見とを、対等の位置に置いて比較しようとしている。一歩も妥協する気はないし、反省する気もないのだ。

メフィストフェレスが巧いことを言っている。

若い者に本当の事を説いて聞かせると、
くちばしの黄色い時の耳にはとかく抗《さか》らふのだ。

ところがあとで何年も経つてから、自分のからだが
荒々しく物にぶつかつて、それが解ると、
自分の脳天から出た知恵のやうに思ふのだ……。

あいつも多分あと十年も経ったら、いま俺がこれだけ反対した事の意味を悟るだろう。悟った時は後の祭りだ。自分が蒔《ま》いた種は自分の手で刈らなくてはならない。理枝にしても同じことだ。

「能代君は少くとも今から六七年経たなくては、普通の勤め人としても安定した生活を築くことは出来まいと思う。独り者でも楽ではないのに、三人の家族でやって行こうなどとは、容易なことじゃない。するとお前だって、その何年間はどん底みたいな暮しをしなくてはならない訳だ」

父は憐れみをこめて諄々《じゅんじゅん》と言った。すると理枝は極めて簡単に、

「ええ、覚悟しています」と答えた。

大人には言えない言葉だった。生活の苦労がどんなものだか、何も知らないからこそ簡単に

覚悟がきめられる。純真と言えばまことに純真ではあるが、その理枝の純真さが、今さらながら父は可哀相でならなかった。

その夜は、波の音が枕にひびいて寝苦しかった。決心はまだきまらない。理枝を能代敬にやってしまうことは、どうしても嫌だった。しかし嫌だと思うこと自体が、何の役にも立たない感情に過ぎないものになっていた。理枝にむかって彼は、積極的な反対を唱えることも出来なかったし、叱り飛ばすことも出来なかった。うやむやの話は、結局承認したことになってしまう。承認するつもりは少しもないが、既成の事実に対しては何とも手の下しようがないのだ。

理枝は父にむかって、「覚悟しています」と言った。貧しい暮しも苦しい立場も、みんな覚悟の上だと言う。それは同時に、親たちの干渉を拒む態度でもあった。彼女はもう親の事を考えてはいない。自分が西村耕太郎のひとり娘だという事も忘れている。めでたい事かも知れない。しかし親の気持は満足してはいないのだ。

あくる朝、彼はひとりで食事をすませ、すっかり身支度をしてから、女中に頼んで理枝を呼んでもらった。彼女は化粧をしたばかりの新鮮な表情ではいって来た。

「あら、もう帰るの？」

西村は外套を着て火鉢に手をかざしていた。

「とにかくお前……」と彼は煙草をくわえたままで言った。「一度うちへ帰っておいで。そしてお母さんとよく話しあってみるんだな。うやむやにして置いてはいけない。はっきりさせた方がいいんだ」

理枝は黙ってうなずいた。しかしそれは、父の言葉に従うという意味ではなかった。唐紙の外から御免くださいという声がきこえて、ケイがはいって来た。呼びもしないのに、向うから押しかけて来たのだ。洋服の上にジャンパーを着て、立った時は鴨居《かもい》につかえるほど丈が高かった。顎に無精鬚が生えたりして、どこかしらに恋のやつれが見えた。

彼は理枝の横に坐って、きちんと挨拶した。

「どうも、僕が行き届かないもんですから、お父様にいろいろ御心配をかけて、申訳ありません。……しかし、僕も少しばかり予定している事もありますから、必らず近いうちに御安心頂けるような御報告ができると思っております。……済みませんでした。……それから、理枝さんの事は及ばずながら、僕が責任をもって、幸福にして上げたいと思っておりますから、どうぞ、お許しを願いたいと思います。……」

西村はそこまで聞いて立ちあがった。

「汽車の時間がないから失敬する。君と僕とが話しあっても、平行線みたいに交わる所はないかも知れんが、だからと言って、このままでは済むまいと思うね。いずれまた、うちへ来て貰うことになるだろう」

「はあ、いつでも伺います」と彼は臆する気色も見せずに言った。

西村は玄関まで二人に見送られて宿を出た。波の音は今日も足もとの土にひびいていた。バスの乗場にむかって歩きながら、能代敬の顔が眼にうかんできて、彼は胸くそが悪かった。まだ二十歳にもならないくせに、女を持った男の顔つきになっていた。肉慾を知った青年の、どこかしらただれたような、眼やにのたまったような、不潔な男臭さが感じられて、嫌だった。そのケイが、(お父様にいろいろ御心配をかけて……)と言った。そういう言葉をぬけぬけしゃべる彼の量見が憎らしかった。まだ親子の縁組みなどした覚えはない。しかしいくら憎んでみても、もう手遅れだった。分別のある大人は、無分別な連中には勝てないものらしかった。

水戸駅でバスを降りて、彼はすぐに汽車に乗った。東京へ着けば正午を過ぎる頃になる。火災の季節で、保険会社はいそがしい。窓の外はどこまでも平らな関東平野が続き、遠く妙《みよう》義《ぎ》榛《はる》名《な》あたりの山々がかすんで見えた。彼は三等車の片隅に、外套の襟をたてて小さくうずくまり、窓に頭を寄せて目を閉じていた。

やがて祖父になる。おじい様と呼ばれる立場になる。突然、そういう事件がおこってしまったのだ。こんなに早く自分が孫をもつ身の上になろうとは、考えてもいなかった。孫がうまれたら、もう人生も終りだと思う。いよいよそういう時がやって来たのだ。しきりに心があせる。生れて来る孫から逃れたいような気持だった。そんな者は見たくもない。ところが向い合った席に、孫を連れた百姓の爺さんが乗っていて、楽しそうにその男の子と話をしていた。畑の上を鳥が飛んだとか、東京へ行けば大きなビルディングがあるとか、そんな愚にもつかない話を、なまりのある言葉でしゃべりながら、二人でキャラメルをしゃぶっている。西村耕太郎はそれが耳ざわりで、不愉快だった。孫を持てば自分もあんなになるのかと思うと、いよいよ人生の黄昏が迫って来たような気がした。

会社へ着くと直ぐに会議があった。仕事もたまっていた。彼は三十分ばかり居残りをして仕事を片づけた。それから独りで街へ出た。さと子が大洗の消息を知りたがって、彼を待っていることは解っている。しかしこのまま帰る気にはなれなかった。日の暮れた街々を彼はうつ向いて歩いて行った。そして「マルテの家」の重い板戸を押した。ユカちゃんに会いたい。これがどんなに悲しい恋であるかは解っている。しかし今はこの侘しい最後の恋に心をひたし、人生の黄昏に一本のともし灯をともしてみたい。そうでもしなくては救われる道のない気持だった。

彼はぐったりとしてスタンドに寄りかかった。奥に五六人の客が居て、街のギタ弾きが弾きながら歌をうたっていた。山岸知世子が奥から立って来た。

「あら、おひとり?……曾我さんは?」

「ひとりだよ。酒を飲ませてくれ」

「何だかお疲れみたいね。お年のせいかしら」

「馬鹿なことを言うな」

「じゃ、恋の疲れ？」

その言葉が彼の胸をいためた。

「ユカちゃんは居るかい？」

「お休みらしいわ。てっきり次長さんと逢《あい》曳《び》きだろうと思っていたのに、そうでもないのね。どうしたんでしょう」

この女には俺の心はわからないのだと、西村は思った。この女は商売のことしか考えていない。誘惑めいたせりふも、媚《び》態《たい》も、みな商売のためなのだ。ユカは来ていない。彼は慰まない気持で酒を飲んだ。もしかしたら彼女は、あのスタジオで今夜もヌード・モデルを勤めているかも知れない。島田課長などがカメラをかざして、ファインダーの小穴から彼女の清潔な裸体を、貪慾な眼で覘《ねら》っているのではなかろうか。そう思うとますます気持がいら立って来た。ユカちゃんを誰かに取られてしまいそうな気がする。疲れて、頭が重い。血圧が高いようだった。しかし彼は更に酒を註文して、青年のように飲んだ。酔うて、昔の悲しい歌などを歌ってみたかった。それが青年時代へのはかない郷愁だった。

淡雪

朝から雪が降ったりやんだりしていた。瓦屋根《かわらやね》だけがかすかに白くなる程度の、積りそうにもない淡雪だった。

理枝が居なくなってから、もう七日になる。二人きりの淋しい食卓も、それが日常のことになりつつあった。子供が居なくなってみると、元のままの二人きりの夫婦だった。ただ、二十幾年を経て二人とも年とっただけだった。

「今日は午後から出張だからね」と西村は言った。「帰りは明日になる」

「どちらへ？」

「熱海へ行く。暮の火事が、どうしても怪しいという事になっているんだ。俺の係りではないんだが、責任はあるんでね」

実は、さと子に嘘をついているのだった。会社では二三日中に例の火事の保険金を支払うことになっている。その方には何も問題はない。彼はユカちゃんを連れ出すつもりだった。さと子には出張だと嘘を言い、会社には急用で一日休むからと言う予定にしていた。

彼が着換えをしている間に、さと子は油紙で包んだ小包に紐をかけて、持って来た。

「宛名を書いて置いて下さい。あとで送りますから……」と言う。

大洗の理枝に着換えを送ってやるのだった。さと子はもう覚悟している。家出した娘を、母は誰よりも先に許していた。許してやっただけではなく、ケイの今後のことまでも心配しているらしかった。婦人雑誌の付録をさがし出して、もう忘れてしまった産衣《うぶぎ》の寸法や裁ち方をしらべてみたり、良人の古い浴衣をほどいてむつきを造る用意をしたりしているのだ。女というものはそういうものらしい。どんな良人にでも忠実につかえて行こうとする性格をもっていると同時に、どんな婿とでも妥協しようとする融通性ももっているのだった。それとも彼女は、理枝を完全に失ってしまうことが耐えきれないから、そういう妥協をしているのであろうか。彼女にとってはおばあ様と呼ばれる事が案外喜びであるらしい。

ところがその良人は妻に嘘をついて、若い娘との道ならぬ恋に最後の青春を賭けようとしているのだった。裏切りであり背徳である。それは解っているけれども、裏切りもせず背徳の行いもせず、謹厳実直な日常をすごして行くことに、今は耐え難い苦痛を感じているのだった。さと子には許して貰いたい。どうせ長いことではあるまい。いずれは共に住み古した女房のところへ戻って来るよりほか、生きる道はないのだ。そこまで解っておりながら、思い諦めることの出来ない頽齢《たいれい》の男のかなしさは、さと子に説明したって解ってくれる筈はない。誰にも相談することの出来ない、四十八歳の悲しみだった。

彼は傘を持たずに、淡雪のななめに降るなかを、鞄ひとつをかかえて街に出て行った。しきりに心が騒ぐ。今日こそあの子と二人きりで、本当に二人きりになって、人眼にかくれて、歓喜の一夜をすごすことが出来るかも知れない。まるで遠い遠い旅に出る時のような気持だった。ふところに八千円ある。今日はこれで何とか足りるだろう。しかしこの次に会うための金策はついていなかった。熱海についたら松東ホテルの主人を訪ねてみようと思っていた。彼を強請って金にしようと迄は考えていない。しかし放火らしい疑いは消えていないのだ。当人に会えば何か新しい変化が起ってくるかも知れない。とにかく金がほしかった。そして胸の一番奥底では、ひそかに悪事を企んでいた。企んではいても実行する勇気はないのだ。

会社について、西村は一時間あまり仕事をかたづけ、それから部長に嘘をついてまる一日の休みを貰った。

「どうも困った事が出来ましてね、娘が家出をしてしまったんです。愛人が居るんですよ。行った先は解っているんで、とにかく今から行ってみてやろうと思うんです。全く女の子なんて、仕様のないもんですな」

ユカちゃんも女の子だ。しかし彼女を非難する気はない。十一時にユカは新橋駅まで来る約束だった。淡雪はときおり思い出したように降っては止む。バスに乗って西村は新橋へ行った。

バスの乗客がみな自分の顔を見ているような気がする。恥かしくて顔が上げられなかった。こういう行為には馴れてもいないし、経験もなかった。脇の下から冷たい汗が流れていた。そして胸の中が板のように固くなっていた。

新橋駅は朝から夜更けまで雑沓している。西村は二等の切符を二枚買った。しきりに心が急ぐ。改札口をはいって五六歩あるいたところで、不意に横あいから、

「次長、お出かけですか」という声がした。

丈の高い男が立ちふさがるように彼の前に立った。見上げると曾我法介だった。思わず、

「やあ……」と言う。それ以上は何も言えなかった。

「僕は今から会社です。次長は旅行ですか」

法介は静かな表情で、何もかも知っているような言い方をした。

「いや、ちょっと出かけるだけだ」と西村は狼狽して、どもりながら答える。

「この寒いのに、御苦労さまですな。何か良いお土産をお願いしますよ」

「おみやげなんか……」と言いかける次長を残して、法介はさっさと改札口を出て行った。

嫌な気持だった。彼がなぜこんな時間にこんな場所に現われたのか、理解できない。もしかしたら彼はユカちゃんから何もかも聞いているのではなかろうか。西村は一度に心が重くなった。不吉な疑いが起ってくる。一体曾我法介とは何者であるのか。

眼がくらむような気持で一つずつ階段をあがる。フォームのひさしの下を、白い雪がちらちらと飛んで横切る。外套の襟を立てた人々が寒さに足踏みしている。駅の事務室の窓のかげに、青いオーヴァを着た小さな可憐な姿で、ユカちゃんが立っていた。傘を脇の下に抱いて、じっと肩をすくめている。

その姿を見たとたんに、熱海の屋台店で法介が言った言葉を、西村は思い出した。……（あれでいろんな人の手に渡った宝ですよ。金箔もだいぶ剝げています。……汚れはどこからでも滲みこんで行きます。着物のひだの間から、靴の爪先から……）あのとき法介は、大学生の愛人を持った十九の娘のはなしをした。妙に持って廻った話しぶりだった。もしかしたらユカは金箔の剝げた、汚れ多き娘であるのかも知れない。法介は何かしら知っているらしい。彼はつい今しがたまで、ここでユカちゃんと一緒に居たのではなかろうか。もっと悪い想像をするならば、昨夜から二人はずっと一緒だったのではなかろうか。

ユカがふり向いた。一瞬にして次長を見つけた。そして恥かしそうにほほえむ。青白い透きとおるような頰の色。けがれが有ろうとは思われない清潔な表情だった。西村耕太郎は胸の動悸が押えられなかった。わざとゆっくりした歩調で彼女にちかづいて行く。疑いがあろうとなかろうと、俺にはこの娘だけが命だ、と彼は思った。

「よく来てくれたね」

ユカはうつ向いたまま、小さくうなずく。まるで女学生のようにおとなしい仕草だった。西村は胸が熱くなった。

「寒いね」

また彼女は小さくうなずく。二人きりで居る事が恥かしいのだ。

「風邪ひかないか?」

すると彼女はうつ向いたままで、

「寒いのは、平気……」と言った。

とたんに西村は彼女の裸形を思い出した。ヌード・モデルで寒さには馴れているのかも知れない。頭の上で駅のアナウンスが始まる。汽車が通りぬけて行く、電車がはいって来る。人の流れが動く。彼は重い溜息をついた。

湘南電車は人がすくなかった。煖房のため、窓はことごとく濡れて曇っている。一つの席に並んで腰をおろして、彼はじっとユカの横顔を見つめていた。この娘のためにどれほど辛い思いをしたか知れない。もう後へは引けない気持だった。

「ゆうべ、寝られなかったのよ」と少女は小声で言った。

「どうして?」

「嬉しかったの」

「何が？……」

「だって、初めて温泉へ行くんですもの」

その可愛い言葉が、ふと西村の心に疑いを感じさせた。この子は今日の熱海行きを、女学生の修学旅行ぐらいにしか考えてはいないのだろうか。男と一緒に温泉宿にとまるという事に、何の危険をも感じてはいないのだろうか。それほど世間知らずで、それほど女である事に無知なのだろうか。それとも曾我法介が言ったように、もはや散々人手に渡った宝であるために、いまさら何の恐れをも感じなくなっているのだろうか。

それはそうかも知れない、と彼は思った。むしろそう考える方が当然であるだろう。酒場につとめて、時折はヌード・モデルをしている女であるならば、姿かたちはどうあろうとも、着物のひだの間から靴の爪先から、沢山のけがれが滲みこんでしまった躰であるに違いない。それならそれで、西村としては気が楽だ。罪も浅くなる。恋の期待は失われるが、家庭をみだす事もなくなり、さと子を泣かせる事もしなくて済む。人生にそれほど美しい恋があろうとも思わないし、それほど清純な女が居ようとも思わない。そもそもの始めから、彼がひとりで描いた幻想であったかも解らない。残るものはただ、この美しき娼婦をゆっくりと楽しむことだ。そう考えれば法介の妖しい行為をも咎める気にはなれないし、何もかも元のままで、すべてが無事に治まる。

横浜について、横浜を出た。淡雪はまだちらちらと降っている。ねむたそうな表情でうしろに頭をもたせかけたまま、ユカちゃんが小さな声で言った。

「小父さま、大好きよ」

「そうかい。……どうして?」

「何だかお父さまみたい」

「僕も可愛い娘のような気がするよ」

「みんなは私を苛めてばかりいるの。小父さまだけは本当に愛して下さるわ」

「ああ。本当に愛しているよ」

「わたし信じるわ。……小父さま、いつまでも、今のままでいて下さいね。お願いよ」

「ああ、いいとも」と西村は答えた。

しかし、(今のままでいる)とはどういう意味であろうか。この娘の可愛さに心をたぎらせながら、しかも彼は何かしら、首筋に冷たい水を振りかけられたような気もするのだった。

熱海に着くとすぐに、西村は山手のあまり大きくもない古びた旅館に部屋を取った。六畳と三畳の部屋で、廊下の外に樟《くす》の木が二本茂っており、その幹のあいだからやや遠くに灰色の海が見えた。ユカは外套を着たまま廊下に立って、眼の下の街々を見ながら、

「まあ! 熱海って賑やかなのねえ。わたしもっと田舎かと思っていたわ」と言った。

西村は彼女と並んで立ち、そっと左手を廻してその肩を抱いた。小さな、量感のない、軟らかな肩だった。その軟らかさが、いかにもおさなかった。

「夜になると一ぱい灯がともって、もっともっと綺麗だよ」

「あらそう?……早く夜になればいいな」

そういう彼女の何気ない言葉にも、西村耕太郎は心を動かされた。夜になる事を期待しているというのは、ここで過す一夜に何の恐れをも感じていない証拠だ。これは不思議なことだ。もしかしたらユカは、貞操という事について感覚をもたない女かも知れない。世間にはときおりそういう女が居るものだ。汚れを知らない、汚れを感じない、従って貞操上の憂いを持たない女。……案外そんな所に彼女の秘密があるのではなかろうか。曾我法介が言ったことが事実ならば、散々人手にわたった宝物でありながら、しかも依然として稚なく、清純な乙女の姿を維持していることが出来るのは、からだに汚れを受けても心には何のけがれをも受けない、貞操上の一種の不感症であるからかも解らない。もしそうとすれば、これは永遠の処女であり、先天的な娼婦でもある。ヌード・モデルをやっていることも、彼女はその事に何の羞恥をも感じていないのかも知れないのだ。

西村はユカの肩を引き寄せて、白くかぼそい首筋にそっと唇をちかづけた。彼女の上体は軟らかくしなって、頭をかしげながら、むしろ首筋を長く伸ばすような仕草をした。西村は暖か

い首の肌にそっと唇をふれた。そのとたんにユカは、弾んだきれいな声で、

「わたし街の方を歩いてみたいわ」と言った。

やはり西村の想像は当っていた。三十も年の違う男にはじめて首筋に接吻をされながら、いわば彼女の危機に在って、その危機をユカはまるで感じていないのだった。なるほど、こういう女であったのか、と彼は思った。そして気が楽になった。

「街の方へ行ってみようか」

「ええ。行きましょう」

「僕は今から二時間ばかり用があるから、ユカちゃんはそのあいだ映画でも見ておいで、夕飯までには帰って来るよ」

「ええ、いいわ。わたし独りでぶらぶらしてみるわ」

女中が持って来た茶と菓子とをつまんで、外套も脱がずに、そのまま二人は街へ出た。ここでは雪の気配もなくて、曇った風の強い夕方だった。

だらだら坂を曲りながら下へ降りて行くと、商店街はすぐその下だった。丹前を着た団体客らしい男女が群れになって歩いていた。そういう連中に会うと西村は、こんな若い娘を連れている自分がはずかしかった。自分のすぐうしろにさと子が居て、彼の一挙一動を見ているような気がして、自分のしていることが怕かった。

映画館の前まで行って、そこで彼はユカと別れた。別れるとき彼はユカの手に千円わたした。彼女は簡単に、あら、すみませんと言った。人から金をもらうことに馴れた言い方だった。

別れるとその足で、西村は松東ホテルの焼跡へ行った。かつてさと子と二人の新婚旅行の最初の一夜をすごした思い出のホテルは、跡形もなく燃え崩れて、タイル張りの風呂場とコンクリートの土台とだけが無惨に残っている。この風呂のなかに島田課長と二人でひたりながら、松東ホテルの保険契約が超過保険であるかないかを語ったのも、わずか数カ月まえの事だった。

隣の家で聞くと、ホテルの主人の避難先はすぐ解った。西村は教えられた坂道をまっすぐに登って行った。ホテルの主人は火事のまえに、書画骨董の類《たぐい》を山手の住宅の方へはこんだという事実もあるらしい。火元の物置きには電燈の配線がなかったという事も解っている。主人がホテルの建て増しをして、その為の負債に苦しんでいたという事実もあがっている。坂道をのぼりながら、西村は悪事をたくらんでいた。四十八年の生涯に於て、はじめて悪事を働こうとしていた。ホテルの主人を問いつめて、もし彼がどこまでも放火を認めなければ、事実を摘発して保険金の支払いを拒否するぞと脅かす。相手が折れて出て、一割か二割を進呈するから極秘に願いたいと言うことになれば、話は成功だ。百万か二百万の現金を、誰にも知られずにホテルの主人から受取ることが出来るかも知れない。

とにかく金がほしい。金がなくては現在の哀しい恋を続けることができないのだった。金のある男だけが、年老いてから後に美しい若い娘との恋を楽しむことが出来る。せめて一年でも、半年でも、三カ月でもいいから、そういう喜びを味わってみたい。その事によって彼の人生が変る。彼の生涯が悔いなきものになるような気がする。

この悪だくみが露顕すれば、大変なことだ。会社は馘首《かくしゅ》される。失業する。罪の汚名を着て、彼の人生は破滅だ。それもこれも、恋のためだ。恋に身をほろぼすというのもまた、ロマンティックな人生ではないか。

汽車のガードを潜って、更に山をすこし登ったところに、洒落た数寄屋《すきや》風の別荘があって、それがホテルの主人の住居だった。白い鶏が庭を歩いている。植込みのつつじの間を、西村は心臓の動悸をおさえながらはいって行った。何もかもユカちゃんの為だ。敵地に単身乗り込む心地だった。

玄関の硝子格子は大きなベルの音をたてて開いた。彼は腹に力を入れて待っていた。すると十五六の、学生服を着た少年が出てきた。彼はゆっくりと一枚の名刺をとり出し、

「昭和火災の者ですが、御主人がおいででしたら、ちょっとお会いしたいんですが……」と言った。

少年は畳に膝をついた姿勢で、声変りした直後らしく妙にかすれた太い声で、

「父はいま、あの……寝ておりますけど……」と言った。

「はあ?……ええと、御病気か何か?」

「病気です」と少年はぶっきら棒に答える。

「ふむ。……どうなさったんですか」

「中風なんです」

「中風?……すると、相当ひどいんですか」

「ええ、全然、からだが動かせないんです。どういう御用でしょうか」

「なるほど……」と西村は呟いた。「いつから御病気に……」

「あの、火事の五六日あとからです」

「ああそうですか。……お母様は?」

「母はずっと前、死にました」

これでは話にならん、と西村は思った。

「では、また伺います。どうぞお大事に……」と言って、彼は玄関を閉めた。

馬鹿なはなしだ。強請り、又は恐喝の目的で訪問して置きながら、病気見舞いを言って辞去するような始末になってしまった。しかし西村は内心ほっと安心した気持で、襟元の汗を拭いた。ともかくも彼は重大なひとつの罪を犯すことなしに済んだのだ。その代りに、金は一文もはいらない。ユカちゃんはいま映画を見ていることだろう。夜は二人きりで、ゆっくりと恋をたのしむことが出来る。新しい人生がひらけて行く。しかし五十ちかい男の道ならぬ恋は、理枝や能代敬の恋とは性質が違うのだ。先ず何よりも先に、金がなくてはならない。月に一万五千円ぐらいなくては、この恋を続けることが出来ないのだ。

長い坂道をだらだらと七八丁も降ってくると、左手の高い屋根の上に白い大きな看板が出ていて、白竜館と書いてある。昭和火災熱海代理店の白井が経営している旅館である。もしかしたら白井は松東ホテルの主人と共謀して、あの保険契約を結び、あの火事を起させたのかも知れない。松東ホテルが中風では話にならないが、白竜館にかけあってみるのも一つの手段だ、と西村は思った。白井に会うことには遠慮は要らない。本社の火災保険部次長として、通りがかりに寄ってみたという口実で足りるのだ。よし、と彼は思った。再び悪事をはたらこうという気持が起ってくる。胸のなかが堅い板のようになる。頭に血がのぼる。わざと煙草をくわえて、彼はゆっくりと玄関にはいって行った。

玄関の前に白梅が咲いており、車が一台とまっている。間口五間もある大玄関をはいると、正面の板敷に衝立《ついたて》が立っていて、その衝立に彫り上げた金色の大鷲《おおわし》が、翅《はね》をひろげ首を伸ばし、きらきらした眼を見開いてまともに彼を睨んだ。思わず立ち止まると、硝子張りの帳場から番頭らしい中年の男があわてて出て来て、

「いらっしゃいまし。お泊りでいらっしゃいますか」と、板敷にひざまずいた。

「ああ、いやいや。僕は昭和火災の本社の者なんだが、熱海へ来たもんだから、ちょっと白井君に会ってみたいと思って、のぞいてみたんだよ」

「あさようでございましたか。それはどうも……」と言いながら、番頭は奥へ取次ごうとはしない。

「白井君は、おいでかね」

「はい。ええ、……ちょっとからだを悪く致しまして」

「ほう。どうしたんだね」

「はい。ええ……」と番頭は煮えきらない口調で、「盲腸だそうでござんす」

またか、西村は思った。

「盲腸か。そりゃ大変だな。手術をしたのかね」

「はい。さくじつ、病院で切ったそうでござんして……」

「ふむ。そうか。そりゃまあ、お大事に。宜しく言ってくれ給え」

まるで二人のお見舞いに廻ったような工合だった。馬鹿げた話だ。しかし白竜館の玄関の前から、夕方の灯のともりかけた熱海の街に降りて行きながら、西村は腹の底から、(助かった!)と思っていた。神明の加護というべきかも知れない。二人が同時に病気になった。白井は昨夜からだ。もう二三日早く来ていたら、西村は恐喝の罪を犯したかも知れない。有難いことだった。しかしその代り、金は一銭も手に入らなかった。これも神の意思かも知れない、と彼は思った。

宿に帰ってみると、ユカはまだ戻っていなかった。ひとりきりの部屋で、西村は服もぬがずにぐったりと机にもたれた。心身ともに疲れている。深い溜息が出た。恋の疲れと、悪事を決行しようとした事との疲れだった。平凡な日常の勤めにはさほど疲れを感じないが、その日常生活の軌道から一歩外へ踏み出そうとすれば、忽ち激しい疲労に襲われる。若い頃にはこんな事はなかった。年齢というものは抵抗できないものらしかった。

彼は机に両手をついて重いからだを起すと、鞄の底をさぐって薬の箱をとり出した。曾我製薬株式会社のビタミン剤とホルモン剤とである。一体曾我法介という男は敵なのか味方なのか。彼は眼に見えない所からユカを操っているのではないかと思われる節もある。そうかと思うと西村の健康のために種々な薬を持って来てくれる。憎らしい男ではあるが、ユカちゃんを喫茶店へ呼び出して西村に会わせてくれたのも彼だった。

薬をのんで、丹前に着かえる。手拭を持ってひとりで風呂場へ降りた。誰も居ない家族風呂のなかにそっと身を沈めると、全身が快くしびれるような気がする。眼をとじて湯槽のふちに頭をもたせかける。とうとう熱海へ来たと思う。生れて初めて、妻ならぬ女を連れて温泉へ来たのだ。世間の放蕩者が誰でもする楽しみを、自分も今日はじめて味わうことができるのだ。

さと子には相済まない。しかし生涯に一度もこういう楽しみを知らないで終るのは、男としてあまりに可哀相だ。勘弁して貰うより仕方がない。

今から食事をする。酒を飲む。食事を終ったら、もう用はない。二人きりの夜だ。五十ちかい中老人の恋は、恋愛が直ちに性慾だった。心の恋愛というものはない。理枝や能代敬とは違って、途中のくだくだしい手順を楽しむ気は毛頭ない。あさましい事かも知れないが、ユカを愛する気持そのものが、直接に彼女の肉体を愛することだった。あと十年も経って、いよいよ躰が衰えてしまえば、今度は人形を愛するように、自分の娘を愛するように、肉体をはなれた感情だけの愛情に変るかも知れない。今はただ慾情だけが全部だった。人生に於ける最後の華やかな慾情だ。しかし西村は、自分のからだが心配だった。だからホルモン剤を飲んだのだ。この貴重な一夜の楽しみを満喫するだけの体力が自分にあるかどうか。何もかも、今夜のための準備だった。からだじゅうを泡だらけにして、彼は全身を洗い清めた。心が騒ぎ、血が騒いだ。

風呂からあがって部屋にもどると、ユカが帰っていた。鏡台の前に膝をくずして坐り、まだ洋服のままで、髪を直していた。

「楽しかったわ、小父さま！」と彼女は表情を崩して言う。「どこのお店にも面白いものを沢山売っているでしょう。お婆さまにお土産を買ったの。それから、温泉が噴き出している所を通ったわ。凄いのね。ごうごう音がして、熱い湯気がまっしろになるほど噴き出しているの。こわかったわ」

舌足らずのような可愛い言葉を聞いていると、西村は夜が待てないような気持になった。彼はユカのうしろにかがんで、彼女の肩を両腕のなかに抱きしめてやった。手が慄えた。

「どんなお土産を買った？」

するとユカは抱かれたまま二つ三つの紙包みを開いた。木彫りの熊や、箸箱や、愚にもつかない物ばかりだった。彼女の丸い乳房が西村の手に触れた。彼女はその手をのけながら、

「いやよ小父さま」と鼻声で言った。

いよいよ、夜が来た。

廊下の広い硝子を透して、眼の下にひろがる熱海の街々は、色とりどりのネオンをともし、赤や青にきらめく灯の海となって、誘惑するような、妖しく情感をかきみだすような、不道徳な雰囲気をたたえているが、その街のはるか上の方は、無限に高くつづく暗黒の夜空であった。食卓にユカとさし向いに坐って、盃をかたむけながら西村は夜景を眺めていた。この無数のきらめく灯の下には、すべて一組ずつの男女が居て、人眼をさけて、夜の暗さにかくれて、彼等の慾情をたのしんでいるに違いない。してみれば彼がここにこうしていることも、極めて平

凡な人間風景の一齣《こま》にすぎないのだ。

たった二杯の酒にユカちゃんは頬をうす赤く染めて、怠惰な姿勢で赤い魚肉を箸の先にぶらさげながら、

「小父さま、マルテのマダムは小父さまが好きなのね。わたし知ってるわ」と言った。

生意気なせりふだ。彼女は湯上りに女ものの丹前を着て、丸く着ぶくれて、細紐《ほそひも》をしめた腰がくびれたように細い。その細い腰がいかにも稚ない少女だった。

「マダムが何かそんな事を言ったかい？」

「いいえ。そういう訳じゃないの。小父さまもマダムがお好きなんでしょう」

「別に好きじゃないよ」

「あら、そうかしら」

「僕はユカちゃんの方が十倍も好きさ」

すると彼女は頬をかしげて、

「本当かしら。でも、嬉しいわ」と言った。

馬鹿々々しい会話だ。その子供じみた馬鹿々々しさが、西村はたのしかった。ユカと同じ年齢まで若返ったような気持で、自分の年齢を忘れ、浮世の苦労を忘れ、家庭の親の苦労をも忘れていた。

「君と曾我君とは一体、どういう関係なんだ」と西村は冗談めかして、彼女の手をとりながら言った。

ユカはまじめな表情で、

「何でもないわ」と言う、「本当よ。全然なんでもないわ。だけど、あの人、わたしに結婚を申込んだことがあるの」

「いつだい？」

「去年の九月かしら。十月かしら。わたし泣いちゃったわ」

「どうして泣いたんだ」

「だって、悲しいでしょう。わたし結婚なんかしたら、死んでしまう」

「なぜ死ぬんだ」

「恥かしくって、とても生きていられないわ」

「恥かしい事なんかないじゃないか」

「恥かしいわ」と言って彼女は両手を頬にあてた。その頬が本当に羞恥で赤くなっていた。

「だって、どこの娘でもみんな結婚するじゃないか。僕のうちの娘も近いうちに結婚するよ。もう本当は結婚しているらしい」

「あら嫌だ。どうしてそんなこと、みんな平気なんでしょう」

その言い方が、心にもない嘘をついているようでもなかった。本当に自分の肉体をそれほど恥かしく思っているのだろうか。そうとすれば法介が言っていた、(散々人手に渡った宝もの)という比喩は当っていない。しかしユカはヌード・モデルをやっている女である。それとこれと、話が合わない。一体この女の正体はどこにあるのか。西村はまた解らなくなって来た。

「そんならユカちゃんは、生涯結婚をしないつもりかい」

「結婚なんかしませんわ。絶対に、絶対にしないわ」

「嘘をつけ」

「いいえ、嘘じゃないわ。死んでも結婚なんかしません。神様に誓うわ」

その言い方が、西村の眼から見ると甚だ矛盾している。結婚とはどんな事であるか、彼女は興味をもって周囲を眺めているに違いない。結婚について相当の知識も持っているのだ。だからこそ恥かしいと思う。恥かしいと思うことと、結婚したいという感情とは、矛盾しているようで矛盾していない。そこのところがユカちゃんにはまだ解っていないらしい。現にこの女は三十も年の違う男と二人きりで温泉宿に泊っているではないか。彼女はこの行為を何と説明するつもりなのか。しかし西村はそんな事をつきつめて追求するほど子供っぽくはなかった。女心の矛盾は矛盾のままで、そっとして置けばいいのだと思っていた。矛盾したままで、彼女は男に身をまかせる。解釈のつかない行為を、解釈させようと思ったら、万事がぶち壊しになってしまう。肉体の衝動には理由もなければ解釈もない。解釈はあとから考えればいいのだ。

「結婚はしなくても、恋愛はするだろう」

「そうね。……プラトニックな恋愛ならしてもいいわ。でも男の人って、プラトニックな恋は出来ないんじゃないの」と、彼女は急にひどく人生の表裏に通じているような事を言った。

「そうでもないさ。男にだって純潔な恋愛はできるよ」

「そうかしら。小父さま、お出来になる？」

「出来るとも」と西村は心にもないことを言う。

「ああよかった。わたし本当は心配していたのよ。小父さまがもし悪い人だったらどうしようかと思っていたの。でも、嬉しいわ」

西村はこの年になって、この小娘の口先ひとつに曳きずり廻されているような気がした。湯あがりのつややかな頰っぺたをして、女学生のようなういういしさで、言葉だけを聞いていれば本当に林檎のように清潔な娘かしらと思われるが、その言葉の裏に何かしら相当世間ずれのしたところも有りそうで、彼は見当がつかなかった。言葉でもって彼女をからめ捕ろうとすると、ユカは巧みに言葉でもって逃れる。鉄のカーテンをおろす。話をしながらそっと彼女の手を取ると、彼女もまた話のあいまにそっと手を放させる。考えてみればこれは案外、狡猾きわまる女かも知れないという気もして来た。

「どうだ。今から夜の街をちょっと歩いて来ようか。折角熱海へきたんだからな」と西村は彼女を散歩にさそった。

それにはそれで、彼にも魂胆があった。散歩して帰ってくれば、ちょうど眠る時間になる。部屋には夜の支度も出来ているに違いない。本当に二人きりの夜が来る。ユカの幻想的なせりふも、ロマンティックな見せかけの衣裳も、役に立たない時が来る。言葉ではごま化せない最後の場面にぶつかる。彼女はもうとっくに、東京を出る時から、ちゃんと覚悟しているに違いない。そこまで行ってしまえば、もう言葉は要らなくなる。彼女の正体がはっきりする。

西村は煙草をくわえて、丹前の上に帯をしめ直した。うしろからユカの胸を抱いて、立たせてやる。彼の胸にもたれるようにして、わたし酔ったのかしらと言いながら、案外軽く、ふわりと彼女は立ちあがった。

それから二人は宿の下駄を突っかけて、外へ出た。鼻緒の固い、はきにくい下駄だ。番頭が玄関の外まで送って来て、行っていらっしゃいましと言う。それが皮肉のようにもきこえるし、からかわれているような気もする。西村は少からず恥かしい。恥かしさが何となく嬉しくもある。

いま彼が、ここでこんな事をしていることは、さと子も知らない、理枝も知らない。曾我法介も島田課長も、誰ひとり知らない。西村とユカちゃんと二人が知っているだけだ。つまり彼は今夜、日本中のあらゆる知人から行方不明になっている。日常生活のすべての絆から解放されて、巧みに逃げ出して、僅か十数時間の自由を享受している。この行方不明の楽しさは他の何ものにも替え難いものがある。しかも美しい少女が一緒に居るのだ。

彼はユカちゃんの温かい軟らかな手を握ったまま、坂道を上へ曲った。下の街は明るくて、恥かしい。誰か知った人に見つかるかも知れない。山手の暗い住宅地の、安全なところを、すこし歩いてみるつもりだった。白い花が生垣の上にびっしりと咲いている。梅だ。ほのかな冷たい香り。人通りはほとんどない。

西村は女の肩をそっと抱いた。彼女は素直にもたれかかったままで歩く。軽いからだだった。かかえた手の下で、女の肩がかぼそくて、何かしら可哀相だった。可哀相だという感情と、この女を冒そうという意慾とは、矛盾するようで矛盾しない。可哀相なほどのおさなさと美しさとが、即ち彼の意慾をそそる魅力でもあった。

「たのしいね」と彼はささやく。

「ええ」

「僕はユカちゃんが好きでたまらないんだ」

「ほんとかしら」

「ほんとだよ」

「いつまでも、こうして歩いていたいわ」

「そういう訳には行かないね」

「どうして?」

「明日になってしまう」

「かまわないわ。いつまでもいつまでも、十年も二十年も、こうして歩いていたいの。こんな夜が十年も続いたら、素敵ね」

「ユカちゃん」

「なあに?」

「君と結婚すれば良かったなあ」

「あら、奥さんがいらっしゃるくせに……」

「それが残念だよ」

「仕方がないわ。あきらめなさい」

「あきらめられないよ」

「じゃ、どうするの?」

「心中しようか」

「いやよ」

「錦《にしき》が浦《うら》っていう、心中の名所があるんだ。この少し向うの方だけど。絶対確実に死ねるそうだ」

「わたし死ぬの、平気よ」

芸者が二人、三味線を持って坂道を降りて来た。暗い中ですれ違う。

「いまのは芸者だよ」と西村が言った。

「わたし一遍でいいから、芸者になってみたいわ」とユカは弾んだ声で言った。

街燈の遠い、ほの暗い場所だった。西村は両手でユカを抱き寄せ、無理矢理に接吻をした。彼女は頭を振って二三度避けたが、それ以上はさからわなかった。軟らかいふわふわした唇だった。それからまた歩いて街角をまがった。彼女は小さな声で、帰りましょうと言った。宿へ帰ってから、何もかも任せるつもりなのだと、西村は思った。すると心が慄えた。

歩きにくい坂道を、足さぐりするようにして、二人は手をとりながら降りて行った。もはや何も言わなかった。何も言わなくても、西村の心は満たされていた。心から心へ、胸から胸へ、お互いの愛情が大きな流れになって、相手を満たしているような気がした。如何なる言葉にもまさる愛情の至高な瞬間であると、彼は思った。（ああ、このような歓喜がまたとあろうか……）彼はさっきまでは悪い事をしているつもりだった。しかし今は善悪を超越してしまったような気持だった。神よ、私を罰するならば罰し給え。私は決して後悔はしないつもりです。

……感激に涙がながれていた。永いサラリーマンの人生に於て、これほど激しく魂を燃焼したことは一度もなかった。彼はユカちゃんの腕をしっかりと抱きこんで、息を切らしながら歩いていた。

宿の玄関をはいると、二人は黙って部屋にもどった。ほの暗い部屋のなかに、四角な枕行燈《まくらあんどん》が淡くともっていて、真赤な花模様の寝具が二つ、ぴったりと揃えて敷いてあった。西村耕太郎は感激して、彼女をうしろから抱きしめた。

「ユカちゃん、とうとう二人きりになったね」

すると小娘は肩に力を入れて柔らかく抵抗しながら、

「わたし、どこへ寝るのかしら」と言った。

西村は黙って彼女の頰に頰ずりした。所詮は虚しく消え去る短い恋であるに違いない。永続きする筈はないのだ。しかし今はこの娘だけが全部だった。

君の謂《い》ふ空虚のなかに、

俺は万能を見出すつもりだ！

彼女は肩をねじって、そっと彼の腕からぬけ出そうとする。西村はそれをまた両腕のなかに抱きこんだ。

「さあ、ユカちゃん、僕たちの結婚式だ」

　すると彼女は急につめたくなって答えた。

「あら、いやよ。わたし向うの部屋へ行って寝るわ」

　そういう女の恥かしがり方が、西村の眼には可愛かった。彼はユカのかぼそい躰を軽々と抱きあげた。目方はないが、彼女はからだをくねらせて、腕のあいだから潜り落ちようとする。どんな風にでも動く、しなやかな躰だった。甘い匂いがする。未熟な女の匂いだ。西村は歓喜の声をあげながら、彼女のふくらんだ胸に顔を伏せた。するとユカは、

「いやいや、小父さま、いや！　放して、放して……」と小さく叫んだ。そして彼の肩に両手を突っ張って、彼の腕の中からのがれ出た。

　それから後は、一種の格闘だった。彼は大胆になっていた。自信もあった。力にかけては三倍も彼の方が強かった。所詮ユカに抵抗する能力はない筈だった。

　　大胆な男になつて、女の、
　　抵抗することも出来ないのを、つかまへます。
　　腕には力が加はつて、をなごを抱き上げる。……
　　向うみずのたはけが。
　　敢《あへ》てする気か。聞かぬか。待て！

　彼は軟らかい女のからだを抱いて、寝具の上をころげ廻った。ユカは小さな唸り声をあげ、

眉をしかめ、醜い顔になった。着物の裾がみだれ、肌があらわになる。今までのあの可愛らしい純潔な少女の姿ではなかった。

あなたは何をします、ファウストさん。

力づくでをなごを摑《つか》まへる。

もう女の姿が濁つて来た。……

ユカは腕の力が弱い。彼が力をこめて引寄せれば、手もなく抱き込まれてしまう。それでも抵抗はやめなかった。必死になって彼の首や顎に腕を突っぱり、自分のからだを遠ざけようとする。もはや愛の戯れではなくて、格闘であった。羞恥心や本能的な媚態による抵抗ではなくて、身を守るための戦いだった。

そんな筈はないと西村は思っていた。二人のあいだではちゃんと諒解《りようかい》がついていた筈だった。だからこそ彼女は二人きりで温泉宿に泊ることを承知して、ここまで来たのではないか。今になって拒絶される筈はないのだ。女はたとい愛人に対してでも、一応は拒もうとする。それが女の本能であるらしい。古来すべての男性は、最後には一種の暴力を用いて契りを結ぶ、それがきまった形式になっているのだ。暴力も必要な力であり、女は征服されたことに後悔も憤りも感じない。自分の行為もその形式を踏んでいるだけなのだと西村は思った。しかしユカの抵抗はいつまでもやまない。曾我法介が言ったように、散々人手に渡った宝物であるのならば、いまさら彼女が何を失うというのか。裏街の妖しげなカメラ・スタジオで、毎夜のように男たちに裸形を晒《さら》し、ヌード・モデルをして来た女が、いまさら何を羞《は》じることがあろうか。

ユカは泣いていた。本当に涙をながし、喉をふるわせてすすり泣いていた。涙が頬をながれ、赤い唇を流れる。ほのかな枕行燈の光のなかで、彼女の涙の跡が光る。泣きながら優しい声で、

「小父さま、堪忍して。お願いですから、堪忍して……」と言った。唇がふるえ、声がふるえる。「……ほかの事だったら、何だって言うことを聞きますから、今日だけは堪忍して……」

彼女は髪をふり乱し、彼の強い腕にとらえられたまま、崩れた姿勢で、なおも抵抗をつづけながら、しおらしく頭を下げて頼むのだった。

「小父さま、そんな事をなさったら、わたし嫌いになっちゃうわ。いやいやいや！　お願い。もう堪忍して……」

その言い方が、西村を恨むでもなく、腹を立てるでもなく、心から詫びるような優しい口調だった。西村は闘い疲れたかたちで、なおも彼女の二の腕をつかんだままそれを聞かされたが、聞いているうちに何か大きな力をもって脊筋を叩かれたような気がした。この女は処女なのだ。これは本当にまだけがれを知らない、心にもからだにもけがれを受けたことのない、純潔な娘であるに違いない。酒場のつとめにも冒されず、ヌード・モデルの仕事からもけがれを受けていない、聖母マリヤのような処女なのだ。彼女がこんなに永い時間、これだけ不利な条件のな

かで、西村に抵抗しつづけることができた、その力こそ処女の力であるに違いない。

そう思うと、不意に彼は罪の意識に襲われた。処女を冒すという事がどんなに大きな罪であるかを感じた。一人の女が必死に守っている唯一つのものを、彼女の純潔を、理不尽に踏みにじる事の、許し難き罪の大きさを感じた。この女はやはり処女であったらしい。これが本当の処女というものなのだ。……そして彼はこの時ほど、処女というものの尊厳を感じたことはなかった。心なき男が手を触れてはならないものなのだ。西村は自分の腕のなかで慄えている小鳥のような可憐な娘を抱きしめたまま、その乱れた後頭部の髪のなかに顔を埋めた。涙がながれていた。慚愧《ざんき》の涙だった。彼は何もかも諦めようと思った。

彼の涙がユカちゃんの首筋に流れたらしかった。その温かい感覚におどろいて、彼女はふり向いた。そして小父さまの眼がぬれているのを見た。彼女にとって、こんな大の男が涙を流すなどという事は、信じられないほどの大きな事件であった。彼女は感動し、大きく眼をみはって西村を見た。それから両手をひろげて彼の頭をやさしく抱いた。

「小父さま、泣かないで。小父さまが泣いたりしたら、ユカ、困っちゃうじゃないの。御免なさい。わたしが悪いのよ。だけど、私だって辛いのよ。解って下さるわね。……小父さま大好きよ。とっても好きよ。でも、変なことだけは堪忍してね。わたしに出来ることだったら、何だって小父さまの言う通りにするわ、ねえ小父さま。もう泣いちゃいや。ユカちゃんも悲しくなるから」

まるで子供が母親にあやされているようだった。そんな馬鹿な話はない。しかし西村はユカの優しい言葉の慰めを受けながら、三十も年下のこの小娘に甘える気持になっていた。母に駄々をこねて、母にあやされている子供の気持になっていた。彼の右手は着物の上から娘の乳房に触れていた。それが母親の乳房のようだった。矛盾した気持。倒錯した感覚。……

西村は大きな溜息をついた。そして何もかもあきらめた。諦めた後にはどんな人生があるのか。やはりさと子と二人きりの、理枝に置き去りにされた夫婦二人の、静かな晩年があるだけだった。それが普通のことであり、当然のことである。それ以外の人生が有り得るかのように考えた、その事が間違いだった。

闘いは終って、二人とも静かだった。ユカちゃんは西村の腕に抱かれたまま、そして両腕で小父さまの頭を抱いたまま、静かな息をしていた。そのままで五分ばかりも、ひとことも言わなかった。或いは、この瞬間にこそ、二人は本当に愛しあっていたかも知れなかった。それは恋愛でもなく、慾情でもなく、もっと本源的な、男性と女性との自然な親密感のようなものであった。やがてユカはそっと顔を動かして、彼の額に自分の頬をあてた。更に、彼の耳元に口を寄せてきて、熱い息を吐きながらささやくのだった。

「小父さま、好《い》い人ね、大好きよ。……だから、もうユカちゃんを苛めないでね。その代り、うんと可愛いキスをして上げるわ」

西村は眼を閉じた。少女は両手の間に鬚のざらざらした男の頰をはさんで、彼の唇にそっと唇を押しつけた。やさしい親切な、いかにも清らかな感じの接吻だった。西村は完全に闘志を奪われ、慚愧に耐えない気持と、母に甘ったれているような愉しさとを交々《こもごも》感じながら、彼女の言うままになっていた。慾情の残り火は腹の底にくすぶっている。しかしもはや再び燃えあがる力は持たなかった。彼はもう一度、重い溜息をついた。すると、どういう訳か解らないが、(人生五十年……)という言葉が胸にうかんだ。ユカが小さな声で、

「もう何時かしら……」と言った。

踏み乱された寝具の上に、二人はしばらくじっと坐っていた。ほの暗い枕行燈が、畳の上に低く置いてあるので、西村の黒い影は天井までとどくほど大きく拡大されていた。それが彼の心のなかの醜悪さを拡大して見せているようだった。ユカが着物の前を直しながらそっと立ちあがった。そしてうしろからこわごわ西村の肩を抱いて、

「わたし、おとなりの部屋へ行って寝るわ。叱らないでね、小父さま」と言った。

もう叱る訳には行かなかった。ユカは境の唐紙を一ぱいに開くと、自分の寝牀をずるずると曳きずって行った。その作業が終ると、今度は西村の寝牀をきちんと直して、ついでにもう一度、自分から彼の唇にキスをしてくれた。それから、

「おやすみなさい。御ゆっくりね」と言って、仄暗いなかでにっこり笑った。まるでからかわれているようだった。散々に男を知った女が、わざと男の気持を弄んでいるみたいなやり方だった。しかし多分、彼女は何も知らないのだ。彼女は自分が男の要求を拒んだことを、ただ単純に、気の毒がっているらしかった。

唐紙がしまって独りきりになると、西村は黙って一本の煙草をすった。それから両手で頭の毛を掻きむしった。いろいろな夢も、希望も、計画も、すべて淡雪のようにはかなく消えてしまった。それと同時に、この数カ月のあいだ心にからまっていた醜い蔓草《つるくさ》のようなものが悉く取り去られて、淋しいほどすっきりとした気持になっていた。すると、これからさき自分が歩いて行くであろう残りの人生の姿が、くっきりとした一筋の道のように眼の前にうかんで来るのだった。立身出世の望みもない。愛慾の夢もない。大した不幸もないかも知れないが、今より幸福になれそうな希望もない。要するにただ一筋の、坦々として平凡な降り坂がどこまでも続いているばかりだった。つまり、何もない人生を、寿命のある限り生きて行くに過ぎない。自分の人生に退屈した時は、孫を抱いて子守唄をうたったり、庭に草花を植えたり、抹茶をたてたりして、単調な人生に淡彩をほどこそうとするだろう。それだけの事だ。

しかし彼は、ユカちゃんという一人の少女を犯さなかった事を、やはり良かったと思っていた。もしも罪を犯してしまったならば、彼の今後の人生はどうなったか解らない。ロマンティックなどと言ってはいられない、もっともっと悲惨な人生がここから始まったかも知れない。彼は救われたと思っていた。神の御心《みこころ》かも知れない。かのファウスト博士は、みずから犯したマルガレエテの導きによって神の救いを得たが、西村耕太郎は犯すことの出来なかった、ユカまたはユカリと自称する素性不明の一処女の扶《たす》けによって、神の救いを得たようであった。

彼はひとりで牀にはいると、頭から蒲団をかぶって犬のように丸くなった。遠くで消防自動車のサイレンの音がしていた。火災保険のことが直ぐ頭にうかぶ。東京へ帰れば数十人の部下を持つ保険会社の次長として、押しも押されもしない中堅幹部の一人である。しかし、いま西村耕太郎は熱海の宿で、胸をしめつけて来るような孤独な思いを抱いて、自分を扱いかねていた。所詮、人間は生れた時のように孤独であり、孤独のままで墳墓の土にはいらなくてはならない。……そんな風な哲学的な悩みが彼を迷路にひきずり込んで行った。満たされなかった慾情が、そういう孤独感となって彼を悩ましているのだった。

あくる朝、西村はおそく眼をさました。熱海の街は東に向いているので、海の朝日がまともに窓に射しこむ。白いカーテンが日光を受けて真赤になっていた。

虚脱したような無気力さで、彼は牀のなかで煙草をすった。今日からまた、平凡な会社づとめの日々が続く。理枝はどうしているだろうかと思った。ケイと二人で朝飯をたべているかも知れない。夜通し温められた女の肌が、腫れぼったいような白さになって、うつろな心で、立居ふるまいが重くなっている。そういう娘の姿を、父ははるか遠い旅の宿で想像していた。こんな所にこんな姿で居る父を、理枝は知るまい。さと子も知るまい。しかしもはや、行方不明であることの愉しさはなかった。

「ユカちゃん。ユカちゃん」と彼は寝たままで呼んだ。

今日からは唯の小父さまになって、赤の他人のままで、あの子を静かな心で可愛がってやろうと思った。清潔な心境だった。あるいはそれが未練であったかも知れない。返事がないので彼は牀の上に起きあがった。腰が痛み、右足が痛かった。神経痛がまた出てきたようだ。躰の芯の方に熱っぽい所があるようで、気持がわるかった。

「おい、ユカちゃん。良いお天気だ。起きないか」と言ってから、彼は間の唐紙をひらいた。そこに、若い娘の純真な、けだものじみた寝姿を想像していた。今日からは本当に清潔な気持で可愛がってやろうと思っていた。しかしユカは居なかった。掛けぶとんが二つ折りにまくられていて、洋服もハンドバッグも外套も、何もなかった。西村はしばらく敷居のところに立って見ていた。いつから居なくなったのか、彼はまるで知らなかった。

彼はひとりで風呂場へ降りて行った。湯の温かさが肉に沁みた。頭まで沁みるようだった。風邪をひいたかも知れない。風邪をひくと必らず神経痛が起きるのだった。からだに沁みる湯の温度が、後悔の痛みに似ていた。人間はやはり平凡に暮さなくてはいけないのだという気がした。

部屋にもどると女中が掃除を終って、テーブルを拭いていた。彼女は顔をあげないで、

「あの、お連れ様が今朝ほど……」と言った。「黙って帰るけど宜しくと仰言いまして、お立ちになりました。六時すぎでございましたかしら」

「うむ。……食事はして行ったかね」

「いいえ、何も召しあがらないで……」

「そうか」

「可愛いお嬢さまでいらっしゃいますね」

「可愛いだろう」

「はい。とてもお綺麗で………」

女中にそう言われると、また逆に後悔する気持だった。惜しい事をしてしまった。あれだけの良い娘はもう決して手に入らないだろうという気がした。流星光底に長蛇《ちようだ》を逸す。しかし何もかも無事に済んだ。スリルを楽しんだに過ぎなかった。無事にすんだという事も悪くはないのだと思った。負け惜しみであることは、自分で解っていた。

もう熱海には用はない。彼は時間を持てあましていた。たしかに風邪をひいたようでもある。喉が痛かった。

「飯の前に、酒を一本つけてくれないか」と彼は言った。「……それから、十時すぎぐらいの汽車はないかな」

「東京でいらっしゃいますね」と女中は言った。痩せた、世帯くずれらしい、何もかも心得ているような女だった。

刀は鞘《さや》に

帰りの汽車のなかから、熱が出た。乳のあたりがしくしくと痛んだ。心臓の真上である。こんな事は前にも度々あった。心臓病かと思って心配したが、その部分の肋間《ろっかん》神経痛であった。帰りつくと直ぐに、西村は牀を敷いてもらった。さと子は湯たんぽを入れてくれた。汗をかいて、彼は昏々とねむった。頭のなかで何かが騒いでいた。遠い火事場の騒ぎのようであった。なぜこんなに眠れるのかと思うほど、彼はねむった。眠ることによって何かから逃れようとしていたようでもあった。食慾はすくなかった。

翌朝になると彼はすっかり疲れ衰えていた。神経痛は耳の上まで来て、ときおりこめかみのあたりがきりきりと痛んだ。さと子が心配して、夕方医者を呼んだ。医者は診察して、立派に肺炎になっていると言った。けれども戦後の新薬の発達以来、肺炎はおそろしい病気ではなかった。注射をすると、夜半から熱がさがった。

さと子が会社へ電話をかけて、しばらく休ませて頂くことを頼んだ。するとそのあくる日、曾我法介が訪ねて来た。彼はまじめな表情で西村の顔をのぞき込みながら、

「とうとうやられましたね」と言った。

まるで、やられるのが当然のような言い方だった。それから鞄をひらいて、ペニシリンやストレプトマイシンや新しいビタミン剤や睡眠薬や脳下垂体ホルモンや、いろいろな薬の箱を次長の枕もとに並べた。まるで曾我製薬会社の製品展示会のようだった。

「なくなったらいくらでも持って来ますから、会社へお電話を下さい」と法介はさと子に言った。

熱はさがっても、その後の療養はやはり大切なことだった。西村は疲れきって、眼を閉じていた。昼の日光が衰えた眼にはまぶしかった。無精鬚が伸びて、汚ない顔になっていた。鬚が伸びてみると、おどろくほど白毛が多くなっていた。まるで六十の爺《じじい》のようだった。

さと子が茶を入れる為に席をはずすと、法介はそっと西村の方に身をかがめて、

「次長、ユカちゃんに何か伝言はありませんか」と言った。「有ったら、何でも取り次いであげます」

彼は黙って頭を振った。もはや自分にはその資格がないのだという気がしていた。神経痛と肺炎と高血圧とに悩まされながら、何の恋愛ぞや。戯れの恋ならともかくも、まじめな恋をする年齢ではなくなってしまった。恋愛というものは、やはり二十代の青年がするものであって、五十ちかい老人がするものではないのだ。そう考えると、自分の運命が解るような気がした。(五十にして天命を知る)孔子《こうし》でさえも五十にならなくては天命を知ることができなかった。もっと慾ふかい気持をもっていたに違いない。

「それから、能代敬のところへ知らせてやりましたか」と法介は言った。

次長は眼をとじたままで静かに首を振った。

「知らせてやったらどうですか。あいつは良いやつです。次長は腹を立てておられるでしょうけれど、あと五年経ったらきっと、良い男だという事が解ります。失礼ですが次長よりは、お宅の理枝さんの方が、男を見る眼がありますね。あいつはアプレ・ゲールの中の傑作ですよ。僕はおやじの製薬会社に雇ってやろうかと思っているんです」

西村は黙って聞いていた。自分の心が、あらゆる物事に抵抗力を失ってしまったような、弱い気持になっていた。

その次の日、理枝が不意に帰って来た。能代敬も一緒だった。ケイは西村の枕もとにきちんと坐って、

「お父さん、御気分はいかがですか」と言った。

「どうして解ったんだね」

「お母さんが知らせて下さいました」

図々しい男だと西村は思った。お父さんとかお母さんとかいう懇切な言葉を自由自在に使って、阿諛追従《あゆついしょう》を事としながら、それを恥かしいとも思わない。こういう男は今のうちは大人しくしていても、そのうちに爪を出し牙を出し、手に負えない狼になるに違いない。しかも着々として彼の家庭のなかに実績を積み上げて行く。叩き出してやりたいけれども、叩き出せば理枝も一緒に出て行くだろう。蛇蜂《あぶはち》取らずだ。

ところがさと子は馬鹿だから、帰って来た二人を何とかして歓迎しようとあたふたしている。理枝の健康のことを訊ねたり、経済のことを心配したり、大洗なんかに居なくても当分うちに帰っていたらいいじゃないかと言ったりする。西村は腹が立ってならないが、さと子に対して弱味があった。さと子は何も知らない。けれども熱海へユカちゃんと二人で行って来た事が胸につかえていて、さと子に強い事が言えなかった。

理枝は頰がすこし瘦せて、鼻が尖ったような顔になっていた。そのくせからだつきはぼったりと重そうに、妊婦らしい恰好になって来た。もうどうにもならない。人工流産も手遅れだろう。家出した頃の神経質な様子はなくなって、遅鈍になったのではないかと思うほど落着いている。大洗の浜で獲れたらしい魚の干物などを土産に持って来て、そんな物で親をたぶらかそうと思っているのだ。

「お前はどうするつもりなんだ」と西村は、ケイを眼の前に置いて言った。

「どうするって言っても、どうにもならないわ」と理枝は前よりも少し太い声になって言った。妊娠すると声帯まで変るらしかった。

「どうにもならんじゃ困るじゃないか。どうするんだ」

「今のままで宜いじゃないの。能代も、式なんかどうでもいいと言っているし、……」

「そんな訳には行かない。何れにしてもきちんとして置かなくてはいけないよ」

「じゃ、簡単に式だけすればいいわ」

父はまだ賛成も承諾もしたわけではなかった。しかし、反対を唱えてみることが、今となっては一種の抽象論であった。現実ばなれした話になってしまう。

「お前はあっちへ行って休むがいい。お母さんを呼んでくれ」と父は言った。

理枝はケイを促して病室を出て行った。入れちがいにはいって来たさと子は、にこにこしながら良人の牀にかがみ込んで、

「あなた、理枝は顔が変ったでしょう。きっと男ですよ」と言った。

「何を言ってるんだ。あの二人はまだ夫婦でも何でもないじゃないか。喜んでいるような場合

じゃないだろう。お前がしっかりしないからあんな事になるんだ」

西村は思わず大きな声を出して叱り飛ばした。さと子は青くなって良人を押えた。二人にきこえるのを恐れているのだった。それから却って強い表情になって、

「いつまであなたは同じ事ばかり言ってるんです」と逆に叱りつけた。「いくらあなたが反対したって子供はどうにもならないじゃありませんか。あんなにして、折角二人で見舞いに来ているのに、強情もいい加減にするもんだわ」

結局、父は娘たちが造った既成事実に負けるより仕方がなかった。母が先ず最初に理枝と妥協してしまった。女は現実的だ。殊に子供が生れるという現実は絶対なものだった。仕方がないではないかとさと子は言う。ところが能代敬はちゃんとそれを見越して、仕方がないような現実を故意に製造したのだ。その狡猾な計算がわかるからこそ、西村耕太郎はどこまでも負けたくない。この青二才に小股をすくわれることが、彼の誇りを傷つける。

さと子にはそれが解らない。解らないばかりか、生れて来るであろう初孫が、もう今から可愛いのだ。すると、曳きずる縁で、能代敬までが可愛くなってしまった。正月だから、茶の間で二人に餅を焼いてやる。あべかわ餅がいいとか海苔巻きがいいとか、理枝は無遠慮に大きな声をしている。能代敬の明るい笑い声まできこえてくる。万事休す。西村耕太郎は病室にひとり置き去りにされて、孤独な思いに沈む。

一体親とは何だ。一家の主人とは何だ。何でもありゃしない。妻を楽しませ、子を養い育て、営々孜々《しし》として勤めにいそしみ、飲みたい酒も碌に飲まず、放蕩らしい放蕩はできず、恋はあきらめ、そしてやがて五十になってしまう。はかなきものは男の一生ではないか。然るに近頃は女権拡張だという。男女平等だという。民主主義だという。一家のあるじだけが益々自由をも発言権をも失って行くのではないか。

さと子が盆に皿をのせてはいって来る。

「あべかわを食べてみません？」

実を言うと、皿を叩き割って怒鳴ってやりたい。しかしそれがどんなに無駄な事であるかも解っている。妥協するより仕方がない。幸い今は病人だ。病気にかこつけて、気が折れたようなふりをして、黙って妥協することだ。能代敬以外のどんな立派な男を理枝に見つけてやったところで、どうせ理枝は親をはなれて行くだろうし、誰かの子を産むだろうし、そして半分は他人みたいになってしまうだろうし、それが人生というものだ。彼は牀の上に半身を起して皿と箸とを受け取る。形の崩れた黄色い餅が二つ、醜い姿をして皿にのっている。

良人がゆっくりと餅をたべるのを見まもりながら、さと子がひそひそとささやく。

「大洗の方は引きあげて来たんですって。良かったわね。それで、どこかにアパートか何か見つけるまで、理枝を頼みますって言うの、わりあいに素直な人よ。案外うまくやって行けるんじゃないかと思うわ。まあ、あんな風ですから、当分は理枝の食べる分くらいは何とかしてやらなくちゃならないでしょうけれど、それも永いことじゃないわ」

餅をたべ終って、西村はふたたび横になる。硝子窓を通して庭の風景が半分ばかり見えている。やがて旧正月が来る。節分、立春。寒そうな曇り空にジェット機の爆音がとどろく。恢復《かいふく》期《き》の心は案外に静かで、平和だった。自分の人生にいろいろな諦めを感じ、謙虚になっていた。ともかくも肺炎という重病から立ちなおって、まだ当分はこの命がつづく。(余生) というものかも知れない。自分に対して寛容になると同時に、理枝や能代敬に対しても、もう争う気はなかった。争い続けているのは前からの惰性でもあり、面目を立てる為にすぎなかった。眼を閉じて、自分の胸と腹とを撫でてみる。いくらか痩せたようだ。(五十にして天命を知る) 彼もまた自分に与えられた天命の限界が解ったような気持だった。

新薬のおどろくべき効能によって、肺炎の熱は急速にさがったが、予後の療養はやはり、三四週間を要する。西村は寝たり起きたりしながら、怠惰な日々を過していた。

あの病気が、あとから思えば彼の人生の峠だった。それまでは年齢的な危機を感じてはおりながらも、まだ若さがあった。神経痛や高血圧に悩むことはあっても、誘われれば深酒をしたり、麻雀の会で夜半の二時三時になったり、酒場の娘を相手に恋愛を幻想したりすることが出来た。そしてそれがみな面白かった。年齢的な危機は本当の危機ではなくて、危機の予感にすぎなかった。やがて何もかも不可能になるものと予想して、その時の来る前に、最後の可能性を満喫したいという慾であった。

ところが肺炎の熱がさがって安静をとり戻したとき、彼が最初に感じたものは、自分の可能性がこれで終りになったらしいという事であった。あの高熱の夜が、生涯の峠で、その翌日からは人生の下り坂になったのだった。

多分これからでも麻雀もするだろうし、酒も飲むだろう。どこかの女と恋愛じみた行為もするかも知れない。しかしそういう楽しみに一つの隔てが出来たような気がした。何かしら虚しいのだ。そういうものが今までよりも二三歩遠ざかって、手ざわりが冷たくなって、その空いた場所にさと子がはいって来た。これは如何にも淋しい事だった。昨日まではさと子が、彼の生活の邪魔をしているような気がしていた。この妻さえ居なければ、自分は日々の自由を満喫できる筈だ、沢山の喜びがあり楽しみがある、それを享楽できないのは自分に家庭と妻とがある為だと思っていた。

ところがいま、病気で倒れていると、自分の人生を支えている大きな柱はこの妻であったという気がした。残念なことには、妻は良人の病気を心の底の方で喜んでいるものなのだ。日頃は外で彼女の信頼を裏切るような行為をたのしんでいたこの良人が、今はどこへも行けなくなって、極度に弱くなって、妻の支配のもとに横たわっている。その事が妻にとっては嬉しいのと子だ。心配とは別に、何かしら心に張りあいがあり、妻としての生き甲斐があるらしい。さと子は元気づいて病人の食事や薬や寝具などに心を配り、心配しながらいそいそとしている。さ結局、西村耕太郎の人生は妻さと子の周囲から離れることが出来なかったらしい。どこの良人でもそういうものであるかも知れない。味気ない話だ。浮気だの恋愛だの行方不明だのと騒いでみたのも、要するに妻に対する小さな抵抗、小さな足掻《あが》きに過ぎなかった。それが一つ跌くと、跛《びっこ》を曳きながら、喘《あえ》ぎながら、帰って行くのはやはり女房のところだった。それ位ならば初めから抵抗などしなくても良さそうなものであるが、一度はやってみなくては男ごころが落着かないのだ。

彼は急に老人くさくなって、白毛まじりの無精鬚を生やして、余寒の季節を引きこもって過していた。やがて小庭の梅が白くほころび始め、去年のチューリップが球根を残していたと見えて、かぼそい葉を伸ばして来た。

理枝は以前のように二階に住んでいる。一日のうち半分は茶の間に来て、さと子に教えられながら、生れてくる子の産衣を縫い、ガーゼの肌着を縫う。女というものは図々しいものだ。母になるという飛んでもない大きな変化の来る時を、平然として待っている。女性の天命とは言いながら、少し馬鹿ではないかと西村は思う。男には解らない心境だった。

能代敬はときどきやって来る。彼はまだキャバレーに勤めてクラリネットなどを吹いているが、近いうちにどこかの小さな出版社の校正係になって、自宅で校正の仕事をすると言っていた。彼がやって来ると、理枝は彼を案内して二人で二階へあがる。二階は西村耕太郎の勢力範囲ではなくなって、一独立国になってしまった。内政干渉は出来ない。

二人が二階でどんな相談をしていたか、親たちは何も知らなかった。やがて或る夕方、ケイはきちんと洋服を着てひとりで降りて来ると、茶の間の唐紙の外から、

「失礼します」と言ってはいって来た。

西村は炬燵にもぐって、ラジオの落語などを聞いているところだった。ケイは炬燵にははいらずに、火鉢の前に坐って、

「あの、お願いがあるんですがね」と言った。

「ふむ。何だ」

「僕たちの事なんですが……」

それは解っている。自分たちの事しか考えない連中だ。お願いと言えば自分たちの事にきまっているのだ。

「実は、子供も八月の予定ですし、いつまでも愚図々々していられないと思いますから、近いうちに式を挙げたいと思うんです」

「うむ。……それで?」

「僕は金がないですから、出来るだけ簡略して、全部で十五六人ぐらいで、お茶とお菓子程度の披露会にしようと思うんです」

「なるほど……」

「それとも一人当りビール一本ぐらい出しましょうか」

「ふむ。……おつまみは鯣《するめ》と干し鱈《だら》かい。そりゃ安上りで良いな」と西村は笑った。少しばかりやけくそだった。

するとさと子が怒りだした。

「冗談じゃありませんよ。猫の子をやるんじゃあるまいし……」と言う。

さと子の考えが一番古い。能代敬は一番新しくて、披露に金をかける位ならそれで世帯道具や子供の衣類をととのえた方が合理的だという。合理主義精神はさと子の心境と通ずるものがない。そのくせケイはさと子とどこかで理解しあっており、依然として西村とケイとは暗黙のうちの敵だった。従って現在も冷戦状態である。冷戦のままで、西村の方が次第に譲歩して行く。

「一体、式はいつ頃にするつもりなの?」

「三月末ではどうでしょう」

「間に合やしませんよ」とさと子は言う。

「何が間に合わないんですか」

「理枝の着物だの服だの。大変なものよ。あなたは男だから解らないでしょうけれど……」

「着物なんか要りませんよ」

「そうは行かないんですったら……」

「だって、僕は背広服しかないですよ」

「だから急いで何とかしなくちゃいけないでしょう」

「いや、何もしないつもりです。第一、お金もないですから……」

さと子は泣きそうな顔をして、

「どうするんです、あなた」と言う。

「ないものは仕方がないだろう。アパート住居の結婚式にモーニングでもあるまい」と西村は突っ放す。

そんな皮肉を言って、ひそかに能代敬に復讐しているつもりだった。復讐したつもりで、案外彼の味方をしたような恰好になった。この若い二人が西村の眼の前に現われると、何もしないのに、何となくエロティックだった。西村はそのたびに気持がいらいらした。

或る朝、真白い角封筒に立派な墨の文字で宛名を書いた郵便が来た。開き封になっていた。中には厚い金ぶちの紙が二つ折りになっていて、二つの定紋が金で押してあった。印刷した綺麗な文字がならんでいる。

拝啓、ようやく春暖の候、貴家御一統益々《ますます》御清勝の御事と拝察仕《つかまつ》ります。今般、曾我直次郎二男法介と、明智由岐子《あけちゆきこ》孫百合子《ゆりこ》との間に縁談相とゝのい、去る三月三日の吉日をト《ぼく》し日比谷《ひびや》大神宮に於《おい》て結婚の儀式すべて滞りなく取り行いました事を、謹んで御知らせ申上げます。……

その後に、猶《なお》今後とも宜《よろ》しく御指導御鞭撻云々《べんたつうんぬん》と、型通りの挨拶が並んでいる。読みながら西村は赫と頭に血がのぼるような思いを感じていた。この数カ月、怪しげな心の彷徨をつづけていた彼の傍にあって、常に得態の知れない不思議な行動を取っていた曾我法介が、このたびは余りにも人並な結婚の挨拶状をよこしたのだ。してみればあの男の肉体的な欠陥について、マルテの家のマダム山岸知世子が言っていたことは、案外嘘であったかも知れない。

それにしても明智百合子とは一体何者であろうか。西村耕太郎はこの花嫁を知っているような気がしてならなかった。マルテの家のあの純情可憐なる少女が、ユカちゃんと呼ばれていたのは略称であって、本当はユカリであった。しかも彼女は遂に本名を名乗ったことはなかったが、明智百合子が酒場に於てユカリと名乗っていたにしても、不思議はない。百合とユカリとはたった一字違いだ。ユカちゃんは前に、私は祖母と二人きりで生活しているのだと、西村に語ったことがあった。彼女は熱海の街へ出たときにも、おばあ様に土産を買っていた筈だ。その祖母は即ち明智由岐子ではなかろうか。

もしもこの想像が当っているとすれば、何が何だか解らなくなる。法介はユカと二人で示し合わせて、西村次長を翻弄したのであろうか。それとも熱海の事件から以後、西村が病気で寝ていたあいだに、ユカと法介とが急速に愛しあうようになったのであろうか。

然しいずれにしても、女性の肉体を持ちながら、肉体の営みについて全く無知であり、且つそれを嫌悪していたユカちゃんが、(結婚なんて、そんな恥かしい事をしたら私は死んでしまう)と言っていたあのユカちゃんが、日比谷大神宮の神前で堂々と結婚式を挙げるまでには、どんな風な心境の変化があったものだろうか。

もしもこれが本当にあの少女であるならば、ユカは何日かの新婚旅行を終えて、今は新しい家庭で新妻の生活を始めているに違いない。

あの熱海の夜に、新鮮な小魚のように、網にかけられた若鮎のように、清純極まる抵抗をしつづけた一人の処女は、もはや処女ではない。その事が西村の心を痛ましめる。しかしあの夜の美しい抵抗の姿は、いまも彼の胸に鮮やかな印象を残している。それは、一人の処女を手に入れることの感動よりも、もっともっと大きな感動であった。彼はあのとき、最後の青春を賭けてあの娘を手に入れようと望んだのであったが、遂に手に入れることが出来なかった事の感動によって、却って彼の最後の青春を真に意義あるものにする事ができたかも知れないのだ。

永遠に女性なるもの
我等を引きて往《ゆ》かしむ。……
彼はユカちゃんの清潔なる処女性によって救われたようであった。しかしその彼女が、既にあの美しい処女を失ってしまったのかと思うと、痛恨に耐えない気がした。なぜ古今東西のすべての男たちは処女を犯さなくてはならないのか。……しかし彼自身、嘗てさと子の処女を犯してから、今日まで彼女を愛し続けて来たのだった。

病いえて、久しぶりに洋服を着ると、洋服というものが窮屈だった。こんな窮屈なものを三十年も着て来たのかと思うほど、肩に馴染まない気がした。

さと子が玄関の外まで見送って来て、

「大丈夫ですか」と言う。

老人扱いしているのだな、と西村は思った。仕方がない事かも知れない。この八月からはおじい様と呼ばれることになるのだ。停年がくるより前に、祖父という名前が与えられる。その名前を、どれほど不愉快に思ったか知れない。逃げ出したいような気持だった。しかし今は、もう諦めがついた。誰だっていつかは祖父になるのだ。彼は静かな、おだやかな心で、自分に与えられる新しい呼び名を待とうとする気になっていた。それだけ心が衰えたのかも知れなかった。

住宅街ではもう時おり、沈丁花《じんちようげ》の冴えた匂いがしていた。梅も盛りを過ぎた。早春の陽光がぽかぽかと暖かい。商店街をぬけて、駅前の広場を横切る。本屋の前を通る。この本屋でゲエテのファウストを買った日から、奇怪な運命に曳きずり廻されたのだった。あれはファウストの祟《たた》りであったかも知れない。

駅の改札口をはいり、階段をあがる。膝に力がなかった。足が弱っているのだ。体力の衰えは先ず足から来るというのは、火災保険部長の持説であった。そうかも知れないと思う。手すりにつかまるようにして、一段ずつ登る。登りきったところで、ばったりと能代雪江に会った。

「あら、次長さん」と娘は叫ぶように言った。「まあ、もう宜しいんですか」

「うむ、やっと治った。ひどい目にあってね」

「そうだそうですね。お見舞いにもあがりませんで失礼しました」と雪江は歯切れの良い言い方をする。いかにも若いという感じだ。

「なに。……今日は足馴らしに、会社まで行ってみようと思ってね」

「そうですか。会社でみんな心配していたんですよ。次長さんて案外人気があるんですね」

「ふむ?……そうでもないだろう」

「あの、それから、弟の事で一度おうかがいしようと思っていたんですけれど……」

「来たらいいじゃないか。これからは親戚だからな」

「ええ。でも、敷居が高くて行けなかったんです」

「敷居が高いのは僕のせいじゃないよ」

「そうなんです。でも、西村のお父様って本当は優しい人なんだよって、弟がとても褒めていました」

「嘘をつけ」

「いいえ、嘘なんか言いません。僕もこれからは本気で勉強しなくちゃならんのだって、そんな事も言っています」

「ふむ。……とにかく、若い連中には叶わんね」と西村は笑って言った。

電車が来て、二人は乗った。雪江が病後の彼の為に座席を見つけてくれる。電車は快適な速力で走る。この速力というものと、一カ月も縁が切れていたのだ。電車に乗っていると、ようやく以前の日常生活をとり戻したような気がする。つとめ人の悲しい習慣だ。そして、彼は一日も早く以前の習慣に戻りたいのだった。かくの如くにして、再びサラリーマンの生活が始まる。停年が来る日まで、彼はそれを続けて行くに違いない。この平凡な人生。……しかし平凡な中にも緩慢な変化はある。やがて彼はおじい様になるのだ。ゆるやかな人生の降り道が、遠くはるばると続いている。心を虚しくして、今は与えられた自分の晩年を静かに生きて行きたいと思っていた……。

久しぶりに会社へ行ってみると、エレベータの中から次々とみんなに会う。みんなが口々に見舞いを言ってくれる。そして元気そうに肩を並べて事務室へはいって行く。みんなが親切で、誰もが彼にあたたかかった。とりあえず部長の部屋へ挨拶に行く。部長はわざわざ立ちあがって、

「まだ出て来ちゃいかんよ君。ゆっくり休んだらいいじゃないか。無理をしちゃ駄目だね」と言ってくれた。

西村は涙が出るほど嬉しかった。この三十年ちかくも勤めて来た自分の場所が、いまさらのようになつかしくて、どんな事があってもここを離れてはならないという気がした。サラリーマンに取っては、やはりその職場が一番生き甲斐のある、何よりも張りあいのある場所だった。

坐り馴れた自分の机に坐る。一カ月も坐らなかったので、緑のラシャを張った廻転椅子が、淋しがって西村を待っていたようだった。事務机が馬鹿に大きい気がする。こんな大きな机だったのかと思う。今日は事務はとらない。書類箱のなかにたまっている私信の類をざっと見て、明日から本当に出勤することにして、すぐに帰ろうと思っていた。

彼は給仕の少年を呼んで、机の上の灰皿を指さし、

「要らないからね、かたづけてくれ。煙草をやめたんだよ」と言った。

肺炎を機会に、ようやく禁煙の決心がついた。これもまた衰えて行く自分の命に対するささやかな抵抗だった。どれだけの効果があるかは知らないが、禁煙したということでいささか心が安まる。

広い事務室のなかをずっと見廻しても、曾我法介の姿が見えなかった。遅刻か欠勤か、それとも出張か。とにかく法介に会うのが何よりも辛い気持だった。ところが、書類箱のなかの私信を見ているうちに、西村次長は法介から来た角封筒を発見した。

中には立派な印刷をした厚い紙が一枚はいっていて、拝啓……私儀、三月二日開催の株主総会に於て、曾我製薬株式会社の取締役に選任せられました事を、謹んで御報告……。

そこまで読んで、ああ、あいつめ！　と西村は思った。次の頁にはもっと砕けた文章で、私儀、昭和火災海上保険株式会社勤務中は一方《ひとかた》ならぬ御芳情を蒙《こうむ》り云々と書いてある。法介はさっさと退職してしまった。しかも退職と同時に結婚式を挙げて、さっさと彼の父の会社の重役になってしまった。西村が一生かかってもなれそうにもない取締役という羨むべき地位に、わずか三十そこそこの年で就任したというのだ。

あの野郎に重役の資格があるかどうか、そんな事を言ってみたって始まらない。事業会社は官庁ではないのだ。事業会社の人事は、三十年勤続という事実よりも、血縁の方が物を言う。縁故関係が何よりも強くはたらく。解りきった話ではあるが、それでは三十年勤続者の浮ぶ瀬はないではないか。……

卓上の電話器が鳴った。久しぶりの電話だ。交換手がお宅からですと言う。さと子が公衆電話からかけて来たのだった。

「あなたですか」

「俺だ。どうしたんだ」

「いいえ。無事に行かれたかどうかと思って……」

「ああ、大丈夫だよ」

「そう。良かったわね。いつ頃帰ります？」

「いまからぼつぼつ帰る」

「そう。じゃ気をつけてね」

西村はじんと心が温かくなった。それは抵抗する事のできない、妻だけが持っている心の温かさだった。


四月三日という日は、昭和二十三年までは神武《じんむ》天皇祭という祭日だった。つまり日本の初代の天皇を祀《まつ》る日だった。今は何でもない。その何でもない日を、能代敬と理枝とが、なぜ彼等のための佳《よ》き日であると考えたのか、量見がわからない。今でもまだ、四月三日は祭日だという印象が残っていたに違いない。しかも挙式したのが明治神宮の神前である。西村は何となくちぐはぐな気がしてならなかった。花嫁側の父親が、あまり異議を申し立てるのもどうかと思って、ケイの言いなりにして置いたのであったが、どこまでも皇室にこだわる彼等の考え方が不思議だった。庶民ことごとく皇室の民草《たみぐさ》だというのならば、何をか言わんや。或いは能代敬が、あの悧巧さでもって、明治神宮や神武天皇祭を持ち出せば、西村の父が喜ぶに違いないという計算をしていたのかも知れない。

まさかお客一人にビール一本と、鯣に干し鱒という訳にも行かないので、二段の折詰弁当に清酒、紅白の菓子という趣向にした。それは殆んどさと子が提案したものであった。

神宮の森は若芽が萌えて、桜もほころびかけている。花冷えの底づめたい夕方だった。能代敬は借りもののモーニングを着ていた。そうしているとひどく老けて、とても十九歳何カ月とは見えない。なかなかきりりとして、背丈が高くて、案外に立派な花婿ぶりだった。理枝は大急ぎで造った式服に、髪はさすがに洋髪で、かつらはかぶっていない。帯の祝いはもう済んでいる。恐らくは三々九度の杯を交わす彼女の胎内で、子供はもうびくびく動いていたに違いない。

式に列したのは能代雪江と西村夫妻と、それにケイの恩師塩野博士夫妻、ケイの友人代表として、金ボタンの学生服を着た萩原《はぎわら》君、それだけだった。

式は簡単明瞭に終る。凡そ神前結婚ぐらい馬鹿げたものはない。退屈な芝居だ。結婚する二人を祝福するような温かみもなければ荘厳《そうごん》さもない。喜びあふれたようなものもなければ絢爛豪華なるものもない。西村耕太郎は不満だった。たったこれだけの事で、(もう夫婦になったのだ)と言われても、承知できない気がした。少くとも、彼にとっては、二十何年いつくしみ育てた一人娘を他所の男に取られてしまう儀式だ。もっと何とかやり様はないものかと思う。

それでも式が終って廊下へ出ると、もう取り返しはつかないという気がした。

廊下を控室にもどりながら、彼より背の高いケイに向って、

「本当に新婚旅行はしないのか」と言った。

「ええ、やめました」

「どうして?……一日ぐらいどこかへ行って来ればいいじゃないか。その位の金なら出してやるよ」

「はあ。しかし、……いまさら、何だか恥かしいんです」とケイは言った。

あの頃はあれほど恥かしい事を平気でやっておきながら、今になって恥かしいもあるまい、と父は思った。

「アパートはどうだ」

「はあ。とても良いです。一遍見に来て下さい。お母さんも御一緒に……」

「そりゃ、どうせ行くがね。……理枝はときどき医者に見せた方がいいよ。大事な時だからな」

「はあ。お母さんからうんと言われました」

西村は煙草をやめたので、手持無沙汰に控室の椅子に坐りながら、(問題は年齢が逆になっている事だけだ……)と思った。

間もなく披露宴になった。と言っても、招待されたのは三十人ばかりの、ささやかな宴会だった。能代敬の友人、恩師、理枝の学校友達、それに西村家の親戚から数名。能代家には親戚なし。

席がきまるとボーイが酒を注いでまわる。静かな緊張した時間。西村耕太郎とさと子とは、末席に並んで新郎新婦の様子を見ている。ちょうど良さそうな時を見はからって、媒酌人塩野博士がごま塩頭でまわりを見まわし、痩せたからだですらりと立ちあがる。おだやかな言葉つきで型通りの挨拶があり、新郎新婦の紹介がはじまる。

「……新婦西村理枝さんは、昭和火災海上保険会社の火災保険部次長、西村耕太郎氏の御令嬢として、昭和八年六月の御誕生。……たった一人きりのお嬢様で、御両親の慈愛を一身に受けて、身も心も完全に御成育なされた近代的麗人でございます。……」

そういう誇張され装飾された言葉を聞いているうちに、西村は胸が迫って来た。正面の席に、能代敬と並んで、理枝はつつましくうつ向いている。従順な、素直な姿だ。恐らくこの娘は、今までの生涯のうちで最も素直な気持になっているに違いない。それが彼女の姿勢に美しく現われていて、父の眼にはあわれに見えた。この数カ月、彼女はどれほど父に抗《さか》らったことだろうか。それが今は、良人に対してこんなにも素直な姿をしているのだ。親の言うことは聞かないが、良人の言うことには従う気になっている。それが女の美しさであり、女の限界でもある。彼女はこれからさき、この年若い良人の妻として、数々の苦労を経験しなくてはなるまい。それを理枝は、敢てしようとしているらしい。どれほどの成算がある訳でもあるまいに、この良人が一緒ならばやれると思っているのだ。その心根が西村は、あわれでたまらない気がした。

媒酌人は突然、「マタイ伝のなかに……」と言った。自分の思念を追うていた西村は耳を澄ませた。

「人を造り給《たま》ひしもの、元始《はじめ》よりこれを男と女とに造り、しかして（かゝる故《ゆゑ》に人は父母《ちちはは》を離れ、その妻に合ひて、二人のもの一体となるべし）と言ひ給ひしを未《いま》だ読まぬか。さればはや二人には非《あら》ず、一体なり。……こういう言葉がございます。本日、神前に於きまして立派に結婚の式を挙げられました能代敬君と理枝さんとはもはや、二人には非ずして、一体であります。お二人の生涯を通じて、変らざる愛と……」

西村はまぶたが熱くなって、卓上の赤いカーネーションの盛り花がぼやけて見えた。若い二人の者は一体となって、新しい生涯が今日から始まる。残された西村とさと子とは、置き去りにされた孤独な二人となって、誰からも祝福されない晩年をひそかに生きて行かなくてはならない。そういう大きな運命の転換期が来ているのだった。

塩野博士はあいさつを終って、酒を充たした杯をあげる。二人のために一同の乾杯を求める。新郎新婦もそっと立って、杯をあげた。理枝の羞恥にみちた顔が美しく輝く。どれほどの喜びが彼等の心を満たしていることであろうか。西村は眼を閉じた。すると彼の頬をつたって涙がしたたり落ちた。彼は杯を一息に飲み乾した。何もかも、これで終りだった。

この杯ゆ、飲む酒は、
涙をさそふ酒なりき。

（ファウスト）

P+D BOOKS ラインアップ

神の汚れた手（上）　曽野綾子
●産婦人科医に交錯する〝生〟と〝正〟の重み

神の汚れた手（下）　曽野綾子
●壮大に奏でられる〝人間の誕生と死のドラマ〟

四十八歳の抵抗　石川達三
●中年の危機を描き流行語にもなった佳品

強力伝　新田次郎
●「強力伝」ほか4篇、新田次郎山岳小説傑作選

岸辺のアルバム　山田太一
●〝家族崩壊〟を描いた名作ドラマの原作小説

マリリン・モンロー・ノー・リターン　野坂昭如
●多面的な世界観に満ちたオリジナル短編集

P+D BOOKS ラインアップ

時代屋の女房　村松友視
●骨董店を舞台に男女の静謐な愛の持続を描く
夏目雅子が演じた真弓と安さんとの静謐な愛

辻音楽師の唄　長部日出雄
●同郷の後輩作家が綴る太宰治の青春時代

宣告（上）　加賀乙彦
●死刑囚の実態に迫る現代の〝死の家の記録〟

宣告（中）　加賀乙彦
●死刑確定後独房で過ごす青年の魂の劇を描く

宣告（下）　加賀乙彦
●遂に〝その日〟を迎えた青年の精神の軌跡

金環食の影飾り　赤江瀑
●現代の物語と新作歌舞伎〝二重構造〟の悲話

P+D BOOKS ラインアップ

三匹の蟹
大庭みな子
●愛の倦怠と壊れた"生"を描いた衝撃作

冥府山水図・箱庭
三浦朱門
●"第三の新人"三浦朱門の代表的2篇を収録

水の都
庄野潤三
●大阪商人の日常と歴史をさりげなく描く

抱擁
日野啓三
●都心の洋館で展開する"ロマネスク"な世界

プレオー8の夜明け
古山高麗雄
●名もなき兵士たちの営みを描いた傑作短篇集

白球残映
赤瀬川隼
●野球ファン必読！胸に染みる傑作短篇集

P+D BOOKS ラインアップ

ソクラテスの妻	佐藤愛子	● 若き妻と夫の哀歓を描く筆者初期作3篇収録
女優万里子	佐藤愛子	● 母の波乱に富んだ人生を鮮やかに描く一作
黄昏の橋	高橋和巳	● 全共闘世代を牽引した作家〝最期〟の作品
堕落	高橋和巳	● 突然の凶行に走った男の〝心の曠野〟とは
生々流転	岡本かの子	● 波乱万丈な女性の生涯を描く耽美妖艶な長篇
長い道・同級会	柏原兵三	● 映画「少年時代」の原作〝疎開文学〟の傑作

P+D BOOKS ラインアップ

居酒屋兆治　山口瞳　●高倉健主演映画原作。居酒屋に集う人間愛憎劇

血族　山口瞳　●亡き母が隠し続けた私の「出生秘密」

家族　山口瞳　●父の実像を凝視する『血族』の続編的長編

単純な生活　阿部昭　●静かに淡々と綴られる〝自然と人生〟の日々

青い山脈　石坂洋次郎　●戦後ベストセラーの先駆け傑作〝青春文学〟

夢の浮橋　倉橋由美子　●両親たちの夫婦交換遊戯を知った二人は…

P+D BOOKS ラインアップ

人間滅亡の唄　深沢七郎　●　〝異彩〟の作家が「独自の生」を語るエッセイ集

アニの夢 私のイノチ　津島佑子　●　中上健次の盟友が模索し続けた〝文学の可能性〟

楊梅の熟れる頃　宮尾登美子　●　土佐の13人の女たちから紡いだ13の物語

記憶の断片　宮尾登美子　●　作家生活の機微や日常を綴った珠玉の随筆集

幼児狩り・蟹　河野多恵子　●　芥川賞受賞作「蟹」など初期短篇6作収録

ウホッホ探険隊　干刈あがた　●　離婚を機に始まる家族の優しく切ない物語

P+D BOOKS ラインアップ

海市 福永武彦 ●親友の妻に溺れる画家の退廃と絶望を描く

風土 福永武彦 ●芸術家の苦悩を描いた著者の処女長編作

夜の三部作 福永武彦 ●人間の〝暗黒意識〟を主題に描く三部作

夢見る少年の昼と夜 福永武彦 ●〝ロマネスクな短篇〟14作を収録

加田伶太郎 作品集 福永武彦 ●福永武彦〝加田伶太郎名〟珠玉の探偵小説集

廃市 福永武彦 ●退廃的な田舎町で過ごす青年のひと夏を描く

P+D BOOKS ラインアップ

罪喰い　赤江 瀑　●〝夢幻が彷徨い時空を超える〞初期代表短編集

春喪祭　赤江 瀑　●長谷寺に咲く牡丹の香りと〝妖かしの世界〞

おバカさん　遠藤周作　●純なナポレオンの末裔が珍事を巻き起こす

宿敵 上巻　遠藤周作　●加藤清正と小西行長　相容れぬ同士の死闘

宿敵 下巻　遠藤周作　●無益な戦。秀吉に面従腹背で臨む行長

銃と十字架　遠藤周作　●初めて司祭となった日本人の生涯を描く

P+D BOOKS ラインアップ

ヘチマくん	遠藤周作	●太閤秀吉の末裔が巻き込まれた事件とは？
フランスの大学生	遠藤周作	●仏留学生活を若々しい感受性で描いた処女作品
虫喰仙次	色川武大	●戦後最後の「無頼派」、色川武大の傑作短篇集
小説 阿佐田哲也	色川武大	●虚実入り交じる「阿佐田哲也」の素顔に迫る
ぼうふら漂遊記	色川武大	●色川ワールド満載「世界の賭場巡り」旅行記
ばれてもともと	色川武大	●色川武大からの〝最後の贈り物〟エッセイ集

（お断り）

本書は1958年に新潮社より発刊された文庫を底本としております。
あきらかに間違いと思われるものについては訂正いたしましたが、
基本的には底本にしたがっております。
また、底本にある人種・身分・職業・身体等に関する表現で、現在からみれば、
不当、不適切と思われる箇所がありますが、著者に差別的意図のないこと、
時代背景と作品価値とを鑑み、著者が故人でもあるため、原文のままにしております。

石川達三（いしかわ たつぞう）
1905年（明治38年）7月2日―1985年（昭和60年）1月31日。享年79。秋田県出身。1935年に『蒼氓』で第1回芥川賞を受賞。代表作に『人間の壁』『青春の蹉跌』など。

P+D BOOKS

ピー プラス ディー ブックス

P+Dとはペーパーバックとデジタルの略称です。
後世に受け継がれるべき名作でありながら、現在入手困難となっている作品を、
B6判ペーパーバック書籍と電子書籍で、同時かつ同価格にて発売・配信する、
小学館のまったく新しいスタイルのブックレーベルです。

四十八歳の抵抗

2019年4月16日　初版第1刷発行
2023年7月12日　第3刷発行

著者　石川達三
発行人　石川和男
発行所　株式会社　小学館
〒101-8001
東京都千代田区一ツ橋2-3-1
電話　編集　03-3230-9355
販売　03-5281-3555
印刷所　大日本印刷株式会社
製本所　大日本印刷株式会社
装丁　おおうちおさむ（ナノナノグラフィックス）

ISBN978-4-09-352363-9

P+D BOOKS